지혜로운 자는 따지지 않는다

정태성 수필집

어쩌면 우리의 삶도 양자적인, 즉 불연속적인 측면이 있는 것이 아닐까 싶습니다. 어제와 오늘의 일상이 비슷하고 연속적인 것 같지만, 어느 날 갑자기 예상하지도 않았던 커다란 일로 인해 우리 일상의 삶이 완전히 끊긴 채 예전과 같은 삶을 살아갈 수 없게 되기도 합니다.

오래도록 함께 할 것만 같은 사랑하는 사람이 나의 곁을 완전히 떠나 이 세상에 더 이상 존재하지 않기도 하며, 생각지도 않았던 불행과 고통이 평상시의 삶을 송두리째 앗아가기도 합니다.

힘들고 어려웠던 시절 최선을 다해 부지런히 살았음에도 불구하고 점점 더 암흑의 구렁텅이로 빠져드는 절망적인 일들이 평범한 일상은 커녕 삶에 대한 희미한 불빛마저 꺼져가게 만들기도 합니다.

하지만 그래도 살아내야 할 것입니다. 그 이유는 상황을 바꾸어 생각해 보면 답은 간단히 나옵니다. 만약 내가 갑자기 무슨 일로 인해 세상을 떠났다면 남아있는 가족이 나로 인해 정상적인 생활을 하고 있지 못하는 것을 결코 바라지 않을 것입니다. 비록 내가 없더라고 꿋꿋하게 열심히 하루하루 최선을 다해 살아가는 것을 저는 바랄 것입니다. 아니 제가 이 땅에 있을 때보다 제가 사랑했던 사람들이 더 치열하게 더 많은 일을 하며 살아간다면 함께 이 세상에서 같은 시간을 보냈다는 것에 긍지를 갖게 될 것입니다.

깊은 절망에 빠져 헤어 나오기 힘든 일이 계속된다고 할지라도 버티고 극복하여 그 고통을 끝내야 하는 이유도 마찬가집니다. 만약 중간에 그러한 어려움에 무릎을 꿇고 만다면 그 이후, 그것이 언제일지는 모르나, 반드시 미래에 기다리고 있을, 내가 생각하거나 상상하지 못했던 더 나은 삶을 살아볼 수가 없을 것이기 때문이다.

삶은 항상 변하기 마련입니다. 내가 바라고 원하는 것이 이루어지고 그것이 계속되는 경우는 결코 없습니다. 힘들고 어려운 일도 있지만 기쁘고 행복한 일도 있기 마련입니다. 물론 그러한 일들이 말처럼 쉽지 않을 것입니다. 하지만 그럼에도 불구하고 그 모든 일을 다 겪어내야 하는 것이 우리 인생의 운명이 아닐까 싶습니다. 그 운명을 거스를 사람은 이 지구상에 아무도 없다는 생각이 듭니다. 만약 그 운명을 거스르게 된다면 이 땅에 더 이상 나의 존재의 의미는 없을 것입니다.

하루하루 살아가며 삶에 대해, 사람에 대해, 틈틈이 생각하고 적어놓았던 글들을 모아보았습니다. 특별히 바라건대 힘들고 어려운 삶의 과정을 지나고 있는 분들에게 조금이나마 응원이 되었으면 좋겠습니다.

2026. 겨울을 보내며
저자

차례

1. 지혜로운 자는 따지지 않는다

    자신을 넘어서기 위해서는 자신을 잘 알아야 되지 않을까 싶습니다. 나 자신이 누구인지 알지 못하면 항상 그 상태에 머무를 수밖에 없기 때문입니다. 내가 누구인가를 안다고 함은 나의 부족함을 아는 것입니다. 나의 부족함이란 나는 아직 더 발전해야 함이 많음을 알기에 나 자신을 돌아볼 줄 아는 사람입니다. 이러한 이유로 나 자신을 넘어 현재의 모습보다 나 나은 나의 모습이 미래에 보장됩니다.

    진정으로 현명한 자는 따지지 않습니다. 따진다는 것은 쉽게 말해 너는 틀리고 내가 옳다는 것을 주장하는 것에 불과합니다. 하지만 이 세상에 완벽한 이는 없습니다. 자신이 옳다고 생각하는 것 자체가 문제일 수 있습니다. 우리들이 따지는 이유는 아직 무언가를 모르기 때문입니다. 특히 나 자신이 부족하고 나에게도 잘못이 많다는 것을 모르기에 따지게 됩니다. 하지만 그 이유는 사실 알고 보면 별것도 없습니다.

    논어에는 다음과 같은 말이 있습니다.

"曾子曰(증자왈)

以能問於不能(이능문어불능)
以多問於寡(이다문어과)
有若無(유약무)
實若虛(실약허)
犯而不校(범이불교)
昔者(석자)
吾友嘗從事於斯矣(오우상종사어사의)"

"증자가 말했다. 능함으로써 능하지 못한 이에게 묻고, 많음으로써 적은 이에게 물으며, 있으면서도 없는 듯이 여기며, 꽉 찼으면서도 빈 듯이 여기며, 잘못을 범해도 따지지 않음을 예전에 내 친구가 이렇게 말했다."

자신이 겸손할 수 있기에 많은 것을 배울 수 있습니다. 이로 인해 나날이 더 나은 나 자신이 가능해집니다. 내가 부족하다는 것을 인정하는 것이 내 성장의 가장 중요한 바탕일지도 모릅니다.

능력이 있기에 능력이 없는 이에게 물을 수 있습니다. 많이 알고 있기에 그렇지 못한 이에게 물을 수 있습니다. 많은 것을 가졌기에 없는 듯 살 수 있으며, 나 자신의 내면이 충실하기에 다른 사람을 받아줄 수 있습니다. 내가 누구인지를 알기에 다른 사람의 잘못을 따지지 않고 그저 받아들일 뿐입니다. 그러기에 성숙한 이는 따지지 않습니다. 따져봤자 별것이 아니라는 것을 너무나 잘 알기 때문입니다.

요즘은 잘 따지는 사람이 똑똑해 보이고, 말로 상대를 누르는 사람을 승자라 생각합니다. 이로 인해 다른 사람이 잘못을 해도 그에게 따지지 않고 질책하지 않으며 그를 탓하지 않는 사람은 드뭅니다. 따지고 나서 자신이 이겼다고 해서 돌아오는 것은 그 순간에 느낄 수 있는 잠시 동안의 자기만족일 뿐입니다. 따지고 나서 이겼지만, 나중엔 어떻게 될까요? 그 사람을 완전히 잃게 되고, 커다란 상처를 주기만 할 뿐입니다. 그리고 본인도 언젠가는 그런 경험을 할 수밖에 없습니다. 따져서 항상 이기는 사람은 존재하지 않기 때문입니다.

자신의 부족한 면, 자신의 한계를 아는 사람은 따지지 않을 것입니다. 그리고 다른 이에게 상처도 주지 않을 것입니다. 그렇게 시간이 지나면 그의 존재 가치가 인정되며 많은 다른 이들로부터 존중받게 됩니다. 나 자신이 부족함을 알기에 다른 사람의 부족함도 이해할 수 있습니다. 그러기에 따지지 않으며 그저 그와 함께하고자 할 뿐입니다.

상대를 비난하고 이것저것 따지는 데 열중한다면, 자신의 부족함을 되돌아볼 수 있는 기회를 잃을 수밖에 없고, 그는 그 상태로 정체되며, 더 이상 더 나은 자신을 만들어 가는 데 실패하게 됩니다. 따라서 그는 계속해서 인생 전체를 그렇게 따지는 일로 소모하다 끝을 내게 됩니다. 그리고 최후에 후회만 할 뿐입니다. 받아들임이 따지는 것보다 훨씬 더 큰 사람이 할 수 있는 것임은 너무나 명백합니다.

공자는 자신의 제자였던 안연에게 "네가 나보다 훨씬 낫다"라고 말했습니다. 우리가 현재 알고 있는 공자는 이러한 이유 때문에 가능했던 것은 아닐까요?

2. 내 안에 있는 것

내 마음속에는 지금 어떤 것이 있을까요? 나는 지금 내 안에 있는 것을 다 알고 있기나 한 것일까요?

가만 생각해 보면 내 안에는 많은 것들이 있을 것입니다. 그 많은 것들이 나의 인생을 만들어가고 나의 삶을 형성해 갈 것입니다.

내 안에 있는 것들 중에는 좋은 것들도 있겠지만 나쁜 것들도 있을 것입니다. 누군가를 미워하고 비판하며 마음에 들어 하지 않는 그러한 것도 분명히 있습니다. 나의 의지를 약하게 하고, 편안하고 자유로울 수 있는 마음에 방해를 하는 것도 있을 것입니다. 왠지 불안하게 하고, 다가오지도 않은 것들에 대해 두려워하는 것들도 있을 것입니다. 그러한 나쁜 것들이 나의 삶을 좋지 못한 쪽으로 이끌어 갈 것은 당연할 것입니다.

문제는 내 안에 그러한 나쁜 것들이 있음에도 불구하고 그것들을 없애지 못하고 있다는 것입니다.

왜 그렇게 되는 것일까요? 분명 그러한 것들을 내 안에서 몰아낸다면 나는 더욱 멋진 삶을 살 수 있을 텐데 왜 그러지 못하는 것일까요?

아마 그것은 간절함이 부족해서일지도 모릅니다. 아니면 나 자신에 대해 용기가 없는 것일 수도 있고 게으르기 때문일 수도 있습니다. 아마 다른 여러 가지 이유일 수도 있고, 그러한 여러 가지 이유가 복합적으로 작용하기 때문일 수도 있습니다.

어제보다 오늘의 내가 더 나은 모습인지 돌아봅니다. 만약 그렇지 못하다면 내 안에 있는 좋지 않은 것들이 개선되지 않아서일 것입니다. 오늘보다 내일의 내가 더 나은 모습이길 희망합니다. 만약 내일도 더 나은 모습이 아니라면 오늘 내 안의 있는 나쁜 것들이 변하지 않았기 때문일 것입니다.

오늘의 내가 어제보다 낫지 못하고, 내일의 내가 오늘의 나보다 낫지 못하다면 더 먼 미래의 내가 어제나 오늘이나 별 차이가 없을 것입니다. 그렇게 별 차이 없이 살아가는 나는 아무리 많은 시간이 주어져도 예전의 모습 그대로 똑같은 일상만 반복하다 주어질 모든 시간을 끝내버리고 말 것입니다.

내 안에 많은 것들이 있지만 있는 것에서 그치지 않고 나쁜 것들은 없애고, 더 좋은 것들로 가득할 수 있도록 노력해야 하지 않을까 싶습니다. 그것을 할 수 있는 사람은 이 지구상에 오직 한 명 나 자신밖에는 없을 것입니다. 아무리 나를 사랑하는 사람일지라도, 아무리 나를 끔찍이 생각해 주는 사람이라 할지라도 내 안에 있는 것을 바꿀 수 있는 사람은 나 자신 외에는 존재하지 않습니다.

내 안에 있는 것들이 점점 더 좋은 것들로 바뀌고 채워져 갔으면 합니다. 나 스스로 그렇게 될 수 있도록 끊임없이 노력했으면 좋겠습니다. 다른 무엇보다도 그렇게 될 수 있기를 진정으로 바랄 뿐입니다.

내 안에 있는 것들이 오늘의 나를 결정하고 내일의 나를 만들어가며, 종래에는 내 삶 전체를 형성할 것입니다. 나의 삶은 내 안에 있는 것들로 인해 좌우되기에 내 안의 있는 것들을 진정으로 사랑하고 보살펴야 하지 않을까 싶습니다.

3. 나는 어디에 있는가

　하루의 일과를 끝내고 잠자기 전 바하의 음악을 자주 들곤 합니다. 바하의 음악을 듣고 있노라면 나도 모르게 과거의 일들이 저절로 떠오르게 됩니다. 후회되는 일들, 아쉬웠던 일들, 안타까웠던 일들, 잘못했던 일들, 실수했던 일들, 가슴 아팠던 일들, 오랜 시간이 지났음에도 불구하고 그러한 일들이 생각이 나면서 가슴이 저려 오기도 합니다.

　과거로 돌아가 그러한 일들을 되돌릴 수 없다는 것을 잘 알기에 마음이 더욱 아픈 것이라 생각됩니다. 마음 같아서는 지금이라도 다시 돌아가 더 나은 모습으로 바꾸고 싶지만 그럴 수 없다는 것을 너무나 잘 압니다.

　과거의 일들은 나의 의지와는 상관없이 이루어진 것도 많았습니다. 내가 바라지 않았던 일들이 이루어졌고, 내가 원하던 일들이 이루어지지 않기도 했습니다. 아무리 노력을 하거나 최선을 다했더라도 나의 능력밖에 일들이었던 것도 많았습니다. 하지만 제가 바꿀 수 있었던 일들도 있음을 부인할 수는 없습니다. 가슴이 저린 이유는 바로 제가 할 수 있었던 것을 하지 못했던 것에 더 큰 까닭이 있을 것입니다.

　과거의 일들만 가슴이 저린 것은 아닙니다. 앞으로 일어날 일들에 대해서도 마음이 시려오기도 합니다. 나에게 소중한 사람들이 언젠간, 아니 어쩌면 조만간, 떠나게 될지도 모른다는 생각이 마음을 아프게 합니다. 그런 일이 일어나지 않기를 바라지만, 그런 일은 어쨌든 일어날 것임을 너무나 잘 알기에 가슴이 저려오는 것 같습니다.

소중한 사람들이 떠나가는 것뿐만 아니라, 아직 오지는 않았지만, 나를 힘들게 하는 일들이 수시로 기다리고 있을 것이고 그러한 일들이 또 다른 힘듦을 여지없이 나에게 지워지게 될 것입니다.

하지만 과거의 일이건, 앞으로의 일이건, 그러한 일들을 제가 어떻게 할 수는 없습니다. 아무리 후회돼도 과거로 돌아갈 수 없고, 아무리 걱정해도 나에게 일어날 일들이 일어나지 않을 수는 없을 것입니다.

지금의 나는 과거에 있을 수도 없고, 미래에 있을 수도 없습니다. 오직 내가 존재할 수 있는 곳은 지금 여기일 수밖에 없다는 것을 잘 압니다. 따라서 지금 내가 있는 이곳에서 최선을 다하는 것만이 할 수 있는 것의 전부일 것입니다.

비록 가슴이 아프고 마음이 시리며 걱정과 염려가 있다고 할지라도 내가 있을 수 있는 곳은 지금 여기밖에는 없다는 것을 깨닫곤 합니다.

그래도 바하의 음악이 좋은 것은 과거나 앞으로의 일을 생각하며 지금 이곳에서 더욱 마음을 다해 살아야 한다는 생각을 해주기 때문인 것 같습니다. 과거의 모습보다는 지금의 모습이, 지금의 모습보다는 나중의 모습이 더 아름다울 수 있기 위하여 제가 바하의 음악을 좋아하는 것인지도 모릅니다.

4. 추억의 사진 한 장

　무언가를 하다가 우연히 책상 서랍 한구석에서 사진 한 장을 발견하였습니다. 소중히 간직하고자 서랍 속 깊숙이 넣어놓았나 봅니다. 그 사진을 매일 보던 그때가 기억납니다.

　내가 좋아하던 책 뒤표지에 꽂아 놓고 생각날 때마다 꺼내 보곤 하였습니다. 가만히 그 사진을 바라보며 나도 모르게 마냥 기분이 좋아서 미소를 짓곤 했던 것 같습니다. 밤에 잠이 들기 전에도 아무 생각 없이 책 뒤를 펼쳐 사진을 한참이다 보다 잠이 들기도 했습니다.

　그때 들었던 노래가 생각이 납니다. 조용하고 잔잔하게 흐르던 그 음악이 나의 마음속 깊이 들어오곤 했었습니다. 음악을 듣다 보면 그 사람 생각이 저절로 나기도 했구요. 오늘 갑자기 그 음악이 듣고 싶어졌습니다. 그 음악을 들으니 그때의 추억이 영화의 한 장면처럼 머릿속에 떠오릅니다. 세월이 이리도 많이 흘렀지만, 그때의 기억이 아직도 생생한 것은 무엇 때문일까요?

<Bookends>

Simon & Gafunkle

Time it was
And what a time it was
It was a time of innocence
A time of confidences

좋은 시절이었어요
정말 굉장한 시절이었지요
순진함의 시절이었고
자신감의 시절이었지요

Long ago, it must be
I have a photograph
Preserve your memories
They're all that's left you

아주 오래전이었을 거예요
제겐 사진이 한 장 있어요
추억을 간직하세요
당신에게 남은 건 그것 뿐이니까요

노랫말대로 정말 아름다운 시절이었습니다. 당장에라도 다시 달려가고 싶을 정도로 마음 가득하게 행복했던 시절이었습니다. 모든 것이 좋게 보였고, 꿈꾸는 것들이 다 이루어질 것으로 생각했던 때였습니다. 하고 싶은 것들을 다 할 수 있고, 원하는 것은 다 갖게 될 것이라 생각했었습니다.

세월은 그렇게 흘러 이제는 사진 한 장밖에 남아있지 않습니다. 하지만 그때의 아름다운 추억과 순수했던 마음은 아직도 내게 남아있다는 것을 압니다. 더 많은 세월이 흘러 나이가 지금보다 훨씬 더 많이 들어도 그 추억과 그때의 마음은 변하지 않고 남아있을 것 같습니다. 영원히 그것을 간직하고자 합니다. 아름다웠기에, 소중했기에 그렇게 오래도록 간직하려고 합니다.

5. 스쳐 지나가는 인연

아파트 옆 길가에 은행나무가 줄지어 서 있습니다. 매일 다니는 길이건만 오늘따라 길 위에 수북이 쌓여 있는 노란 은행잎이 눈에 들어왔습니다. 떨어진 은행잎을 보다가 고개를 들어 은행나무를 쳐다보았습니다. 이제 남아있는 은행잎이 떨어진 것보다 적었습니다. 조금 더 시간이 지나면 저 은행잎도 모두 다 떨어져 버릴 것입니다. 스산한 바람에 집으로 발길을 재촉했습니다.

오래도록 머물다 가기를 바랐습니다. 내게 왔던 그 모든 것들에게 그렇게 소원했습니다. 하지만 내가 바라는 만큼 오래도록 머물다 가는 것은 드문 듯합니다.

모든 것은 생겨나서 어딘가로 가고 잠시 머무르다 때가 되면 그렇게 다시 떠나가는 것 같습니다. 내게 오는 것도 그런 것 같고, 저 또한 아마 그럴 것입니다.

영원을 꿈꾼다는 것은 희망에 불과할 것입니다. 이 세상에 영원이라는 것은 존재하지 않기에 희망이라는 말로 위안을 삼는 것이라는 생각이 듭니다. 우리는 아마 그 희망이라는 단어에 속아 그나마 살아가고 있는 것인지도 모릅니다.

노란 은행잎이 떠나가고 나면 조만간 또 다른 무엇이 찾아올 것입니다. 아마도 얼마 지나지 않아 하얀 눈이 내리겠지요. 그때엔 은행잎이 떠나간 아쉬움을 잊은 채, 하얀 눈을 반길 것입니다.

모든 것은 그렇게 머무르다 떠나지만, 그 어딘가에 흔적은 남아있을 것입니다. 그것이 어떠한 모습이건, 오래도록 지워지지 않을 것입니다. 그러한 흔적이 모여, 삶을 이루는 것이 아닐까 싶습니다. 아름다운 흔적도 있지만, 아쉽고 미련이 남는 것도 있을 것입니다.

잠시나마 나에게 머무르고 있는 것을 사랑하려고 합니다. 그것이 어떠한 것이든 상관하지 않겠습니다. 나에게 왔다는 것 자체가 엄청난 인연이라는 것을 알기 때문입니다.

머무르다 떠나가는 것에 대해 미련을 가지지 않겠습니다. 내가 아무리 소원하고 바라더라도 그것은 나의 영역이 아니기 때문입니다. 아쉽게 떠나갈지라도 그동안 머물렀던 것에 고마워하려고 합니다.

집에 와서 생각해 보니 노란 은행잎 하나를 주워올 걸 하는 생각이 들었습니다. 내가 좋아하는 책 속에 넣어 간직하면서 올해의 은행잎의 흔적을 그렇게 기억하려고 합니다. 올가을의 있었던 일들도 나의 마음속에 남아있겠지만, 노란 은행잎과 함께라면 더 좋을 것 같습니다. 내일 퇴근하는 길에 은행잎 하나 주워오려고 합니다. 아마 내일까지는 은행잎이 거리에 남아있을 것입니다.

<April come she will>

When streams are ripe and swelled with rain
May she will stay
Resting in my arms again
June she'll change her tune
In restless walks she'll prowl the night
July she will fly
And give no warning to her flight
August die she must
The autumn winds blow chilly and cold
September I'll remember
A love once new has now grown old

<4월에 그녀는 올거야>

4월에 그녀는 올거야
비로 시냇물이 풍부해지고 불어날 때
5월에 그녀는 머물거야
다시 내 품에서 쉬겠지
6월에 그녀의 노래도 달라질 거야
안절부절 못하는 걸음걸이로 그녀는 밤을 배회할 거야
7월에 그녀는 떠나갈거야
그녀는 이별에 아무런 예고도 없이

8월에 그녀는 떠나야만 해
가을바람이 쌀쌀하고 차갑게 부네
9월에 나는 기억하겠지
한때 새로웠던 사랑이 이제는 옛 것이 되었네

6. 치유될 수 없을 것 같은 상처

언젠가는 다치기 마련입니다. 다치지 않고 살아갈 수 있는 방법은 없습니다. 그 시기가 언제인지, 그 정도가 얼만큼인지가 다를 뿐입니다.

다치면 아프기 마련입니다. 다쳤는데도 불구하고 아프지 않은 사람은 이 세상에 존재하지 않습니다. 그 상처가 어느 정도냐 따라, 어디를 다쳤느냐에 따라 고통의 차이는 있을지언정 아프지 않은 사람은 없습니다.

다치고 나서 아프기는 하지만 언젠가 낫기 마련입니다. 너무 많이 다쳐 낫지 않을 것 같은 상처도 시간이 흐르면 언젠가는 아물게 되고, 치유될 것 같지 않은 커다란 고통도 시간이 좀 오래 걸리기는 하지만 사라질 때가 옵니다.

처음 다쳤을 때는 그 아픔과 고통이 사라지지 않는 것 같아 현실이 싫기도 합니다. 어디론가 멀리 달아나면 그 상처가 따라오지 않을 것 같기도 해서 나름 혼자 도망가기도 합니다.

두 번째 다쳤을 때는 그나마 경험이 있어 처음과는 다르지만 그래도 아픔에 익숙하지 않아 괴로움을 견디기가 쉽지는 않습니다. 나에게 왜 이런 일이 또 일어나는지 모든 것이 원망스럽고 화가 나기도 합니다.

많이 다쳐볼수록 삶이 무엇인지, 인간이 무엇인지, 운명이 무엇인지 어렴풋하게 알게 되는 것 같습니다. 그리고 무엇보다 중요한 것은 아무리 크게 다치고, 그 아픔과 고통이 너무나 크더라도 시간이 지나면 서서히 치유된다는 것을 알게 되는 사실입니다.

이 세상에 올 때 아무것도 가지고 오지도 않았고, 이 세상을 떠날 때 아무것도 가지고 갈 수 있는 것이 없는데, 다치고 아픈 것은 그다지 엄청난 것이 아니라는 사실을 인식하게 됩니다.

이제는 다치거나 아픈 것에 두렵지 않습니다. 나름대로 치유할 수 있는 방법을 알고, 너무 아프면 그동안 열심히 살아왔으니 이제 좀 쉬라는 의미에서 다친 것이 아닐까 하는 생각을 하게 됩니다. 그렇게 편하게 마음먹고 아무 생각 없이, 아무런 바라는 것 없이, 그저 혼자 방에 틀어박히거나, 마음이 통하는 사람을 만나거나, 어딘가 훌쩍 떠나거나 하다 보면, 나도 모르는 사이에 다친 상처가 어느 정도 아물어 있곤 합니다.

상처가 많이 있지만, 그 상처를 가끔 돌아보며 나에게도 이렇게 아팠던 적도 있고, 참아내기 힘들었던 시간도 있었구나 하며 스스로 위로를 하게 됩니다. 그렇게 상처는 나에게 삶에 대한 무감각을 일깨워주는 것인지도 모릅니다. 만약 그러한 상처가 없었다면, 삶이 무엇인지, 사람이 무엇인지, 나는 누구인지에 대해 한 번도 생각하지 않았을지도 모릅니다.

이제 그 모든 상처를 끌어안고 또 살아가려고 합니다. 그 상처는 온전히 나의 것이기에 내가 끝까지 끌어안고 가야 하겠지요.

나의 지금과 미래는 아마 그 상처와 함께일 수밖에 없음을 마음 속에 새기며 그렇게 살아가야 하겠지요.

7. 미워하지는 않겠습니다

　예전에 누군가에게 오해를 받은 적이 있었습니다. 나름대로 최선을 다해 설명했으나 저의 언어는 거울에 반사되듯 튕겨져 나올 뿐이었습니다. 더 이상 설명하는 것이 오히려 변명하는 것 같아 그만두고 말았습니다.

　오래전 누군가에게 무시를 당한 적이 있었습니다. 누구나 단점은 있기 마련인데 제가 아파하는 그곳에 유난히도 커다란 상처를 주었습니다. 그 상처는 영원히 아물 것 같지 않았고 더 이상 그를 대하기가 두려웠습니다.

　살아가다 보니 억울한 일을 당한 적도 많았습니다. 그런 일이 왜 나에게 일어나는지 알 수 없는 채로 지낼 수밖에 없었습니다. 화가 났지만 어쩔 수 없이 삼키곤 했습니다.

　나도 인간인지라 나를 아프게 하고 상처를 준 이들을 사랑할 자신은 없습니다. 솔직히 분노도 남아있고 그들을 미워하는 마음이 있지만, 이제는 그냥 다 내려놓기로 했습니다.

　나를 오해하건, 나를 무시하건, 나를 억울하게 하건, 누구나 실수를 하듯이 그들도 실수한 것인지 모릅니다. 혹여 실수가 아니라 할지라도 이제는 그것에 대해 연연하지 않을 생각입니다. 그들도 언젠가는 자신에 대해 알 수 있는 날이 올 것이라는 생각이 들기 때문입니다. 만약 당시 그들이 그러한 것들을 알았다면 아마 그렇게 하지는 않았을 것이라는 생각이 들곤 합니다.

사랑하지는 못해도 그들을 미워하지는 않으려고 합니다. 왜냐하면 모든 존재는 소중하다는 생각이 들기 때문입니다. 또한 나름대로 살아가려는 의지로 자신의 삶을 살아가고 있기에 그 과정 중에 일어나는 일이라 생각하기로 했습니다.

그들을 미워하지 않으려 하는 이유는 나 자신을 위한 것일지도 모릅니다. 미워하는 마음이 커질수록, 분노와 억울함이 쌓일수록, 그러한 것들이 나 자신의 내면을 파괴한다는 생각이 듭니다.

내가 누군가를 미워하기 시작하면 나의 내면의 세계는 금이 가기 시작하고 이로 인해 나 자신마저 더욱 나쁜 자아로 되는 것 같기에 더 이상 그러한 길을 가지 않으려 합니다. 누군가를 미워하면 나는 점점 작은 세계에서 살아가야만 하는 것 같고, 미워하는 마음을 멈춘 채 사랑의 마음으로 보려고 노력하면 나 자신의 세계가 점점 커져가는 생각이 들기도 합니다.

어떤 상황이나 어떤 경우라 하더라도 누군가를 미워하는 나의 마음은 결국 나 자신을 더 형편없는 존재로 만들기만 하기에 나 자신을 위해서라도 더 이상의 미움은 멈추기로 하였습니다.

미움을 멈춘다는 것이 결코 쉽지는 않지만, 일단 그렇게 하기로 마음을 먹은 이상 불가능하지는 않을 것이란 생각이 듭니다. 나를 힘들게 한 사람을 사랑할 수는 없어도 이제 더 이상 미워하지는 않으리라는 마음으로 이 가을을 보내려 합니다. 오늘따라 가을 햇살이 유난히 아름다운 것 같습니다.

8. 경계를 넘어

　시공간은 정해져 있는 것 같지만 꼭 그렇지는 않습니다. 오늘이라는 시간은 우리가 단지 오늘이라고 정한 것에 불과할 뿐 시간 그 자체가 오늘이라고 정한 것은 아닙니다. 여기라는 공간도 우리가 그렇게 생각할 뿐 공간 그 자체가 여기라는 지점을 정해 놓은 것은 아닙니다. 어제와 오늘과 내일, 여기와 저기는 단지 우리의 생각으로 인한 것이고 그로 인해 경계가 생기게 됩니다. 여기가 아니니 저기가 되고, 오늘이 아니니 어제와 내일이 생길 뿐입니다.

　우리가 살고 있는 이 세상이 4차원 시공간이라고 생각을 하고 있지만, 세상은 어쩌면 4차원이 아닐지도 모릅니다. 만약 이 세계가 4차원이 아니라면 어떤 일이 생기게 될까요? 우리가 세상을 4차원으로 정해버렸기에 4차원으로 생각하게 될 뿐 다른 차원의 시공간에 대해서는 전혀 모르게 되고 말 것입니다. 사실 우리가 이 세상을 4차원이라고 인식하게 된 것도 100여 년 전 아인슈타인의 상대성이론이 나온 이후였습니다.

　경계란 어찌 보면 마음과 생각에 의해 생기는 것이 아닐까 합니다. 누군가를 좋은 사람이라고 생각하면 그 사람은 좋은 사람이 됩니다. 어느 순간 그 사람이 싫어져서 나쁜 사람이라는 생각이 되면 그 사람은 나쁜 사람이 되어버리고 맙니다. 그 사람은 변하지 않았는데도 불구하고 나의 생각이 그 사람을 좋은 사람에서 나쁜 사람으로 바꾸어버리고 말았습니다.

　원래 그 사람을 잘 몰라서 그랬다고 할 수 있지만, 그것은 어불성설입니다. 더 시간이 지나 나쁜 사람이라고 생각했던 그 사람만큼 더 좋은 사람이 없다는 것을 발견하게 될지도 모릅니다. 그 사람을 나쁜 사람이라고 생각했을 당시 나 자신이 몰랐던 그 사람만의 형편과 상황이 있었을 수도 있으니까요. 아주 힘든 일을 겪었던가, 몹시도 괴로운 어떤 일이 있어 평상시의 다른 모습을 보고 나 자신이 그에 대해 판단해 버렸다면 그것은 어쩌면 나의 잘못이 될 수도 있습니다. 나 스스로 경계를 지어 만들어버렸기에 그러한 일이 일어나고 마는 것입니다.

우리가 경계를 만들어버린다면 세상은 그 경계를 기준으로 갈려버리고 맙니다. 정말 좋은 사람인데도 불구하고 그에 대해 나쁜 사람이라고 경계 짓는 순간 그와의 인연은 끝나고 맙니다. 본질을 알기 전 나 스스로 경계를 그어 그 본질과 이별을 고하고 마는 것입니다.

경계를 넘어선다는 것은 결코 쉽지 않은 일일 것입니다. 내가 생각하는 것, 옳다고 믿는 것, 내가 가지고 있는 지식을 넘어서야 하기 때문입니다. 결국 나 자신이라는 경계를 넘나들어야 하기에 어쩌면 정말 어려운 일이라 할 것입니다. 하지만 어려운 일이니 도전해 보는 것도 괜찮을 것 같다는 생각이 됩니다.

나 자신에 대해 옳다고 주장하는 한, 경계를 넘어서는 것은 결코 가능하지 않을 것입니다. 자신에 대해 확신하면 할수록 그 사람의 경계는 계속 작아질 수밖에 없게 되고, 시간이 지날수록 자신의 경계 밖의 세상을 볼 수 있는 능력이 사라져 버리게 되고 말 것입니다.

나에게 보이는 것이 전부가 아닙니다. 내가 알고 있는 것이 다가 아닙니다. 나에게 보이지 않는 세상이 있고, 내가 잘 알지 못하는 세계가 있습니다. 내가 볼 수 있는 것은 극히 작은 세계에 불과하며, 내가 알고 있는 것은 바닷가 모래밭의 모래알 몇 개에 불과할 뿐입니다. 자신의 손바닥 안에 있는 모래알 몇 개로 그것이 세계의 전부라고 생각하는 한 그는 자신의 경계 너머에 있는 세상을 결코 볼 수 없을 것입니다.

자신의 주장을 강하게 하는 사람을 보면 똑똑해 보이기는 합니다. 하지만 그의 세계는 그것으로 인해 점점 좁아가고 있을지도 모릅니다. 다른 사람과의 논쟁에서 이기는 것에서 성취감을 느끼기도 할 것입니다. 하지만 그것이 그가 경계를 넘어서는 것에 방해가 될지도 모릅니다.

"좋은 것 속에 좋은 것이 없고, 싫은 것 속에 싫은 것이 없다."라는 말이 있습니다. 출처가 어디인지 저는 잘 모르지만 이 말을 기억은 합니다. 자신의 분별은 오직 자신의 문제일 뿐 본질과는 다릅니다. 본질에 충실하기 위해서는 경계를 넘어서야 하지 않을까 싶습니다. 경계를 두는 한, 진정한 세상을 볼 수는 없습니다. 세상은 어쩌면 경계가 없는 하나일지도 모릅니다. 나 스스로 경계를 만드는 한 그 경계를 넘어선다는 것은 꿈조차 꿀 수 없을 것입니다. 내가 만든 경계를 허물어뜨리는 일, 그것이 어쩌면 나의 경계를 넘어서는 출발점이 될 수 있을 것입니다

9. 속죄가 의미 있을까?

영화 어톤먼트는 맨부커상을 수상한 이언 매큐언의 소설을 영화화한 것입니다. 어톤먼트(Atonement)란 우리나라 말로 속죄란 뜻입니다. 어떻게 해서 이런 제목이 붙었던 것일까요? 누가 대체 어떤 잘못을 했길래 속죄를 원하고 있는 것일까요? 그 속죄가 정말 이루어졌을까요?

소설가를 꿈꾸는 13살의 브라이오니(시얼샤 로넌)는 상상력이 풍부한 소녀였습니다. 그녀의 언니인 세실리아(키이라 나이틀리)와 로비(제임스 맥어보이)는 마음을 숨기고 있었지만, 사실 어릴 때부터 서로 좋아하는 사이였습니다.

어느 날 로비가 세실리아의 집으로 놀러 옵니다. 그날 마일어난 사건으로 로비가 범인으로 지목됩니다. 하지만 로비는 전혀 그 사건과 관계가 없었습니다. 브라이오니는 자신의 상상력을 바탕으로 잘 알지도 못한 채 로비가 범인이라고 증언합니다. 어린 소녀가 거짓말을 할 거라고 생각한 사람은 없었고, 이로 인해 로비는 경찰에 연행되어 감옥에 가게 될 상황에 처하게 됩니다. 하지만 당시는 2차 세계대전이었고 감옥에 가는 대신 전쟁터로 가게 됩니다.

로비를 잊지 못하는 세실리아는 간호사가 되었고 그가 돌아오기만을 기다립니다. 로비 또한 전쟁이 끝나서 세실리아에게 돌아가기만을 희망하며 끔찍한 전쟁을 버텨냅니다.

로비는 다음과 같이 말합니다.

"돌아갈게.

너를 찾을게.

너를 사랑할게.

너와 결혼할게.

그리고

한 점 부끄러움 없이 살도록 할게."

하지만 전쟁은 세실리아와 로비의 사랑을 앗아버리기에 충분했습니다. 제대를 얼마 남기지 않은 로비는 덩케르크 철수 전에 패혈증으로 결국 사망하게 됩니다. 세실리아 역시 간호를 하던 중 투하된 폭탄으로 인해 세상을 떠납니다. 순수했던 세실리아와 로비의 사랑은 그렇게 허무하게 끝나고 맙니다. 만약 브라이오니의 증언만 아니었다면 그들은 아름다운 사랑을 할 수 있었을 것입니다.

우리는 흔히 내 주위에 있는 누군가를 잘 알고 있다고 생각합니다. 스스로 다른 사람에 대해 판단합니다. 그 사람의 잘못을 확신하기도 합니다. 그 사람의 상황을 이해하려고 하지 않은 채 나 자신의 안목으로만 모든 것을 결정합니다. 제대로 알고 있지 않으면서도, 자신이 제대로 알고 있다는 사실조차 모른 채 제대로 알려고 노력도 하지 않습니다. 다른 사람과 사건에 대해 자기 마음대로 상상하고 해석합니다. 그것이 전혀 아무런 근거도 없는데도 자신이 알고 있는 것이 전부인 것처럼 믿고 맙니다. 다른 가능성을 전혀 생각하지 않습니다. 자신이 생각하고 있는 것이 잘못일 수 있다는 것에 대해 무감각합니다.

브라이오니의 상상과 오해 그리고 거짓말은 밝은 미래와 희망을 꿈꾸던 세실리아와 로비를 완전히 파멸시켜 버렸습니다. 둘은 사랑은커녕 다시 만나지도 못했고 20대 초반이라는 그 젊은 나이에 그들의 삶은 아침이슬처럼 사라져 버리고 말았습니다.

브라이오니는 나중에 그녀의 꿈대로 소설가가 되었고 치매가 걸릴 때까지 살았습니다. 그리고 그녀는 다음과 같이 말합니다.

"소설가에게 속죄란 불가능하고 필요 없는 일이다. 중요한 것은 그럼에도 불구하고 그가 속죄를 위해 노력했다는 사실이다."

정말 그럴까요? 속죄를 위해 노력했다는 것이 중요한 것일까요? 그녀가 아무리 속죄를 한다고 한들 죽은 세실리아와 로비가 살아서 돌아올까요? 그 둘이 이루지 못한 사랑과 잃어버린 젊은 시절을 다시 회복할 수 있을까요?

속죄는 아무런 의미가 없는 것이 아닐까 싶습니다. 중요한 것은 속죄를 위해 노력하는 것이 아니라 속죄가 될 일을 하지 않는 것이 아닐까요?

자신이 알고 있는 것이 전부가 아니라는 사실, 상상으로 다른 사람을 판단하지 말아야 한다는 사실, 알지도 못하면서 아는 것처럼 거짓말을 하지 않는 그런 것이 더 중요한 것이 아닐까요?

우리가 살아가면서 잘못한 것들은 돌이킬 수가 없습니다. 시간은 절대로 거꾸로 가지 않습니다. 자신이 쌓은 잘못은 그것으로 씨가 되어 다른 문제를 일으킬 뿐입니다. 속죄가 필요하지 않은 인생, 그것이 아마 최선이 아닐까 싶습니다.

10. 물과 같은 삶

도덕경 8장에는 상선약수(上善若水)라는 말이 나옵니다. 여기서 상선이라 최고의 선을 말합니다. 즉, 상선약수란 최고의 선은 물과 같다는 뜻입니다.

왜 최고의 선이 물과 같은 것일까요?

上善若水.
水善利萬物而不爭,
處衆人之所惡,
故幾於道.
居善地,
心善淵,
與善仁,
言善信,
正善治,
事善能,
動善時.
夫唯不爭, 故無尤.

최상의 덕은 물과 같다.
물은 만물을 이롭게 하여 다투지 않는다.
모든 사람들이 싫어하는 곳에 가기를 좋아한다.
그러므로 도에 가깝다.
거처로는 땅을 좋다고 하고,
마음은 깊은 것을 좋다고 하고,
사귀는 데는 어진 것을 좋다고 하고,
말은 진실한 것을 좋다고 하고,
다스릴 때는 질서 있음을 좋아하고,
일할 때는 능력있게 하고,
움직임에는 때에 맞음을 좋다고 한다.
오직 싸우지 않으니, 허물이 없다.

　노자는 최고의 선이 물과 같은 이유를 다음과 같이 설명합니다. 첫째 물은 만물을 이롭게 하기에 상선이라는 뜻입니다. 너무나 당연한 말이지만, 결코 행하기는 쉽지 않을 것입니다.
　나는 다른 사람들에게 이로움을 주는 사람일까 생각해 봅니다. 그렇지 못함을 인정할 수밖에 없습니다. 시간이 지나며 지금보다는 좀 더 다른 존재들에게 이로움을 줄 수 있을지 생각해 봅니다. 하지만 그것도 쉽지는 않을 것입니다. 그래도 어제보다는 오늘, 오늘보다는 내일 조금이라도 다른 이들에게 이로움을 줄 수 있기를 노력해야 할 것입니다.
　둘째는 물은 다투지를 않습니다. 물이 가는 길에 무언가가 있으면 그저 돌아서 흐릅니다. 자신의 가는 길을 가로막을지라도 그냥 나누어져 지나갈 뿐입니다. 산이 막으면 산을 돌아서 커다란 바위가 막으면 바위를 지나서 자신의 갈 길을 찾아 흐를 뿐입니다.

언젠가부터 다툼이 있는 자리에는 가지를 않기 시작했습니다. 친구들이건 친척들이건 다툼을 일삼는 사람들을 피하기 시작했습니다. 물론 그것이 최선의 방법은 아니나 그런 다툼 자체가 싫어지기 시작했습니다. 논리적으로 따지고, 대화를 해서 푸는 것에도 한계가 있음을 느낍니다. 다툼의 시간마저 이제는 아깝다는 생각이 듭니다. 별 차이가 없기 때문입니다. 주어진 시간에 해야 할 일도 다 못할 터인데 다투다 언제 그 일들을 할까 싶어 그런 자리를 피하곤 합니다. 내가 누군가를 바꾼다는 것은 불가능하지는 않지만, 이제는 그러한 것들을 그들에게 남겨두어야 할 때임을 느끼곤 합니다.

셋째 물은 모든 사람이 싫어하는 곳에 가기를 좋아합니다. 모든 사람이 싫어하는 곳이란 어디를 말할까요? 아마 그곳은 아주 낮은 곳일 것입니다. 대부분의 사람들은 자신의 위치보다 높은 곳으로 올라가려고 합니다. 가난하고 비참한 곳에는 가지 않으려고 합니다. 소외된 곳, 힘들고 어려운 곳에는 가지 않으려고 합니다. 하지만 물은 낮은 곳을 향합니다. 항상 자신이 있는 곳보다 더 낮은 곳으로 흐를 뿐입니다. 높을 곳으로 흐르는 물은 없습니다. 본성적으로 욕심이 없다는 뜻입니다. 높은 곳에서부터 흘러 낮은 곳까지 자신이 해야 할 일을 다 끝낸 후 바다로 흘러 들어갑니다. 그리고는 바다에서 다시 하늘 그 위로 가게 됩니다.

우리는 대부분 더 많은 것을 얻기 위해, 더 높은 곳으로 가기 위해, 다른 사람에게 못 할 짓을 하고 다른 사람에게 아픔을 주며 가지고 있는 것으로도 충분한데도 불구하고 더 많은 것을 가지기 위해 덜 가진 사람들의 것마저도 빼앗곤 합니다. 시간이 지나 죽을 때가 되면 아무것도 가지고 갈 수 있는 것이 없다는 것을 아는데도 불구하고 그렇게 살아갑니다.

물과 같은 삶은 너무 이상적이어서 불가능할지도 모릅니다. 하지만 노력한다면 지금보다는 더 나은 자아를 가지고 살아갈 수는 있을 것입니다. 다른 사람과 다투는 것보다는 다투지 않는 것이 나 자신 내면의 평안을 위해서는 훌륭한 선택일 것입니다. 해로움을 주는 사람보다는 이로움을 주려고 노력하는 것이 더 가치 있는 것은 누구나 다 아는 사실일 것입니다. 더 낮은 곳을 바라보는 것 또한 의미 있는 일이 아닐 수 없습니다.

한 사람이 아닌 더 많은 사람이 물과 같은 삶을 살아가려고 노력한다면 그 사회는 지금보다는 훨씬 나은 사회가 될 것임은 너무나 분명합니다.

주어진 시간이 얼마일지는 모르나 그 시간이나마 지금보다는 더 물과 같은 삶을 살아갈 수는 없을지 고민할 필요가 있지 않을까 싶습니다. 나 자신을 내세우기보다는 내려놓고, 다른 사람에 대해서는 있는 그대로 받아들이는 것만으로도 물과 같은 삶을 살아갈 수 있는 길을 가는 첫걸음이라는 생각이 듭니다. 어쩌면 물과 같은 삶이 나 자신을 위한 가장 좋은 길이 아닐까 싶습니다.

11. 모든 것에서 자유롭기 위하여

　우리가 살아가면서 최악의 것은 무엇일까요? 사람마다 다르겠지만 각자에게 최악의 것은 존재할 것입니다. 소중한 사람을 잃는 것이 최악일 수도 있고, 사랑하는 사람과 헤어지는 것이 최악일 수도 있을 것입니다. 오래도록 건강하기를 원하지만 커다란 병에 걸리는 것이 최악일 수도 있으며, 갑자기 죽음을 가까이 경험하는 것이 최악일 수도 있을 것입니다.

　중요한 것은 그러한 최악의 것을 어떻게 할 것인지에 대한 나의 태도가 아닐까 싶습니다. 최악의 것을 받아들일 수 있다면 어떠한 일이 나에게 일어나더라도 그 모든 것에서 자유로울 수 있을 것입니다.

　바라지 않았던 것, 원하지 않았던 것, 피하고만 싶었던 것, 절대 부딪히고 싶지 않았던 것, 나에게 결코 일어나지 않으리라 믿었던 것, 그러한 것들이 나에게 다가오더라도 최악의 것을 겪고 그것을 받아들인 이후라면 전혀 문제가 되지 않을 것입니다.

　왜냐하면 가장 좋지 않은 것을 받아들였기에, 더 이상 나를 힘들게 하거나 고통스럽게 하거나, 아프게 하는 것이 없기 때문입니다.

　만약 그렇게 된다면 모든 것에서 자유롭고, 모든 것에 연연하지 않으며, 모든 것에서 힘들거나 괴롭지 않을 수 있을 것입니다. 나에게 어떤 일이 일어나도 더 이상 그러한 것에 마음 상하거나 그것으로 인해 나의 내면에는 어떠한 일도 일어나지 않을 것입니다. 그저 잔잔한 호수처럼 매일 그렇게 고요하게 살아갈 수 있지 않을까 싶습니다.

물론 최악의 것을 받아들이는 것이 쉽지만은 않을 것입니다. 하지만 그것을 받아들일 수밖에 없는 상황이 생기게 된다면 어떻게 할까요? 누군가는 끝까지 거부하겠지만, 누군가는 모든 것을 내려놓고 받아들일 것입니다.

삶은 특별하지만 그렇다고 엄청난 것도 아닙니다. 인생은 아름답지만 그렇다고 해서 집착할 만한 것도 아닙니다. 모든 것은 다 그만그만할 뿐 그저 존재하는 것으로 충분할 뿐입니다.

최악의 것을 직접 경험할 수도 있지만 그렇지 않을 수도 있습니다. 물론 생각만으로 최악의 것을 받아들이는 것은 마음처럼 되지는 않을 것입니다. 하지만 최악의 것을 직접 경험하기 전에 그것을 받아들인다면 정말 커다란 삶의 단계를 넘어서는 것이 아닐까 합니다. 물론 주위에서 그러한 사람을 아직 만나보지는 못했습니다.

이제는 모든 것에서 자유롭고자 합니다. 주위의 사람에게서도, 종교에서도, 죽음에서도, 삶에서도, 그 모든 것에서 자유롭고 싶습니다. 물론 지금 모든 거에서 그것이 가능하지는 않다고 하더라도 점점 그럴 수 있도록, 그러한 길을 갈 수 있도록 하려고 합니다. 주어진 삶이 극히 짧다는 것을 너무나 잘 알기에 더 이상 지체하지 않고, 그 모든 것에서 점점 자유롭게 나머지 주어진 시간을 채워가고자 합니다.

12. 삶의 불확실성

　삶에는 좋은 일만 일어나지는 않습니다. 내가 생각한 대로 계획한 대로 삶이 펼쳐지지도 않습니다. 순탄한 삶을 바라지만 삶은 결코 우리에게 그것을 허락하지도 않는 듯합니다.

　큰 질병을 앓아 고생을 해 본 사람은 알겠지만, 그 질병을 다시 겪고 싶지는 않을 것입니다. 살아가며 커다란 고생을 해 본 사람 또한 두 번 다시 그러한 고생을 하고 싶어 하지 않습니다. 하지만 살아가다 보면 다시 커다란 병에 걸리기도 하고, 더 힘든 고생을 겪어내야 하기도 합니다.

　우리의 삶은 결코 우리가 원하는 대로, 계획된 대로 흘러가지는 않습니다. 수많은 불확실성이 가득한 것이 바로 우리의 인생일 것입니다.

　예전에는 어려움이 없는 삶을 꿈꾸었던 것 같습니다. 내가 원하고 계획하는 대로 삶이 흘러갈 것이라 생각했던 것 같습니다. 보다 확실하고 명확하게 삶이 만들어질 것이라 예상했던 것도 사실입니다. 삶의 불확실성을 받아들이지 않고 치열하게 최선을 다한다면 그러한 불확실함이 사라질 것이라 생각한 것 같습니다.

　이제는 삶의 불확실함을 받아들입니다. 불확실함이 가득한 것이 삶이라는 것을 인정하게 되었습니다. 더 이상 원하는 대로 계획한 대로 삶이 흘러갈 것이라는 기대를 하지는 않습니다.

삶은 원래 불확실한 것이기에 그것에 나를 맞추어 가기로 했습니다. 어떠한 일이 나에게 일어나도, 내가 원하지 않는 일이 나에게 다가오더라도, 내가 피하고 싶은 일이 나에게 닥치더라도 이제는 더 이상 그것을 두려워하지 않습니다. 삶이 워낙 그렇다는 것을 알기에 무슨 일이 나에게 일어나더라도 그냥 받아들이고 헤쳐 나가는 것을 당연하게 생각합니다.

누구에게나 아픔과 괴로움이 있기 마련인데 저에게도 당연히 그러한 일이 있기 마련일 것입니다. 누구에게나 슬픔과 어려움이 있기에 저에게도 그러한 일은 일어날 수밖에 없습니다. 지나온 세월이 그것을 너무나 확실하게 증명하고 있습니다.

삶의 불확실함이 나의 인생을 어떻게 하더라도 이제는 그러한 것에 흔들리지 않으려 합니다. 아무리 커다란 어려움과 아픔이 있을지언정 더 이상 그러한 것들에 마음 아파하지 않을 생각입니다. 물론 인간이기에 아플 수 있겠지만 아주 잠시만 힘들어할 생각입니다. 그 잠시라는 시간을 어서 보내고 훌훌 털어버린 채 다른 일을 할 생각입니다. 어차피 아무리 고민하고 마음을 쓸지언정 그것을 피하지 못하기 때문입니다.

삶은 원래 불안정하고 어려움으로 가득할 수밖에 없기에 그러한 일들이 나에게 일어나지 않기를 바라는 것은 어쩌면 일어나지도 않을 일을 희망하는 것과 같을 수밖에 없습니다. 일어나지 않을 일은 결코 일어나지 않을 것입니다.

안정되고 확실한 것을 꿈꾸는 것보다 불안정하고 불확실한 삶에서 어떠한 일들이 일어나건 그러한 것들을 이겨낼 수 있는 것에 저의 존재 의미를 두고자 합니다. 힘들고 어려운 일이 일어나지 않기를 바라기보다 아무리 힘들고 어려운 일이라도 그것을 해 내는 것에 더 마음을 쓸 생각입니다.

어쩌면 삶의 불확실함을 받아들이는 것이 삶을 더 아름답게 바 라볼 수 있게 될지도 모릅니다. 진정한 삶의 모습은 확실한 것이 아닌 불확실한 것이기에 그 불확실함에 맞서는 것이 삶을 더 의 미 있게 만들게 될지도 모릅니다.

앞으로 어떠한 일이 저에게 일어나건 이제는 더 이상 상관하지 않으렵니다. 그냥 헤쳐 나가기만 하면 되기에 힘들어하거나 어려 워하지도 않을 생각입니다. 나의 힘으로 해결되지 않는 일이라 할지라도, 내가 원하지 않는 방향으로 삶이 흘러가더라도 그 모 습 그대로 받아들일 생각입니다. 삶의 모습이 어떠할지라도 그것 이 더 이상 저에게는 문제가 되지 않습니다. 그저 살아가고 있다 는 그 자체만으로도 만족하며 기쁘게 받아들일 생각입니다.

13. 잊고 싶지 않은 얼굴들

돌이켜 생각해 보면 그동안 참으로 많은 사람들을 만났던 것 같습니다. 이제는 그 이름조차 잘 기억이 나지 않는 사람들도 많습니다. 제가 있었던 공간과 시간은 이루 셀 수 없이 많았고, 그 과정에서 만났던 모든 사람들은 이유가 어찌 되었든 한 공간과 시간 속에 있었기에 그 만남이 가능했을 것입니다. 그것은 결코 쉽지 않은 우연임을 부인할 수는 없습니다.

그 수많은 인연 중에서도 잊고 싶지 않은 얼굴들이 있습니다. 가슴 아프게도 그 얼굴 중에는 이미 이 세상을 떠나버리고 만 사람들도 이미 존재합니다. 또한 아직 이 땅 위에 살고 있으나 영원히 만나지 못할 사람도 있을 것입니다.

제가 잊고 싶지 않은 얼굴들은 그 첫 만남이 언제인지와는 상관없이 아직까지 제 마음 깊은 곳에 남아있기 때문일 것입니다. 바쁘게 사느라 정신이 없을지라도 어느 순간 그 얼굴들이 떠오릅니다.

오늘따라 그 얼굴들을 하나씩 떠올려보고 싶어졌습니다. 그에 맞추어 그 사람들의 이름 또한 기억해 내고자 애를 써 봅니다. 잊고 싶은 않은 그 얼굴들을 회상하며 지나온 시간을 추억해 봅니다.

잊고 싶지 않은 얼굴 중에 제가 정말 고마움을 느끼는 사람들은 저를 많이 좋아해 준 사람들이라는 것을 깨닫게 됩니다. 물론 그 사람들은 그리 많지 않습니다. 인연이 닿지 않아 잠시 스쳐 지나가는 듯한 사람도 있습니다. 하지만 그 시간의 길이가 중요한 것도 아니었던 것 같습니다. 마음만 있었다면 비록 짧은 시간이었을지언정 제 평생 동안 잊히지 않을 것만 같습니다.

잊고 싶지 않은 사람들과 함께했던 시간은 참으로 따뜻했던 것 같습니다. 또한 순수하고 아름다웠던 것 같습니다. 부족한 것이 많아도 있는 그대로 받아주고 이해했던 것 같습니다. 오래도록 함께하지 못함을 못내 아쉬워했던 것 같기도 합니다. 자기 자신을 내세우는 것보다는 상대를 우선 생각했던 것 같습니다. 비록 잘난 것은 없어도 아무런 문제가 없다고 인식했던 것 같습니다.

잊고 싶지 않은 사람들과 함께했던 그 시절로 한 번만이라도 돌아갈 수 있다면 얼마나 좋을까요? 그런 기회가 저에게 주어진다면 정말 얼마나 기쁘고 행복할까요? 어린아이의 마음으로 그것을 기대하는 것은 무슨 이유 때문일까요?

아름다운 추억으로만 만족하고 싶지 않은 이유는 아마도 그 잊고 싶지 않은 얼굴들이 많이 그립기 때문인가 봅니다. 아무것도 바라지 않고 그저 함께 있었던 것만으로도 행복했던 시간이었습니다. 그 얼굴을 다시 볼 수 없다는 것을 너무나 잘 알기에 마음이 무겁기도 합니다. 삶은 그렇게 우리를 외면하는 것 같습니다.

현실을 너무나 잘 알기에, 잊고 싶지 않은 얼굴들을 추억해 보는 것만으로 만족해야 할 것 같습니다. 그래도 그 추억할 수 있는 시간이 저를 행복하게 해주는 것 같습니다. 그 얼굴들이 있었

기에 그나마 저의 삶이 비참해지는 것 같지는 않습니다. 나의 잊
고 싶지 않은 사람들이 지금 어디에 있는지 알 수는 없으나 오
래도록 행복하기를 바랄 뿐입니다.

14. 할 수 있는 이유, 할 수 없는 이유

　이번 일요일에도 새벽 6시에 20km 정도를 달렸습니다. 제가 마라톤을 하는 것은 할 수 없는 이유를 극복하고 할 수 있는 이유에 마음을 둘 수 있기 때문입니다.

　운동을 해본 적이 별로 없고 체력도 좋지 않은 저로서는 사실 마라톤은 무리라 할 것입니다. 다른 사람보다 일찍 지치고 스피드를 따라갈 수가 없어 항상 맨 꼴찌로 들어오곤 합니다. 그래도 포기하지 않고 꾸준히 하고 있습니다.

　마라톤을 하다 보면 당연히 힘든 경우가 많이 생깁니다. 사람의 몸에는 한계가 있기에 버텨내기가 사실 쉽지는 않습니다. 예전에 교통사고로 다리를 크게 다쳤기에 오래 달리다 보면 무리가 오곤 합니다.

　마라톤은 당연히 힘이 들고 완주를 하기까지 많은 정신적 과정을 겪는 것 같습니다. 중간에 그만두고 싶은 생각이 수도 없이 들기도 합니다. 완주를 하지 않을 이유를 찾는다면 사실 너무 많을 것입니다. 다리가 풀려 잘 나가지도 않고, 숨이 턱까지 차올라 호흡하기도 힘들고, 아무리 달려도 거리가 쉽게 줄어들지도 않고, 발목에 통증이 오기도 하고, 인대가 늘어난 것 같기도 하고, 근육에 경련이 일어나기도 하며, 너무 땀을 흘려 탈수 증세도 보이기도 하고, 다른 무엇보다 이걸 왜 시작했나 싶은 생각이 들기도 하며, 완주를 했다고 해서 별 특별한 것도 없는 것 같기도 합니다. 완주하지 못하는 이런저런 핑계를 댄다면 정말 수많은 변명을 할 수 있을 것입니다.

살아가는 모든 것이 비슷하지 않나 싶습니다. 할 수 없는 이유를 찾는다면 정말 많을 것입니다. 할 수 없는 측면, 포기하고 싶은 마음으로 바라본다면 할 수 있는 이유를 찾기는 쉽지 않습니다.

왜 마라톤을 하느냐고 묻는다면, 사실 적당한 답은 없습니다. 그렇게 힘든 것을 왜 하냐고 묻는다 해도 무슨 말로 답해야 할지 저도 잘 모릅니다.

그저 제 생각은 달리다 보면 나의 한계를 느낄 수 있고, 그 한계를 극복하면서 살아있음을 경험할 수 있기 때문입니다. 진정한 나의 모습은 현재 있는 그대로의 모습이 아니라 나의 한계를 극복하는 과정에서 발견하는 데 있지 않을까 싶습니다. 그러기에 할 수 없는 이유를 찾기보다는 할 수 있는 이유를 찾고자 노력할 뿐입니다.

이런저런 변명이나 핑계보다는 단지 완주를 했다는 것만으로도 충분한 이유가 되지 않을까 싶습니다. 할 수 없는 이유 100가지를 찾을 시간에 할 수 있는 이유 1가지만 있어도 그것을 가슴에 품고 달리면 되지 않을까 싶습니다.

살아가는 모든 과정이 그런 것 같습니다. 내가 해야 하는 일 중에서 할 수 없는 이유를 찾아 그것을 피하다 보면 나는 항상 그 자리에서만 머무르고 말 것입니다. 다만 할 수 있는 이유 한

가지만 가지고서라도 끝까지 하다 보면 언젠가는 결승선에 도착할 것입니다. 비록 결승선에 도착하지 않더라도 그 과정에서 얻은 경험으로 지금보다는 더 나은 자리에서 다음을 맞이할 수 있을 것입니다.

이제 할 수 없는 이유 자체를 버리고 할 수 있는 이유만으로 생활해야겠다는 생각을 합니다. 이제 봄이 되었으니 여기저기 아름다운 꽃들이 만발할 것입니다. 그 연약한 생명체도 추운 겨울을 버티어 냈기에 예쁜 꽃을 피워내는 것이 아닐까 싶습니다.

15. 내 마음을 바라보며

겨울이 언제였나 싶을 정도로 날씨가 따뜻해졌습니다. 일주일을 정신없이 보내고 다시 주말을 맞이합니다. 주말에도 계획한 것들이 있으니 그것을 하다 보면 시간이 다 지나가겠지요.

잠시 할 일을 내려놓고 창밖을 바라봅니다. 내 눈에 보이는 사물들, 지나가는 사람들, 그러다 문득 내 마음을 바라보고 싶은 생각이 들었습니다.

내 마음은 어떻게 생긴 것일까요? 내 마음의 모습을 볼 수는 있는 것일까요? 그저 마음이 가는 대로, 느껴지는 대로 그렇게 살아가고만 있는 것은 아닐까요?

하는 일도 많고, 해야 할 일도 많고, 하고 싶은 일도 많고, 만나는 사람도 많지만, 정작 나는 내 마음에 대해 잘 알고 있는 것일까요?

지금 내 마음속에서는 어떤 일이 일어나고 있는지, 내 마음을 위해 무엇을 할 수 있을지 생각해 봅니다. 내 마음속에 누군가를 미워하고 있는 것은 아닌지, 무언가에 대해 분노를 하고 있는 것은 아닌지, 지금의 마음으로 계속 살아가도 되는 것인지, 자세히 보고 싶은 마음이 들었습니다.

내 마음이 진정으로 갈망하고 있는 것은 무엇인지, 원하는 것이 있다고 하더라도 내 마음이 스스로 체념하고 있는 것은 아닌지, 스스로에게 물어봅니다.

나에게 가장 중요한 것은 나의 마음이 아닐까 싶습니다. 나는 내 마음을 정말 아끼고 사랑해 주었던가 생각해 보면 그렇지 못했던 것 같습니다.

다른 일들에 휘달려 내 마음을 홀로 내버려두곤 했던 것 같습니다. 힘들고 지친 내 마음을 나는 스스로 위로를 해주었던가 생각해 봅니다. 주인은 나 자신인데 다른 이들에게 내 마음을 의지해 온 것은 아닌지 돌아봅니다.

내 마음이 외로웠다면 외롭지 말라고, 내 마음속에 미움이 가득하다면 그 미움들을 버리라고, 내 마음속에 분노가 있다면 그 분노를 얼른 없애라고 해야 하지 않을까 싶습니다.

다른 이들은 내 마음을 하나도 알지 못할 것입니다. 다른 이들은 내 마음에 대해 관심도 없을 것입니다. 나마저 내 마음에 대해 외면하고 있었던 것은 아닌가 싶습니다.

내 마음이 행복해질 수 있도록 나부터 노력해야 할 것 같습니다. 그러기 위해서는 자주 내 마음을 바라보아야 한다는 생각이 들었습니다. 너무 바쁘게 살지 말고, 계획된 것에만 집착하지 말고, 가끔은 스스로를 바라보며 내 마음의 상태를 돌아보아야 할 것 같습니다.

내 마음속에 어떠한 일들이 일어나고 있는지, 진정으로 바라는 것은 무엇인지, 그러한 바라는 것들이 나의 삶에 어떤 의미가 있는 것인지, 나의 마음을 얼마나 잘 알고 있는지, 아무리 바쁘더라도 잠시 모든 것을 내려놓고 내 마음과 이야기를 나누어야 할 것 같습니다.

만약 내 마음이 지쳐있다면 스스로 응원과 격려를 보내주고 싶습니다. 내 마음의 어딘가에 문제가 있다면 다른 무엇보다 그것을 먼저 해결해야 할 것입니다.

마음의 자유와 평안은 오직 나에게 달려있을 것입니다. 마음속에 있는 원하지 않는 것들을 속히 내려놓고 싶을 뿐입니다. 누군가를 미워하거나, 증오하거나, 질투하거나, 비난하는 마음이 있다면 다른 것들을 하기 전에 그것부터 사라지게 해야 하지 않을까 싶습니다.

아무것도 없는 듯한 비어있는 마음으로, 봄날 같은 따스한 마음으로 일상을 지내는 것이 진정한 나의 마음의 주인으로서 해야 할 일이 아닌가 싶습니다.

16. 선한 사람

선한 사람이 되고자 노력을 하지만 마음대로 쉽게 되는 것 같지는 않습니다. 언제쯤 진정으로 선한 사람이 될 수 있는 것일까요?

세월은 정말 빨리 흘러가는 것 같습니다. 남은 주어진 시간에 더 노력한다면 그것이 가능할지는 모르나 그럴 수 있도록 최선을 다해야겠다는 생각입니다.

요즈음에는 선한 사람과 만나려 애쓰고 있습니다. 그들과 함께하는 시간은 소중하고 즐거우며 행복할 수밖에 없기 때문입니다.

선한 사람은 자신의 생각을 타인에게 강요하지 않는 것 같습니다. 왜냐하면 타인을 존중하기 때문입니다. 비록 자신과 생각이 다르더라도 타인의 생각 또한 의미가 있기에 의견이 다르다는 이유로 그와 논쟁을 벌이거나 다투지는 않을 것입니다. 저도 그러려고 노력하지만 아직은 부족하다는 생각이 듭니다.

선한 사람은 다른 사람을 진심으로 걱정해 주는 사람인 것 같습니다. 그가 어디가 아픈지 궁금해하며, 그 아픈 것을 들어주고 위안이 될 수 있도록 나름대로 노력하는 사람입니다. 타인이 힘들고 아픈데도 불구하고 외면한다면 선한 사람이라 할 수는 없을 것입니다.

선한 사람은 타인과 함께함에 있어 즐거움을 느끼는 사람인 것 같습니다. 그럴 수 있기 위해서는 자신이 기준이 되어서는 안 될 것입니다. 모든 것을 자기 위주로, 자신의 생각대로 하려다 보면 다른 사람과 함께함의 기쁨을 느낄 수 없기 때문입니다. 비록 자신과 잘 맞지 않더라도 그와 함께하는 것에 더 큰 의미를 두고자 노력하는 사람일 것입니다.

선한 사람은 타인을 위해 자신의 욕심을 내려놓을 줄 아는 사람이라는 생각이 듭니다. 자신이 하고 싶은 일이 있거나, 이루고 싶은 목표나 욕망이 있더라도 타인을 위해 과감하게 그것을 포기할 줄 아는 사람이 선한 사람이 아닐까 싶습니다.

선한 사람과 이야기하다 보면 마음이 편해지고 가벼워집니다. 시간이 어떻게 가는 줄 모르며, 시간이 많이 지나더라도 더 이야기하고 싶어지곤 합니다. 더 이야기할 수 없음에 아쉬움이 많이 남는 사람, 그런 사람이 선한 사람이라는 생각이 듭니다.

선한 사람은 많은 것을 포용해 주는 것 같습니다. 자신을 고집하지 않으며, 타인을 있는 그대로 받아들일 수 있는 사람, 그런 사람이 선한 사람이 아닐까 합니다.

선한 사람은 타인을 욕하거나, 흠을 잡지 않고, 어떤 일이 일어나도 타인을 탓하거나 원망하지 않는 것 같습니다. 그의 단점보다는 장점을 보려고 노력하며, 잘못이 있더라도 살아가다 보면 그럴 수 있다고 아량을 베푸는 사람인 것 같습니다.

나는 선한 사람일까 생각을 해봅니다. 반성을 할 수밖에 없고, 남은 시간이나마 진정으로 선한 사람으로 살아가고자 합니다.

선한 사람이 그립습니다. 그런 사람들과 이야기를 나누며 함께

할 수 있는 시간이 많았으면 좋겠습니다. 아름다운 시간과 기억
에 남을 추억을 선한 사람과 만들어갈 수 있기를 소망합니다.

17. 바닷가의 섬

바닷가에 섬이 있었습니다. 태양은 하루가 아쉬운 듯 서쪽 하늘에 노을을 펼쳐놓았습니다. 그와 더불어 바닷가의 물은 점점 힘을 잃은 듯 빠져나가기 시작했습니다. 그렇게 조금 지나자 섬과 해안 사이에 길이 나타났고, 사람들은 그 길을 따라 섬으로 향했습니다.

저도 사람들을 따라 조금 전까지만 해도 바닷물로 가득했던 곳을 걸어서 섬까지 갈 수 있었습니다. 섬에 도착해 제가 있었던 바닷가를 바라보았습니다. 섬이었던 곳을 걸어서 올 수 있다는 것에 무언가를 얻은 듯 가슴이 부풀어 올랐습니다.

바닷가에는 수많은 섬이 있지만, 걸어서 올 수 있는 곳은 그리 많지 않을 것입니다. 이제까지 살면서 처음 경험해 본 것이니 앞으로도 이런 기회가 많지는 않을 것입니다.

그래서 그런지 그날따라 바다와 섬과 수평선, 태양과 저녁노을, 바다 위를 날아다니기 갈매기, 함께 섬에 들어오기 위해 걸었던 사람들, 그 모든 것들이 너무나 아름답게 느껴졌습니다. 아마 아름다움이란 흔하지 않은 것에 기인하는 것인지도 모릅니다.

살아가다 보면 흔치 않은 경험을 하곤 합니다. 그러한 경험이 삶의 아름다운 한 페이지를 채워나갈 때마다 감사하기도 하고 아쉽기도 합니다. 이 세상에는 정말 아름다운 것들이 많을 터인데 그러한 것을 다 경험할 수는 없을 것입니다. 제가 경험했던 그리고 경험할 수 있는 것들이란 극히 일부에 지나지 않을 것입니다.

경험할 수 있었음에도 하지 못했던 것들이 많이 있습니다. 아마 그것은 저의 부족함 때문이었을 것입니다. 이제 돌이켜 생각해 보면 비록 경험하지 못한 채 지나가 버린 것이지만 아직도 마음 깊숙한 곳에는 남아있습니다.

평생 그것을 다시 경험하지 못하겠지만, 미련은 간직하려고 합니다. 미련이 아무런 소용이 없다는 것을 모르는 바는 아니지만, 그것마저 잃고 싶지는 않기 때문입니다. 혼자서라도 간직하려는 것은 아름다울 수 있었을 그 순간도 저에게는 너무나 소중하기 때문입니다.

닿을 수 없을 것 같은 섬이지만 바닷물이 빠져 섬에 이르듯이 우리의 삶에서 비록 드문 경우겠지만 간절히 바라는 마음의 소망 중 이루어지는 것이 있으면 좋겠다는 생각이 들었습니다.

제가 지금 간절히 바라는 것이 있다고 하더라도 그리 쉽게 이루어지지 않을 것이라는 사실을 잘 알기에 그러한 마음이 더 드는 것인지도 모릅니다. 수백 개의 섬 중에서 걸어서 갈 수 있는 섬이 정말 몇 개 되지 않는 것처럼 말입니다.

소원은 이루어지지 않기 때문에 소원이라고 하는 것일까요? 그 소원이 그리 큰 것도 아니라면 한 번만이라도 이루어지면 안 되는 것일까요? 확률을 계산해 보면 차라리 소원을 가지지 않는 것이 현명한 것인지도 모르지만 그래도 마음속에서 그것을 계속 바라는 이유는 무엇 때문일까요?

바닷물이 사라진 그 길을 건너 섬에 도착했을 때 느꼈던 그

가슴 벅찬 순간처럼, 간절히 바라는 소망이 이루어진다면 얼마나 기쁠까요?

섬을 둘러보며 제가 바라는 소원을 몇 개 생각해 보았습니다. 그 소원이 더 시간이 지나기 전에 하나라도 이루어졌으면 좋겠다는 생각을 했습니다.

이런저런 생각을 하다 보니 사람들이 다시 섬을 나서기 시작하는 모습이 보였습니다. 시간이 지나면 다시 바닷물이 들어와 길을 덮어버릴 것이기 때문입니다. 섬에서 하룻밤을 보내고 싶다는 생각이 들었지만, 집으로 가야 합니다. 다시 해야 할 일이 있기 때문입니다. 저의 간절한 소원을 그 섬에 남겨두고 길을 나섰습니다. 아름다웠던 시공간에 소원을 남겨놓는다면 조금이나마 그 소원이 이루어질 가능성이 더 커질지도 모르니까요.

질척한 바닷길이 걷기가 힘들었습니다. 섬을 향해 갈 때는 잘 몰랐는데 섬을 나오는 길에는 그것이 느껴졌습니다. 바닷가에 이르러 다시 섬을 바라보았습니다. 태양은 완전히 자취를 감추어 섬이 잘 보이지 않았습니다. 하지만 어두운 밤에도 밤새도록 달빛은 그 섬을 비출 것입니다.

18. 모래성

　어릴 적 초등학교 운동장 구석에는 모래밭이 있었습니다. 원으로 만들어진 그곳에서 친구들과 씨름도 하고 모래성도 쌓으며 놀았던 기억이 납니다. 모래성을 쌓으며 놀다 보면 너무 재미가 있어서 시간 가는 줄도 몰랐습니다. 가지각색의 모래집을 지으며 마음껏 놀다 해가 지고 노을이 지면 집으로 돌아가곤 했습니다.
　다음 날 아침에 일어나 학교에 등교해 보면 모래밭에 만들어 놓았던 모래성은 이미 허물어져서 흔적도 없었습니다. 몇 시간 동안 정성을 다해 만들어 놨지만, 하루 이상을 간 적이 없었습니다.
　여름이 되어 바닷가에 가면 더 멋있고 커다란 모래성을 지으며 놀았던 기억이 납니다. 바닷가의 모래는 학교의 그것과 달라 물기가 있어서 모래성을 만들기 훨씬 쉬웠습니다. 나름대로 건축가가 된 듯한 생각으로 멋진 모래집을 짓곤 했습니다. 하지만 바닷가의 그 모래성도 얼마 가지 못했습니다. 잠시 바닷물 속에 들어갔다 오면 다 허물어져 있었으니까요.
　마음을 다해 정성 들여 지었던 그 모래성들이 갑자기 생각이 납니다. 그때의 어린 제 마음도 기억이 납니다. 정성을 다해 하나하나 지어갔던 그 시간들이 잊히지 않습니다.

그렇게 정성을 다해 지은 모래성이 얼마 지나지 않아 무너져 버린 것처럼 이 생에서 마음을 대해서 해온 일들이 허무하게 무너지지는 않을까 내심 걱정이 됩니다. 나름대로는 최선을 다해 노력했지만, 그것들이 어느 정도 의미가 있는 것인지, 오래도록 무너지지 않고 버틸 수는 있을지 내심 불안하기도 합니다.

사람이 노력을 하더라도 운명이라는 것이 힘이 세서 그 노력이 허사로 돌아가 버리는 것을 가끔 보게 됩니다. 그러한 일들이 저에게 일어나지 말라는 법은 없을 것입니다. 항상 조심하고 주의를 해도 제 능력을 벗어나는 일은 감당하지를 못하니 아쉬울 뿐입니다.

인생이 모래성을 쌓는 것은 아니라고 생각됩니다. 만약 그렇다면 정말 너무 허무할 테니까요. 그래도 나름 노력한 것들이 의미가 있어 오래도록 남겨지기를 소망해 봅니다.

가만히 돌이켜 생각해 보면 우리의 인생도 어릴 적 모래성을 쌓던 모래밭 같은 놀이터가 아닐까 싶습니다. 그저 무언가를 하며 놀다가 시간이 지나면 집으로 돌아가야 하는 그러한 놀이터 말입니다. 그 놀이터에서 아무리 모래성을 쌓아도 때가 되면 다 허물어지고 말 것입니다.

무너지지 않는 모래성은 없는 것일까요? 제가 지금 쌓고 있는 모래성은 어떤 모래성인 것일까요? 나 자신만이 스스로 만족해 버리고 마는 그런 모래성을 쌓고 있는 것은 아닐지 걱정이 됩니다.

어차피 무너져버릴 모래성이기에 쌓지 말아야 하는 것일까요? 그 모래성으로 할 수 있는 것도 별것이 없을 텐데 계속 쌓아가야 하는 것일까요?

누군가 제 모래성을 무너뜨리지나 말았으면 좋겠습니다. 짓궂은 친구가 와서 발로 허물어 버렸던 그 기억이 너무나 좋지 않았기 때문입니다.

가만히 생각해 보면 모래성을 쌓는 것도 오직 제가 좋아서 한 것이고, 세상의 모든 모래성은 언젠간 다 허물어져 버리고 마니 그것에 너무 섭섭해하지는 말아야겠다는 생각이 듭니다.

그나마 놀이터에서 실컷 모래성을 쌓으며 재미있게 놀았으니 그것만으로도 만족해야 한다는 생각이 들었습니다. 해가 떨어져 저녁 하늘의 노을을 보며 집으로 돌아가는 길이 더 마음이 편했던 것처럼 말입니다.

19. 생각을 멈추고

해가 뜨기 전 창밖을 바라보았습니다. 주위는 조용하고 어두컴 컴했습니다. 창밖을 바라보며 오늘은 무엇을 해야 할지, 오늘은 어떤 일이 생길지 생각에 잠기게 되었습니다.

그러나 불현듯 생각이 나의 삶을 끌고 가는 것 같다는 느낌이 들었습니다. '만약 내 생각에 문제가 있다면 그 생각이 끌고 가 는 나의 삶은 괜찮을 것일까?' 하는 의문이 들었습니다.

오늘 내가 만나는 사람들, 그들을 나의 생각대로만 판단하고 대하는 것은 아닐지, 혹 그렇다면 나는 그 사람의 존재를 제대로 알지도 못하는 상태에서 그들과 상호작용을 하는 것에 불과할 뿐 일 것입니다.

내 주위에 일어나는 일들을 나의 생각대로 판단해 버린다면 그 것 또한 잘못일 수 있고, 세상을 단지 나의 색안경으로 보고 마 는 것이겠지요. 진정한 세상을 알지도 못한 채 그것이 세상의 전 부인 양 결론을 내릴 것입니다.

어쩌면 나의 생각이 온전한 삶에 방해가 될지도 모릅니다. 세 상을 잘 알지 못하게, 사람을 온전히 이해하지 못하게 할 수도 있으니까요.

생각에서 자유를 얻는다는 것은, 생각에 너무 의지하지 않아야 한다는 것이 아닐까 싶습니다. 내 생각이 전부인 것인 양 전적으로 그것에 의지해 살아가면 생각이 삶을 앗아갈지도 모릅니다. 생각은 생각일 뿐입니다. 그것은 진리가 아니며 삶의 극히 일부분에 불과할 것입니다. 그 생각에게 나의 삶 전체를 맡길 수는 없을 것입니다.

내 생각에서 해석된 세상, 내 생각으로 판단한 사람, 그것에 어쩌면 커다란 오류가 있을지 모릅니다.

언제부턴가 자신의 주장을 강하게 하지 않는 사람이 좋아지기 시작했습니다. 자신감을 가지고 자신의 생각을 논리정연하게 주장하는 사람이 멋있어 보이기는 하지만 이제는 다른 사람의 의견을 좀 더 받아주는 사람이 더 편합니다.

나의 생각은 완전하지 않을 것입니다. 그것에 나의 온전한 삶을 이제는 맡기지 않을 것입니다. 나의 생각이 옳지 않을 수도, 착각일 수도, 잘못된 것일 수도 있기 때문입니다.

오늘 하루도 여러 가지 일을 해야 하고, 많은 사람을 만나야 합니다. 나의 생각을 잠시 멈출 수 있는 그런 하루가 될 수 있기를 희망해 봅니다.

20. 말은 파동일 뿐

소리는 공기를 매질로 하는 파동에 불과합니다. 평균적으로 1초에 340m를 진행하는 종파입니다. 소리에는 우리가 하는 말이 들어있습니다. 어떤 사람이 말을 하면 그것이 소리라는 파동에 얹어져 공간으로 이동하고 나에게 도달해 들리는 것입니다.

사람은 같은 현상임에도 불구하고 때에 따라 다른 말을 하곤 합니다. 어제와 오늘 날씨가 비슷함에도 불구하고 어제는 날씨가 좋다고 했다가 오늘을 날씨가 좋지 않다고 하기도 합니다. 자신의 기분에 따라 같은 날씨임에도 불구하고 말이 바뀔 수가 있는 것입니다.

파동은 매질에 따라 운동을 합니다. 운동이란 시간의 함수가 됩니다. 그러니 파동은 시간이 지나면 위치가 변해있기 마련입니다.

따라서 파동이 어느 지점을 지나고 나면 그 파동은 다른 원인이 없는 한 다시 그 자리로 돌아오지는 않습니다. 파동은 어느 공간에 순간적으로만 존재하는 것입니다.

말도 마찬가지가 아닐까 싶습니다. 말이란 순간적인 것에 불과합니다. 말은 지나고 나면 아무것도 아닌 것이 됩니다. 다시 그 말을 듣고 싶어도 본인이 그 말을 들을 수 있도록 노력하지 않는 한 들을 수가 없습니다.

돌이켜 생각해 보면 저는 지나간 말을 너무나 오랫동안 마음에 담아두는 경향이 있었던 것 같습니다. 누군가가 저에게 속상한 말을 하면 계속해서 그 말을 저 스스로에게 하였던 것입니다. 그로 인해 마음 상하고 속상한 것이 며칠씩 가고 그랬던 것 같습니다.

언제부턴가 저에게 다가오는 언어를 순간적으로만 받아들이게 되었습니다. 말이건 글이건 한번 저를 스치고 지나간 언어들을 다시 저에게 돌아오라고 부르지 않게 됩니다. 한번 지나간 그 언어가 그 순간 수명이 다한 것이라 생각합니다.

그래서 그런지 누군가가 저에게 마음 아픈 말을 하면 예전과 달리 그리 오래가지 않고 마음속에서 잠시 있다 사라져버리곤 합니다. 더 이상 담아두지 않으니, 속상한 마음이 오래가지는 않았습니다.

나를 지나쳐 버린 말은 이제 더 이상 존재하지 않기에 나와는 무관한 것이라는 생각이 저의 마음을 조금은 편하게 해주는 것을 느꼈습니다. 이제 다른 사람과의 언어를 통한 상호작용에서 어느 정도 자유를 가질 수 있을 것이라는 생각이 들었습니다.

말이라는 단순한 파동에 왜 그리 집착을 했는지 지금 생각해 보면 어리석었던 것 같습니다. 그냥 다 지나가 버린 것으로 생각하면 되는 것을, 왜 그리 오래도록 저 스스로 잡고 있었는지 저의 미련함을 깨닫게 되었습니다.

이제는 저에게 오는 모든 언어를 그저 지나가는 파동이라고 생각합니다. 좋은 것도 지나가고, 좋지 않은 것도 지나가는 그저 평범한 파동이라고 여기고 있습니다. 더 이상 다른 사람이 하는 말이 저에게 엄청난 영향을 주지는 않을 것 같습니다.

다른 사람이 저에게 나쁜 말을 하더라도 제가 그것을 듣는 순간 이미 그 파동은 저를 지나쳐 버렸기에 더 이상 저와는 아무런 상관이 없는 파동이 되어버렸다고 생각하니 전혀 문제 될 것이 없습니다.

물론 저도 사람이라 아직까지는 힘들게 하는 말이 내면에 조금은 남아있지만, 더 훈련을 하다 보면 이제 타인과 하는 언어의 상호작용에서 온전히 자유를 느낄 수 있을 것 같다는 생각이 듭니다.

이제 다른 사람이 저에게 어떠한 말을 해도 상관하지 않으렵니다. 속상해하지도, 두려워하지도, 마음 쓰지도 않으려고 합니다. 그가 하는 언어는 제가 있는 공간에 순간적으로 지나가 버리고 마는 파동일 뿐이기 때문입니다.

물론 저를 행복하고 기쁘게 해주는 말은 오래도록 간직할 것입니다.

21. 영영 이별 영 이별

조선 제6대 국왕 단종의 왕비였던 정순왕후 송씨는 조선의 왕비들 중 가장 한 많은 삶을 살지 않았을까 싶습니다. 그녀의 남편이었던 단종은 한국의 역사에 있어서 가장 비극적인 국왕이었습니다. 11살에 왕의 자리에 올랐으나, 숙부인 세조에 의해 왕이 된 지 3년 만에 폐위되었고, 16살의 어린 나이에 사사됩니다. 정순왕후 송씨는 단종이 죽고 홀로 64년을 살면서 역사의 한 많은 애환을 가슴에 아리며 살아가야만 했습니다.

김별아의 <영영 이별 영 이별>은 한 많은 정순왕후의 삶에 관한 이야기입니다. 그녀의 나이 17살에 단종을 저세상으로 보내고 이후 세조, 예종, 성종, 연산군, 중종까지 6대 왕의 시대를 가슴에 한을 품은 채 살아가면서 수많은 사람이 권력의 폭압 속에 힘없이 사라져가는 모습을 이야기하고 있습니다. 자신과 같이 애통하게 살아가는 사람들이 얼마나 많은지 그녀는 증언하듯 말합니다.

"봄이면 등불처럼 피어나는 개나리가 산등성이 마루까지 부끄럽게 들추어 밝히는 응봉 자락, 당신과 내가 말만 좋은 상왕과

대비가 되어 잠시 머물렀던 옛 수강궁 자리에서 멀지 않은 이곳 정업원이 내게 주어진 지상의 마지막 거처였습니다. 태조대왕이 조선을 세우면서 지난 역사가 되어버린 고려의 마지막 수장인 공민왕의 후비 안씨가 집이면서 절이고, 집도 절도 아닌 이 슬픈 곳의 첫 번째 주지였다지요. 애초에 시작이 그러했던지라 이후로 정업원은 줄곧 사랑을 잃은 여인들의 한 서린 각시방이 되어버렸습니다. 안씨를 이어 주지가 된 심씨 역시 태종 임금이 왕자의 난리를 일으켰을 때 목숨을 잃은 방석대군의 안사람이었고요."

정순왕후는 왕비에서 평민으로 추락한 후 날품팔이, 걸인, 비구니의 삶을 견디며 살아나갔습니다. 그녀의 마지막 거처였던 정업원은 한 많은 여인들이 살았던 곳이었습니다. 그녀는 그 오랜 세월 동안 얼마나 많은 눈물을 흘렸을까요? 자신의 마지막 거처였던 정업원에서 눈을 감을 때는 아마 그동안 흘린 눈물이 너무 많아 아무런 미련 없이 이 세상을 떠났을지도 모릅니다.

"나는 중이었고, 뒷방 늙은이였고, 날품팔이꾼이었고, 걸인이기까지 했으나, 어찌 되었든 한때는 만백성의 어머니인 중전이 아니었던가요. 지금 와서 당신께 고백하지만, 미련하고 물정 어두운 아녀자의 몸으로도 나는 한순간 어지러운 세상사에서 눈을 뗄 수 없었습니다. 칠실지우라는 옛날 노나라의 천한 여자가 캄캄한 방에서 나랏일을 걱정했다는 고사처럼 분수에 맞지 않는 근심을 탓해도 어쩔 수가 없습니다. 출가 탈속하여 부처에게 귀의하는 시늉을 한 대도 끝내 무념무상의 경지에 이를 수 없었습니다. 여전히 내 손아귀에 끈끈하게 잡히는 것은 피, 내 눈시울을 휘적시는 것은 눈물, 내 입안에서 침묵과 함께 삼켜지는 것이 한숨인 바에야, 굴레에서 벗어난 듯 해탈의 표정을 짓는 것이 도리어 거짓일 수밖에 없었습니다."

정순왕후는 그녀의 한 많은 삶을 잊을 수 없었을 것입니다. 잊고 싶어도 그리할 수 없었고, 지우고 싶어도 그리할 수 없었을 것입니다. 너무나 가슴 깊이 커다란 상처로 새겨져 자신의 힘과 의지로 할 수 있는 것이 없었을 것입니다. 하지만 그녀는 그런 상황에서도 살아 나갔습니다. 사랑하는 사람을 그렇게 잃고도, 자신의 모든 것이 송두리째 사라졌어도, 삶의 가장 낮은 자리까지 경험했어도 그녀는 자신의 삶을 묵묵히 살아냈습니다.

우리 모두는 각자 나름대로 삶에 대한 아픔과 불행의 시간이 있습니다. 하지만 주위를 돌아보면 나보다 더 많이 아프고 힘들게 살아갔던 사람도, 살아가는 사람도 너무나 많습니다.

어떤 어려움이 나에게 다가오더라도 나보다 더 커다란 불행 속에 있는 사람도 많다는 사실을 기억한다면, 그리고 떠나간 사람을 생각해서라도, 절망하지 말고 어떻게든 살아내야 할 것입니다. 그 사람은 영원히 나의 마음속에 살아 있으니까요.

22. 영원히 만나지 못해도

　어릴 적 할머니가 살고 계셨던 곳은 정말 시골이었습니다. 집
마당에 외양간도 있었던 기억이 납니다. 소에게 여물을 먹이기
위해 사촌 형은 새벽부터 일어나 작두로 볏짚을 잘라 커다랗고
시커먼 가마솥에 자른 볏짚을 넣어 삶았습니다. 저는 여물을 우
적우적 씹어 먹는 소의 맑은 눈망울이 좋아서 새벽에 일어나 눈
을 껌벅거리며 그 모습을 지켜보곤 하였습니다. 사촌 형은 들어
가서 더 자라고 했지만, 저는 아랑곳하지 않고 아침 먹을 때까지
소 옆에 한없이 앉아 있곤 했습니다. "음매" 하며 우는 소의 울
음소리를 들을 때마다 왠지 다가가 소를 쓰다듬어주고 싶은 마음
이 생겼습니다.
　저희 집은 시골이 아니었기 때문에 소를 키울 수는 없었습니
다. 그래도 마당이 조금 있었기에 어머니를 졸라 토끼를 키울 수
있었습니다. 집 대문 옆 앵두나무 밑에 토끼집을 만들어 놓고 시
간이 날 때마다 토끼를 보며 놀았던 기억이 납니다. 학교가 끝나
고 나면 숙제는 제쳐놓고 집 뒷산으로 달려가 토끼가 먹을 풀이
나 아카시아 나뭇잎을 구해와 토끼들에게 먼저 먹였습니다. 먹이
를 먹는 토끼를 바라보면 토끼의 눈 또한 너무나 맑고 순수했던

기억이 납니다. 그저 저를 바라보다 먹이를 먹고, 먹이를 먹다가 맑은 눈으로 저를 바라보는 그 모습이 너무나 좋았던 기억이 납니다.

그래서 그런지 아이들에게 집에서 이것저것 많이 키울 수 있도록 해주었던 것 같습니다. 비록 집안은 지저분했지만, 아이들에게 좋은 추억이라도 남겨주고 싶었습니다.

요즘 들어 맑은 마음을 가진 사람들이 그립습니다. 하지만 그런 사람을 만나기는 정말 쉬운 일이 아닌 것 같습니다. 제 인생에서 가장 맑은 마음을 가졌던 사람은 아마 중학교 때 매일 함께 공부하고 놀던 친구가 아니었나 싶습니다. 그 친구와는 중학교 2학년 때 만나 대학교를 거쳐 제가 미국에 가기 전까지 10년 정도 우정을 나누었던 것 같습니다. 지금 돌이켜 생각해 보면 10년이란 시간은 결코 짧지 않은 것인데도 불구하고 그 기간 동안 그 친구는 순수했고 변함이 없었습니다.

지금은 그 친구가 살아있는지 죽었는지조차 알 수가 없습니다. 제 나름대로는 그 친구를 찾기 위해 많은 노력을 해보았지만 모두 헛수고였습니다. 살아있다면 언젠간 만날 수 있을 것이라 생각했지만 어쩌면 그런 일이 일어나지 못할지도 모릅니다. 그런 기대를 한 지 벌써 20년이 지나고 있으니까요.

살아가다 보면 영원히 만나지 못하는 경우가 많은 것 같습니다. 좋은 관계였는데도 불구하고, 오래도록 우정을 쌓았는데도 영영 만나지 못한 채 주어진 시간이 끝날지도 모릅니다.

시간이 갈수록 그 친구가 그리운 것은 무슨 이유 때문일까요? 아마도 지금 저는 그러한 순수한 관계를 가지고 있는 사람이 그리 많지 않기 때문일 것입니다.

앞으로 그 친구와 같은 사람을 또 만날 수 있을지 생각해 보면 그리 쉽지는 않을 것 같습니다. 물론 누구를 만나든지 제가 먼저 마음을 열고 따뜻함을 보인다면 가능할지 모르겠지만, 설령 그렇게 하더라도 쉬울 것 같지는 않습니다. 그렇다면 그러한 기대를 접어야 하는 것일까요? 저는 왠지 그 기대도 버리고 싶지는 않습니다. 설령 그러한 일이 일어나지 않더라도 기대만큼은 간직하려고 합니다.

기찻길은 두 개의 철로가 끝까지 평행합니다. 두 평행한 선로는 결코 만나지 않습니다. 우리의 인연의 일부 또한 그런 것이 아닌가 싶습니다. 원한다고 해도, 간절히 소원을 한다고 해도, 영영 만나지 못하는 것이 운명이 되어버리기도 합니다.

어릴 적 할머니 댁에 있었던 맑은 눈망울을 가진 소도, 집에서 키웠던 하얀 토끼의 맑은 눈도 다시는 볼 수가 없습니다. 순수했던 마음을 가졌던 소중한 사람도 이제는 영원히 만나지 못하게 될지도 모릅니다. 어쩌면 지금 주위에 있는 소중한 사람들도 만날 기회가 그리 많지 않을지도 모릅니다.

하지만 저에게 그 아름다운 시간을 주었던 존재들은 저의 마음에 영원히 남아있을 것입니다. 제가 죽는 날까지 아마 그 추억을 잊지는 못할 테니까요.

23. 난생 처음 보는 것처럼

여행을 하다 보면 처음 만나게 되는 것들이 많습니다. 예전에 접해본 적도 없고, 경험해 본 적도 없기에, 생전 처음 만나게 되는 것들은 왠지 모르게 마음에 다가옵니다. 신기하고, 새롭고, 소중한 것과 같은 그러한 느낌이 가슴속으로 밀려옵니다.

예전에 강원도 인제에 있는 곰배령에 올랐던 적이 있었습니다. 사실 곰배령이 어떤 곳인지는 잘 모르고 있었습니다. 무엇으로 유명한 곳인지, 어떤 경치를 가지고 있는지 전혀 모르는 상태였습니다.

여행을 가기 전 미리 어떤 곳인지 알아 보고 가는 것이 당연했지만, 그때는 너무 정신없는 일들이 많아 곰배령에 대한 아무런 지식도 가지지 못한 채 그냥 경치가 좋다는 말만 듣고 무작정 올랐습니다. 강원도 인제를 가본 적도 없었고, 말 그대로 태어나 처음으로 곰배령에 올랐습니다. 찬 바람이 부는 한겨울이었는데 오르기 며칠 전 눈도 내린 상태였습니다.

눈에 덮인 겨울 산이려니 하는 생각으로 잠시 올라가서 산 아래 경치를 바라보면 마음속에 있던 힘들었던 것을 잠시 내려놓을 수 있을 것이란 생각으로 올랐던 기억이 납니다. 산 입구부터 차

가운 겨울바람이 불어 날짜를 잘못 잡았나 하는 생각으로 괜히 왔나 싶은 생각이 들었습니다. 눈 덮인 산은 걷기에도 불편했고, 곳곳에 빙판도 많아 위험하기도 했습니다. 그나마 높지 않아서 시간은 별로 오래 걸리지 않을 것이라는 생각이 위안이 되었습니다.

한 시간 남짓 겨울 산을 오르고 나니, 곰배령에 도달할 수 있었습니다. 곰배령에 대해 전혀 몰랐던 저였고, 심지어 곰배령 사진을 예전에 한 번도 본 적이 없었기에, 곰배령에 도착해 바라본 눈 덮인 겨울 산은 정말 저의 마음을 흔들어 놓을 정도로 아름다웠습니다. 제가 그러한 시공간에 서 있다는 것이 너무 신기할 정도로 다른 세상에 온 것 같은 착각이 들었습니다.

예전에 많은 곳을 다녀봤기 때문에 신비롭고 멋진 경치들을 많이 봤음에도 그날 제가 본 곰배령은 정말 너무 인상적이어서 제 마음속 깊이 들어와 버렸습니다. 하늘과 사방으로 하얀 눈 덮인 산밖에 없는 그 시공간은 가슴 시리도록 아름다워 산을 다시 내려가기가 싫을 정도였습니다.

핸드폰을 꺼내 사방을 돌아가며 사진을 찍었습니다. 하지만 제가 받은 그 감동을 사진에 담아낼 수는 없었습니다. 사진은 고작 하얀 눈이 덮인 산에 불과했습니다. 제 마음속에 들어온 곰배령과 사진 속에 있는 곰배령은 왠지 차이가 나는 듯 느껴졌습니다. 그래도 사진을 열심히 찍었습니다. 나중에 그 사진을 보면 그나마 제가 받은 감동을 다시 느낄 수 있을 것 같았기 때문입니다.

그 이후 곰배령을 다시 찾을 기회는 없었습니다. 여유가 되면 다시 한번 찾아와야겠다는 생각을 하긴 했지만, 역시나 여러 가지 일들로 다시 갈 기회는 없었습니다. 가만히 생각해 보면 다시 곰배령을 찾는다면 제가 처음 곰배령을 갔을 때와 같은 그러한 신선한 감동을 느끼지는 못할지도 모릅니다. 생전 처음 본 것과 두 번째 본 것과는 다를 것입니다.

일상에서 만나는 모든 것들이 난생 처음 만나는 것이라면 그 모든 것이 신기하고 신비롭고 아름답고 소중하게 생각되지 않을까 싶습니다. 오늘 만나는 것들이 태어나 처음 접하는 것이라면 그만큼 새롭게 느껴질 것입니다.

세월이 참으로 빠른 것 같습니다. 아이들을 낳은 지 얼마 되지 않은 것 같은데도 세 아이 모두 이제 성인이 되었습니다. 세 아이가 태어나던 순간을 아마 죽을 때까지 잊지 못할 것입니다. 큰아이, 둘째 아이, 막내가 태어났던 그 순간들이 저에게는 가장 아름답고 기쁘고 소중한 순간이었습니다. 생전 처음 아이들과 만났던 그 순간은 가슴이 시리도록 행복했던 시간이었습니다. 하지만 시간이 지나면서 그 순간들을 잊어왔던 것 같습니다. 그것은 아마도 저의 욕심 때문이었을 것입니다. 남들처럼 공부하고, 좋은 학교를 보내고, 아이들의 더 좋은 미래를 위한 저의 탐욕이 그 아름다웠던 순간들을 망각하게 만들었던 것 같습니다.

다행히도 이제는 저의 욕심을 버릴 수 있게 되었습니다. 다만 건강하게 살아있는 것만이라도 충분하다는 생각을 하게 됩니다. 공부건, 직장이건, 돈이건, 명예건, 그러한 것들을 아이들과 연관시키지 않으려고 합니다. 세상에서 가장 소중한 것은 사랑하는 사람이 살아있다는 것이 아닐까 싶습니다. 그 이상은 그저 하늘이 주는 보너스라는 생각이 듭니다.

그래서 그런지 요즘 아이들을 보면 난생 처음 만난 것과 같은 느낌이 듭니다. 전쟁에 나갔다 돌아온 것 같은, 죽었다 다시 살아 돌아온 것 같은 그런 생각이 듭니다. 그저 아이들이 저에게 문자를 보내는 것만으로도 행복하고 감사하다는 느낌입니다.

이제 제 주위에 존재하는 모든 것들을 난생 처음 만나는 것처럼 생각하려고 합니다. 오늘 만나면 다시는 만나지 못할 수도 있다는 마음으로 대하려고 합니다. 삶이 한 번뿐이듯, 제 주위에 있는 모든 존재하는 것들과 함께 할 수 있는 시간이 그리 많지는 않을 것이라는 생각을 하려고 합니다. 그래서 소중하고 아름다운 그 모든 것들을 위해 마음을 열려고 합니다. 비록 나의 능력의 한계가 있겠지마는 그래도 노력하고 훈련하다 보면 예전처럼 제 탐욕에 빠져 살지는 않을 수 있으리라고 생각됩니다.

저 주위에 있는 그 모든 것들을 난생 처음 보는 것처럼, 어쩌면 다시는 볼 수 없을지도 모르는 것처럼, 그렇게 대하려고 합니다. 저에게 지금 주어진 모든 것은 너무나 소중하다는 것을 이 겨울을 보내며 생각하게 됩니다.

꽃이 피는 봄이 되면 다시 곰배령을 찾아볼까 합니다. 올해도 비록 많은 일들로 시간이 없겠지만, 억지로라도 시간을 내어 가 보고 싶습니다. 봄의 곰배령은 저에게 난생 처음일테니까요.

24. 그래도 괜찮아

한 번밖에 주어지지 않는 소중한 삶이라는 것을 잘 알지만 삶은 살아내기가 쉽지는 않은 것 같습니다. 삶은 오로지 나의 생각과 노력만으로 되지 않기 때문일 것입니다. 인간은 완벽하지 않기에 온전한 삶을 살아간다는 것은 처음부터 불가능한 것인지도 모릅니다.

최선이라 생각하고 선택하는 길도 생각지 않은 일들로 인해 제대로 걸어가지 못하는 경우도 많습니다. 아무리 노력을 해도 되지 않는 것들이 있고, 이길래야 이길 수 없는 것도 많습니다. 원하고 바라는 것들이 있지만, 그러한 것들이 전부 주어지지는 않습니다.

가만히 생각해 보면 내가 바라는 것이 전부가 아닐지도 모릅니다. 당시에는 그것이 이루어지면 정말 좋을 것이라 생각했지만, 시간이 지나 오히려 그러한 것들이 삶을 무겁게 누르기도 합니다. 삶은 그래서 아무리 오래 살아도 알 수가 없는 듯합니다.

바닷가에 앉아 파도를 보면 우리의 삶도 그것과 비슷하다는 생각이 듭니다. 계속해서 끝없이 밀려오는 파도처럼 우리의 삶에는 수많은 일들이 일어나고 있습니다. 그러한 파도를 다 겪을 수밖에 없는 것이 우리의 인생이 아닐까 싶습니다. 내가 원하지 않는다고 해서 파도가 밀려오지 않는 것이 아닙니다. 파도는 그냥 그렇게 계속해서 밀려올 뿐입니다.

파도가 밀려오면 바닷가 모래밭에 흔적이 남듯 우리의 인생에도 밀려오는 파도로 인해 흔적이 남을 수밖에 없습니다. 수많은 일들을 겪으며 수많은 사람들을 만나게 됩니다. 태어나 만나는 수많은 인연들이 기쁨도 주지만 상처도 주며 그렇게 스쳐 지나가기도 합니다. 누군가를 만나 기쁘고 행복하지만, 믿었던 사람에게 배신을 당하기도 하고, 친했던 사람과 갑자기 소원해지기도 합니다.

삶이 우리에게 주는 많은 흔적과 상처가 있기는 하지만 그래도 삶을 사랑해야 하지 않을까 싶습니다. 한 번밖에 주어지지 않기에, 이 세상에 다시는 오지 못하기에, 진심으로 사랑해야 하지 않을까 싶습니다.

원하는 것을 다 하지 못해도 괜찮습니다. 바라는 것들이 이루어지지 않아도 괜찮습니다. 목표로 했던 일들을 성취하지 못해도 괜찮습니다. 많은 인연들로 인해 남겨지는 상처가 크더라도 괜찮습니다. 그래도 살아있었기에 할 수 있는 일들이 있고, 바라는 것들도 있고, 소망하는 것도 있고, 소중하고 진심으로 사랑하는 인연도 있기 때문입니다.

삶을 살아낸다는 것이 쉽지는 않지만 그래도 괜찮다고 생각하려고 합니다. 이제 겨울이 지나고 있습니다. 이 겨울이 무사히 지나간 것만으로도 더 바랄 것이 없다는 생각입니다.

25. 잊혀져가는 이름들

사람은 시간적 존재임이 분명합니다. 시간의 흐름에 따라 누군가 나에게 다가오고 시간이 지나면서 떠나갑니다. 인연이라는 것이 좋을 수도 있고 나쁠 수도 있습니다. 함께 하는 그 시간이 마음 시리도록 좋았지만, 더 이상 만나지 못하는 것은 가슴 아픈 일입니다.

오래도록 계속되는 인연도 있고, 스쳐 지나가는 인연도 있습니다. 바라건대 나에게 다가온 인연이 오래도록 계속되기를 희망하지만 삶은 나의 소망대로 되는 것은 아닌가 봅니다.

나를 알아주고 존중해 주었던 소중한 인연도 다시 만나지 못하게 되기도 합니다. 잠시 헤어지더라도 언젠가는 볼 수 있을 것이라 생각했지만, 수십 년이 지나도 만나지 못하게 되기도 합니다. 할 수 있는 것은 그저 아름다웠던 추억을 생각하는 것뿐입니다. 살아있는지 죽었는지 알지도 못한 채 소중했던 그 시간들을 그리워할 뿐입니다.

하루가 멀다고 불렀던 이름이지만, 이제는 그 이름도 잊혀져가고 있습니다. 지금 당장이라도 만날 수 있다면 만사를 제쳐놓고 뛰어나가겠지만, 지나온 세월을 생각해 보면 그렇게 되지는 않을 것 같습니다.

시간이 흘러가며 함께 했던 그 추억도 점점 희미해집니다. 많은 시간들을 같이 보냈지만 이제 기억이 나는 것도 별로 남아있지 않습니다. 시간은 인간을 어쩌면 더욱 외롭게 만드는 것인가 봅니다.

더 시간이 흐르기 전 한 번만이라도 만날 수 있다면 얼마나 좋을까요? 예전의 함께했던 아름다운 시간들을 이야기하며 그동안 살아온 것들을 나눌 수도 있을 터인데 아마 삶은 그것을 쉽게 허락하지는 않을 것입니다.

점점 잊혀가는 이름이 많아지는 것 같습니다. 그 소중한 이름들을 어쩌면 이제 마음 한구석에 간직해야만 할지도 모릅니다. 더 이상 함께 할 수 있는 기회도 없을 것이기 때문입니다.

물론 새로운 사람을 만나기도 하지만, 예전처럼 순수하고 소중한 시간들을 공유하는 것은 그리 쉽지는 않은 것 같습니다. 알 수 없는 그 어떤 것이 가로막고 있는 듯한 느낌입니다.

이제는 소중하고 가까웠던 사람들과 영영 작별하기도 합니다. 더 이상 이 지구상에 존재하지 않기에 만나지도 못하고 이야기를 나눌 수도 없습니다. 나에게 잊지 못할 시간을 안겨준 그러한 존재들의 이름이 잊혀져갈 수밖에 없는 이유입니다. 자주 만난다면 그 이름들을 부를 수 있을진대 이제는 그러한 기회가 없을 것이기에 너무나 쉽게 불렀던 그 이름을 이제는 부를 기회조차 사라져 버리는가 봅니다.

그래도 나에게 다가왔던 그 이름만은 오래도록 기억하려고 합니다. 그 이름과 더불어 함께 했던 시간과 추억을 가능하다면 오래도록 간직하고 싶을 뿐입니다. 이유야 어찌 되었든 나에게 다가왔던 그 인연들은 모두 소중하다는 생각밖에는 하지 않습니다.

오래도록 그 소중한 이름들이 내 마음 깊이 남아있기를 희망합니다. 함께 했던 시간도 가슴속 깊이 오래도록 간직되었으면 좋겠습니다.

나에게 다가왔던 그 소중한 존재의 이름이나마 오래도록 잊혀지지 않았으면 합니다.

26. 채송화

　어릴 적 우리 집 앞마당에는 채송화가 피어 있었습니다. 노랑, 분홍, 빨강, 여러 가지 색깔로 피어난 채송화를 한참이나 바라보곤 했었습니다. 채송화는 화려하지도 않고 키가 크지도 않았습니다. 땅바닥에 바짝 붙어 피어나는 채송화는 눈이 그리 띄지도 않았습니다. 게다가 너무 약해 조금만 건드려도 쉽게 부러지곤 했던 기억이 납니다.

　학교에 갔다가 대문을 열고 집안에 들어오면 앞마당에 나란히 피어 있는 키 작은 채송화가 제 눈에 가장 먼저 들어왔습니다. 너무 약한 채송화의 모습에 마음 아파 수돗가에 가서 물을 떠다 주곤 하였습니다. 새로 피어난 것은 없는지 한참이나 살펴본 후 방으로 들어가곤 했습니다.

　이 세상에는 강한 것도 존재하지만, 약한 것도 존재합니다. 채송화는 어찌 보면 정말 약한 존재에 불과합니다. 채송화는 운명적으로 약하게 태어났습니다. 약하게 태어나고 싶어서 약하게 태어난 것이 아닙니다. 그저 운명처럼 그렇게 주어진 것에 불과합니다. 강하고자 하여도 강할 수가 없고, 운명을 벗어나고자 하여도 벗어날 수가 없습니다. 채송화로 태어나 며칠 동안 꽃을 피우고 다시 지고 마는 그런 운명입니다.

강하고자 하여도 강할 수가 없는 것, 운명을 바꾸고자 하여도 바꿀 수 없는 것, 그것이 어찌 보면 삶의 원리일지도 모릅니다. 주어진 자신의 운명을 통째로 바꿀 수 있는 그런 존재는 이 세상에 없는 것 같습니다.

우리의 노력으로 운명을 어느 정도는 바꿀 수가 있겠지만, 인간의 한계를 넘어설 수는 없습니다. 최선의 노력으로 강해지고자 하지만 그것도 정도의 차이에 불과할 것입니다.

내가 사랑하는 존재가 약한 것만큼 마음 아픈 것은 없을 것입니다. 예전에는 내가 소중히 여기는 존재가 채송화처럼 약하지 않게 되기를 바랐습니다. 보란 듯이 이 세상에서 우뚝 서기를 소망하곤 했습니다. 하지만 이제는 그 소원을 더 이상 마음에 품고 있지는 않습니다. 대신 제 자신이 좀 더 강해지려고 합니다. 제가 강해진다면 비록 약하지만 소중한 존재를 지킬 수 있을 것이기 때문입니다.

약하면 약한 대로 그냥 품어주는 것이 진정한 사랑이라는 생각이 듭니다. 강하기를 바라지 않고 그저 있는 모습 그대로 받아들이는 것이 그 존재에 대한 존중이 아닐까 합니다.

어제는 아버지를 모시고 인지검사를 했습니다. 약한 아버지의 모습을 보며 오래전 갓난아기였던 아이들 생각이 났습니다. 세 아이를 다 키우고 났더니 이제 다시 부모님이 아이가 된 듯합니다. 제가 해야 할 일이 무엇인지 잘 압니다. 약한 존재를 진심으로 사랑하는 것, 그것이 질긴 인연의 숙명이라는 생각이 듭니다. 하지만 마음속으로는 뿌듯합니다. 지켜야 할 것이 있다는 것만으로도 제가 살아있음을 느낄 수 있을 것이기 때문입니다.

27. 평범하지만 특별하다

오래전에 시카고에서 출발해 캘리포니아까지 가야 했던 적이 있었습니다. 70번을 타고 로키산맥을 넘었을 때 너무 힘들었던 경험이 있어서 북쪽 루트인 80번을 택했습니다. 아이오와를 지나 네브래스카에서 하룻밤을 자고 다음 날 오후쯤에 와이오밍을 지날 때였습니다. 와이오밍과 몬태나 그리고 아이다호는 사람들이 많이 살지 않는 곳으로 유명합니다. 와이오밍의 경우, 면적은 남북한 합친 것보다 넓지만, 인구는 고작 50만 명 정도에 불과합니다. 한반도보다 넓은 면적에 청주보다 적은 인구가 살고 있다는 뜻입니다.

운전을 하며 고속도로를 달릴 때 산들이 점점 사라지면서 평원이 나타나기 시작했습니다. 분명 해발고도는 높은데 산들이 드문 것으로 보아 아마 고원 비슷한 것이 아니었나 싶습니다. 와이오밍 북쪽에 옐로우스톤이 있으니 해발이 결코 낮을 리는 없을 것이기 때문입니다. 운전을 하며 주위를 둘러보니 경치는 별반 특별한 것이 없었습니다. 지나온 산들도 그저 평범했고, 달리고 있는 고속도로 주변의 평지도 특별한 것도 없이 일상에서 자주 보는 모습이었습니다.

어느 정도 달리다 보니 눈앞에 지평선이 보이기 시작했습니다. 일자로 쭉 뻗은 고속도로에는 차들도 별로 다니지 않았고, 주변에 사람들이 사는 동네도 없었고, 심지어 집 한 채도 볼 수가 없었습니다.

백미러로 뒤를 보니 제 차를 따라오는 차들도 거의 없었습니다. 고작 한두 대 정도에 불과했습니다. 마주 오는 차선에서 달리는 차들도 거의 없었습니다. 그렇게 20~30분 정도를 아무 생각 없이 운전을 하였습니다. 그러다 갑자기 이상한 생각이 들어 앞을 보니 앞에도 지평선이 보였고 뒤로도 지평선이 보였습니다. 그런데 더욱 놀라운 것은 일자로 쭉 뻗은 고속도로에서 제 앞에 자동차가 한 대도 없는 것이었습니다. 뿐만 아니라 백미러로 뒤를 보았는데 제 차 뒤에도 자동차가 한 대도 따라오지 않는 것이었습니다.

너무나 깜짝 놀라 다시 주위를 살펴보니 분명 저는 고속도로 위에서 운전을 하고 있는데, 사방 제 주위로 아무것도 없는 것이었습니다. 하늘과 땅, 그리고 고속도로 위에서 운전하는 저밖에는 그 어떤 것도 없었습니다. 갑자기 두렵기도 하고 이상하기도 하고 신비하기도 한 느낌이 가슴으로 밀려 들어왔습니다. 하늘과 땅과 나밖에 없는 공간이 있다니 생전 처음으로 느껴보는 정말 신비한 경험이었습니다.

그렇게 몇 분이 지나자 저 멀리 교차로에서 자동차 한 대가 나타났습니다. 그리고 다른 차들도 서서히 나타나며 그 특별했던 공간과 시간은 사라져 버리고 말았습니다.

어떻게 보면 그 시공간은 별반 특별한 것 없는 평범했던 것일 수 있습니다. 하늘은 어디에나 있고 땅도 그렇고 지평선이 있는 평원도 찾아보면 많을 것입니다. 잠시 아주 작은 확률의 순간이 저에게 다가왔을 뿐입니다.

어제는 새벽에 일찍 일어나 한 시간 정도 조깅을 한 후, 아침을 먹고 오전에 해야 할 일을 하고, 점심을 먹고 다시 해야 할 일을 하고, 저녁을 먹고 조금 쉬면서 티비를 보다가 다시 할 일을 하고 12시쯤 잠이 들었습니다. 오늘도 어제와 별반 다를 것 없는 생활을 하게 될 것입니다. 저는 현재 지극히 평범한 삶을 살아가고 있을 뿐입니다. 하지만 오늘이 지나고 나면 아무리 원한다고 하더라도 제가 보낸 오늘은 다시 돌아오지 않을 것입니다.

우리 아이들도 지극히 평범합니다. 그 나이 다른 젊은이들 같이 생활을 하고 나름대로 꿈을 키우며 그 꿈을 이루기 위해 평범하게 살아가고 있습니다. 저의 부모님도 마찬가지로 지극히 평범합니다. 이제 연세가 많아 운동도 하지 못하고, 그저 삼시 세끼 식사를 하고 티비를 보며 잠을 주무시는 것 외엔 다른 일을 하지는 않으십니다.

제가 하는 일 또한 지극히 평범합니다. 특별할 것이 없습니다. 매일 하는 일이 어제나 오늘이나 내일 같은 것일 뿐입니다. 개학을 하면 매년 가르쳤던 과목을 다시 똑같이 가르치게 될 것입니다. 그렇게 20년을 매 학기 가르쳐왔습니다. 특별한 것 없는 수업을 그저 평범하게 학생들에게 수업을 해오고 있을 뿐입니다.

예전에는 그 평범함을 당연하게 생각해 왔습니다. 하지만 요즈음엔 그러한 평범함이 너무 특별하게 느껴집니다. 나이가 들어서 그런 것일까요? 아니면 세상을 보는 눈이 조금씩 달라져 가고 있어서 그런 것일까요? 그동안은 저에게 주어진 평범함이 소중한 것인지를 왜 몰랐던 것일까요?

와이오밍의 산과 평원, 고속도로 그리고 제가 타고 가던 자동차는 어쩌면 지극히 평범했을 뿐입니다. 그리고 그러한 평범함 속에 존재하는 특별한 시공간은 언제 어디서나 존재하고 있습니다. 사람들이 많이 살지 않는 시공간에 살고 있는 사람들이 도시로 와서 보게 된다면 그들에게는 수많은 사람들이 다니는 우리가 지금 살고 있는 시공간이 아주 특별하게 느껴질 것입니다. 그들이 사는 시공간은 사람이 별로 없는 하늘과 땅과 지평선을 언제나 볼 수 있는 곳이 평범한 곳일 테니까요.

그 어떤 공간과 시간도 평범하지만 특별할 수 있습니다. 내가 만나는 사람도 마찬가지일 것입니다. 예전에는 그러한 것을 잘 인식하지 못했습니다. 당연히 저에게 주어지는 것이라 생각했습니다. 현재 저에게 주어진 것이 평범해 보여도 정말 특별한 것이라는 사실을 깨닫지 못했습니다.

지금 제가 존재하는 시공간은 평범할지 모르나 이제 저에게는 특별합니다. 제가 사랑하는 가족들이 지극히 평범할지 모르나 저에게는 너무나 소중하고 특별합니다. 지금 제가 만나는 사람들이 평범할지 모르나 저에게는 특별합니다. 제가 하는 일이 비록 평범할지 모르나 특별합니다.

저에게 현재 주어진 그 모든 것은 평범할지 모르나 지극히 소중하고 특별합니다.

28. 그냥 바라보기

　대학교 1학년 때, 친구들과 함께 혜화동 대학로에 간 적이 있었습니다. 생전 처음 소극장에서 연극을 관람했습니다. 제목이 무엇이었는지는 기억이 나지 않습니다. 혼신의 힘을 다해서 연기하는 모습에 너무나도 좋은 느낌을 받았습니다. 연기를 위해 자신의 에너지를 모두 쏟아내는 그 모습이 마음에 와닿았습니다.

　객석에 앉아있던 저는 연극이 끝난 후 오래도록 박수를 쳤습니다. 배우들이 모두 나와 한 명씩 인사를 하였는데 그들의 표정에서 어떤 만족감과 성취감을 느낄 수 있었습니다. 배우들은 그들이 해야 하는 일을 열심히 하였고, 저는 제가 할 일을 열심히 한 것 같습니다. 물론 제가 한 일은 그저 연극을 보고 끝난 후 박수를 치는 것이 전부였습니다.

　살아가다 보면 그냥 바라보는 것만으로도 충분한 것들이 많은 것 같습니다. 강가에 서서 물이 흘러가는 것을 바라보듯, 그렇게 제 주위의 많은 일들에도 제 자신이 직접 관여하거나 간섭하지 않고 그저 바라보는 것이 더 아름다운 경우가 많다는 것을 느낍니다.

　요즈음에는 어머님이 하는 것을 그냥 다 받아들이고 바라만 보곤 합니다. 예전에는 어머님이 하시는 일에 자식으로서 신경 쓴다는 이유로 이런저런 이야기도 하고 그분들의 삶에 끼어들기도 했습니다. 하지만 지금은 그저 하고 싶은 것 하시게 내버려 두고, 어머님 주위의 일상생활에서 일어나는 모든 일들도 그냥 바라만 보곤 합니다. 어떻게 보면 비합리적인 것도 있고, 더 나은 선택도 있지만, 이제는 그냥 어머님의 선택대로 저는 따르기만 합니다.

아이들에게도 그렇게 하려고 합니다. 예전에는 아이들을 위한 길이라는 핑계로 제 자신의 욕심에 따라 아이들에게 간섭하고 관여하고, 때로는 혼내기도 하였습니다. 아이들의 뜻은 생각하지 않고 제 자신의 판단대로 억지를 부리기도 하였습니다. 이제는 그러지 않으려고 합니다. 아이들의 인생의 주인공은 그들 자신이기에 저는 이제 객석에 조용히 앉자 그들이 하는 것들을 지켜보는 것으로 만족하려고 합니다.

연극을 보다 객석에 있던 제가 배우들의 연기 도중에 앞으로 나가 그들을 간섭한다면 그 연극은 아마 엉망진창이 될 것입니다. 아무리 저의 생각이 있고, 경험이 있다손 치더라도, 자신의 열정을 다해 최선을 다하는 배우에게 제가 나서서 이래라저래라 한다면 오히려 우스운 꼴밖에는 되지 않을 것입니다.

연기를 잘하건 못하건, 연극이 재미가 있건 없건, 그것은 중요한 것이 아닌 것 같습니다. 그들 자신이 주인공이 되어 연기하는 그 자체가 훨씬 중요하다는 생각을 합니다. 비록 주인공이 아닌 조연이나 엑스트라라 할지라도 그 무대는 배우들의 무대일 뿐 저의 무대는 아니라는 생각이 듭니다. 제가 할 수 있는 최선은 연극이 끝난 후 손바닥이 아프도록 박수를 치는 것이 전부인 것 같습니다.

제 주위에 있는 좋은 사람들에게도 그렇게 하려고 합니다. 그동안 살아오면서 좋은 사람들을 많이 만났습니다. 일부는 소식이 끊기기도 했지만, 지금도 좋은 관계를 유지하고 있는 사람들도 많습니다. 그들과 오래도록 함께 하기 위해서라도 그들의 모습을 지켜보며 응원만 하려고 합니다. 아무리 친한 친구라 할지라도 그들에게 이래라저래라 하고, 이것이 더 좋고 저것은 안 좋다는, 제 자신의 의견은 오히려 그들과의 좋은 관계를 멀어지게 만들고 말 것입니다. 있는 모습 그대로 지켜보며, 힘들 때 격려해 주고, 잘 되었을 때 진심 어린 박수를 쳐주는 것이 저의 할 일이 아닐까 싶습니다.

제 자신의 삶도 이제는 조금씩 한 발자국 뒤로 물러나서 지켜보며 살아가려 합니다. 너무 과한 목표나 너무 거창한 계획을 세워 살아가기보다는 지나온 시간을 돌아보고 앞으로 다가올 시간을 살피면서, 보다 여유로운 마음으로 제 자신의 삶을 지켜볼 수 있는 마음을 가지려고 합니다.

모든 것에서 주인공이 되려고 했던 저의 욕심이 옳지 않다는 것을 이제는 압니다. 비록 주인공이 아니고, 조연도 아닌, 객석에서 바라만 보는 관객이라 할지라도 오히려 그것이 모든 것을 더욱 아름답게 만들 수 있는 것이라는 사실을 알게 되었습니다. 지켜만 보는 것만으로도 어쩌면 행복한 기회가 주어진 것인지도 모릅니다.

29. 비를 오게 할 수는 없다

예전에는 노력을 하면 많은 것을 할 수 있다고 생각했었습니다. 그 생각에 사로잡혀 저 스스로 나름대로의 최선을 다해 애를 썼습니다. 그러한 욕심은 저 자신에 대한 일에서 끝나지 않고 가족이나 가까운 사람에게까지 저의 영향력을 끼치려 부단히도 노력했던 것 같습니다. 그러한 노력이 일부 어느 정도의 결과로 낳았던 것은 사실입니다.

하지만 요즘 들어 느끼는 것은 그러한 노력의 결과가 정말 엄청나게 의미가 있는 것은 아니라는 것입니다. 꼭 제가 생각했던 결과를 얻지 못했다 하더라도 그다지 큰 문제가 되지는 않았을 것이라는 생각이 듭니다.

이것은 제 자신을 객관적으로 바라보는 능력이 부족해서 생긴 것 같습니다. 할 수 있는 것과 할 수 없는 것, 어느 정도까지 노력을 하는 것과 어느 정도에서 그만두어야 하는 것, 이러한 것들에 대한 깊은 생각을 하지 않았던 것 같습니다.

그냥 무작정 목표를 세우고 그 목표를 이루기 위한 계획을 세운 후 제가 가지고 있는 모든 에너지를 동원하여 최선을 다하는 것이면 된다고 생각했습니다. 그러한 노력으로 인해 웬만한 것은 충분히 이루어낼 수 있을 것이란 교만함과 자신감이 있었던 것 같습니다.

이제는 더 이상 그러한 노력을 하지 않으려고 합니다. 삶은 그다지 큰 차이가 없다는 것을 깨달았기 때문입니다. 인간의 욕심은 한이 없어서 한번 목표를 세우고 노력을 하고 나면 다시 또 다른 목표를 세워 더 많은 노력을 하게 되고 그러한 일들이 계속 반복되면서 저에게 주어진 시간이 오직 그러한 것을 이루기 위해 발버둥 치다 모두 끝나버리고 말 것 같다는 생각이 들었기 때문입니다.

그러한 끊임없는 노력으로 얼마나 큰일을 할 수 있을까 하는 생각을 해보았습니다. 나의 능력으로, 정말 보잘것없는 나의 능력으로는 할 수 있는 것은 어느 정도까지밖에 되지 않는데도 끊임없이 노력만 하는 저 자신의 끝은 어쩌면 불행해질 수도 있을 것이란 생각이 들었습니다.

제가 아무리 노력을 해도 비를 내리게 할 수는 없습니다. 제가 아무리 애를 쓴다고 하더라도 하얀 눈이 펑펑 내리는 겨울에 꽃을 피울 수는 없습니다.

제가 할 수 있는 것만 하는 것으로도 이생에서 주어진 시간을 충분히 의미 있게 보낼 수 있을 것이라는 생각이 듭니다. 그 이상의 욕심을 부리는 것은 제 인생에 있어서 마른하늘에서 비를 만들어 내려는 것과 같은 정말 어리석은 판단이라고 생각됩니다.

이제는 거창한 목표를 이루려 하기보다는 매일 하는 일의 과정에서 즐거움을 찾으려고 합니다. 비를 오게 할 수는 없지만, 저의 화단에 물을 줄 수는 있을 것이라 생각합니다. 비록 조그만 화단이지만, 나름대로 저만의 세계에서 만들어지는 예쁜 화단이며 충분하다는 생각이 듭니다. 다른 사람이 어떻게 생각하건 그것은 중요하지 않고, 대부분의 사람들이 이루려고 하는 것도 그리 중요하지는 않습니다.

비가 오게 할 수 없다는 것을 깨달아 오히려 더욱 행복해질 수 있을 것이라는 느낌이 듭니다. 노력만 하다가 주어진 시간을 더 이상 잃어버리지는 않을 테니까요.

이제는 비가 오는 것을 바라만 보아도 좋을 것 같습니다. 우산을 쓰고 마음의 자유를 누리며 마음 편하게 비가 오는 날도 산책을 할 수 있을 것입니다.

30. 부분적으로는 옳지만, 전체적으로는 아니다

양자역학의 선구자였던 닐스 보어는 1927년 상보성 원리를 발표합니다. 이것은 행렬역학과 파동역학에서 발견된 새로운 계산 형식을 인식론적으로 어떻게 해석되어야 하는가에 대한 열띤 토론을 한 결과 제안되었습니다. 보어는 평상시에 다른 사람들과 토론하는 것을 즐겼습니다. 그는 어릴 때부터 코펜하겐대학의 생리학 교수였던 아버지와 그 친구들이 토론하는 것을 보았고 토론에서 많은 것을 배울 수 있다는 사실을 알고 있었습니다.

상보성 원리에 따르면 파동 또는 입자라는 전혀 다른 배타적인 모델로 원자의 세계를 측정할 수 있지만, 원자 차원의 현상을 완전히 기술해 내기 위해서는 두 모델 모두가 반드시 필요합니다. 즉, 모든 물리적 현상에는 양면성이 있으며 각자 다른 입장에서 관찰한 결과는 부분적으로 옳지만, 전체적으로는 그렇지 않다는 것입니다. 보어는 상보성 원리를 "서로 배타적인 것은 상보적이다."라고 말합니다.

보어는 상보성 원리를 물리학뿐만 아니라 다른 과학 분야와 사상 전반에도 적용되는 원리로 이해하였습니다. 그는 생명현상을 설명하는 두 방식인 물리적 분석 방법과 기능적 분석 방법이 서로 정반대의 입장으로 이해되고 있지만, 사실은 상보적으로 이해되어야 한다고 생각하였습니다. 게다가 그는 인류 사회를 발전시키기 위해서는 유전적 측면뿐만 아니라 역사적 전통도 중요하게 고려되어야 하며, 이 두 가지가 상보적인 것이라고 하였습니다. 이러한 근거에서 그는 당시 독일에서 맹위를 떨치고 있었던 인종 차별에 대해 반대하는 입장을 취했습니다. 상보성 원리는 불확정성 원리와 더불어 양자역학의 확률적 특징을 잘 표현한 것입니다. 이로써 이 두 가지 원리가 양자역학에서 가장 핵심적인 원리로 자리매김합니다.

상보성 원리를 쉽게 이해하기 위해 원자물리학의 예를 들어보도록 하겠습니다. 전자는 원자핵을 중심으로 운동을 합니다. 전자의 운동과 그 특성에 대해 알고자 할 때 어떠한 경우 전자를 입자로 취급하면 옳은 결과를 얻습니다. 즉 이 경우 전자의 입자성은 부분적으로는 맞습니다. 하지만 전자의 다른 경우를 파악할 때 전자의 입자성만으로는 옳지 않습니다. 즉 전자의 입자성만으로는 부분적으로는 옳지만, 전체적으로는 옳지 않은 것입니다. 따라서 전자의 입자성만으로는 충분하지 않기에 전자의 파동성이 상보적으로 필요한 것입니다.

하이젠베르크가 쓴 자전적 저서는 "부분과 전체"입니다. 그가 왜 그렇게 책의 제목을 지었는지 어느 정도 알 수 있을 것 같습니다. 그가 선택한 삶의 과정에서 옳다고 생각하여 결정한 것이 부분적으로는 옳았지만, 전체적으로는 그렇지 않았던 경우도 있었을 것입니다. 2차 세계대전 당시, 히틀러에게 협력한 것이 대표적이라 할 것입니다. 당시에는 애국심으로 인해 나치 권력에 협조하는 것이 옳다고 생각하여 독일의 핵폭탄 개발 계획에 참여

했지만, 전쟁이 끝나 전범으로 체포되어 런던으로 압송되어 보니 그때의 선택이 전적으로 옳지는 않았다고 생각했을지도 모릅니다.

우리의 삶도 마찬가지일 것입니다. 부분적으로는 옳지만, 전체적으로는 옳지 않은 경우가 많습니다. 나름대로 옳다고 생각하여 말하고 행동하고 다른 사람과 관계를 이어가지만, 그것은 부분적으로만 옳을 수 있고 전체적으로는 옳지 않을 수도 있습니다. 이를 위해 상보성 원리가 필요합니다.

자신은 가족이나 친구, 동료들을 위해 옳다고 생각하여 무언가를 했는데 나중에 보니 그것이 옳지 않은 경우도 있습니다. 나의 부족함을 채울 수 있는 상보적인 무언가가 존재한다는 것을 마음속에 새기고 있다면 더 나은 선택과 결정을 할 수 있을 것입니다.

내가 생각하는 것은 부분적으로 옳을 뿐, 아직 전체적으로는 어떻게 될지 알 수 없다는 생각을 하고 있다면 더 나은 일상이 가능할 수도 있을 것입니다. 상보성 원리의 위대함이 여기에 있다는 생각이 듭니다. 나의 부족함을 채우기 위해 나는 어떠한 것을 더 알아야 하고 더 노력해야 할지 깊이 생각해 볼 필요가 있는 것입니다.

31. 행복에 대한 소망

　행복을 꿈꾸는 것은 어쩌면 당연한 것이겠지만, 살아가다 보면 어렵고 힘든 불행한 시간이 우리를 압도하기도 합니다. 그런 아픈 시간을 이겨내야 또다시 행복에 대한 소망을 이룰 수 있는 것이 아닐까 싶습니다.

　어려운 환경이 주어지더라도, 어떠한 일이 닥치더라도, 내가 할 수 있는 일이 없을지라도, 나의 한계를 넘어서는 일이 일어나더라도, 행복에 대한 소망을 포기하지 않기로 하였습니다.

　행복에 대한 소망을 포기하지 않는 이유는 제 자신을 사랑하기 때문입니다. 겨우 몇십 년을 살아가고 끝내야 하는 이 세상에서 나 자신을 진정으로 사랑하는 사람은 나여야 한다는 마음이 들었습니다.

　과거에 어떠한 일이 있었던 것은 상관하지 않고 오늘 행복하고 내일도 행복하기 위해 나의 행복에 대한 작은 소망을 깊이 간직하렵니다.

　이 세상에 완벽한 것은 존재하지 않습니다. 나 자신도 완벽하지 않기에 실수도 하고 잘못도 하며 그로 인해 많은 시행착오를 겪기도 합니다.

하지만 그러한 것이 행복에 대한 꿈마저 앗아가지는 않도록 해야 합니다. 우리가 현재 존재하는 이유는 과거보다 더 나은 미래를 희망하기 때문일 것입니다. 어제보다 더 나은 나 자신이 되도록 노력하고 오늘보다 더 나은 내일의 내가 되기 위해 힘들고 어려워도 지금을 살아내고 있기에 그 희망은 의미가 있을 것입니다.

누군가는 나의 무능을 탓하고, 나의 잘못을 비난하며, 나의 실수를 우스워하겠지만, 그들은 보여진 것만 보기에 그럴 것입니다. 보이지 않는 나의 모습이 더 나은 내일을 기다리고 있기에 나는 오늘도 행복에 대한 소망을 마음 깊이 간직하고 있습니다.

다른 것은 바라보지 않으려 합니다. 다른 사람에게 기대하지도 않으려 합니다. 그저 나에게 주어진 시간 안에서 나 자신이 행복할 수 있기 위해 노력하는 것으로 충분합니다. 주어진 시간이 얼마일지 모르기에 오늘 행복하고 내일도 행복하기 위해 마음을 비우고 욕심을 버리며 나 자신을 내려놓고 존재 그 자체로 만족하며 순간을 채워나가다 보면 작은 소망이 하나씩 이루어질 것이라 생각됩니다.

어제부터 눈이 많이 내렸습니다. 어릴 때 눈 속에서 마음껏 뛰놀던 것이 생각이 납니다. 어릴 때 꿈꾸었던 행복이 모두 이루어지지는 않겠지만 아직도 이룰 수 있는 것이 많이 남아있음을 확실히 알고 있기에 그 작은 소망을 위해 오늘이 주어진 것이 감사할 따름입니다.

32. 12월

　12월을 어떻게 보내야 할지 모르겠습니다. 이제 새해에 대한 기대보다는 두려움이 앞서는 것이 사실입니다. 앞날에 대한 희망보다는 걱정이 먼저 되는 것은 아마 나에게 처해진 모든 상황과 환경 때문이겠지요. 하지만 내면의 약소함이 더 커다란 이유가 될 것입니다.

　할 수 있는 것보다는 할 수 없는 것이 점점 많아짐을 느낍니다. 도전보다는 그저 만족함이 이제는 더 익숙합니다. 힘든 것을 극복하여 무언가를 이루려는 것보다는 오늘 하루 마음이 편하게 지내는 것이 좋음을 인정하지 않을 수가 없습니다.

　오늘은 눈이 많이도 내렸습니다. 새벽에 서울에 가서 일을 하고 집으로 돌아오는 길엔 폭설이 내리고 있었습니다. 우산이 없기에 그냥 내리는 그 눈을 온몸으로 다 맞았습니다. 오랜만에 실컷 맞아보는 눈이었습니다. 어릴 적 친구들과 함께 눈 속에서 뛰놀던 생각이 났습니다. 이제 만나고 싶어도 만날 수 없는 친구들도 있고, 힘들게 애쓰지 않으면 만나기 어려운 친구들도 있습니다.

　12월의 절반이 지나갑니다. 애쓰지 않아도 흘러가는 시간이 야

속하기만 합니다. 하고 싶은 것도 많고 해야 할 것도 많은데 시간은 나에게 아무런 여유도 부리지 못하게 합니다. 후회되는 것도 있고, 미련이 남는 것도 있지만, 나의 능력으로는 감당하지 못하기에 그냥 순응하며 이 12월을 보낼 수밖에 없습니다. 예전엔 추운 것이 싫지는 않았습니다. 사계절 중에 겨울을 제일 좋아했던 것 같습니다. 하지만 이제는 추운 것을 좋아하지 않습니다. 그냥 따뜻한 것이 그립기만 합니다.

어둠이 밀려가면 밝은 날이 오기는 할 것입니다. 아픔이 지나가면 기쁜 날도 올 것입니다. 힘든 날이 지나가면 즐거운 날도 다가올 것입니다. 하지만 상처와 흔적은 남을 것입니다. 12월이 그 상처와 흔적을 모두 가져가 버렸으면 좋겠습니다. 이루지 못한 아쉬움과 끝내 해내지 못한 미련과 회한도 모두 가져가 버렸으면 좋겠습니다. 내가 한 실수와 잘못도 12월과 더불어 끝나버렸으면 좋겠습니다.

내일도 눈이 온다고 합니다. 좋은 소식들이 눈과 더불어 오기를 바랍니다. 아픔보다는 즐거움이, 슬픔보다는 기쁨이, 이루지 못함보다는 이루어냄이 눈과 더불어 오기를 희망합니다. 아직 나에게는 욕심이 남아있기는 한가 봅니다.

12월을 그렇게 보내겠습니다. 조그만 욕심을 부리며, 더 밝은 날을 희망하며, 더 따뜻한 순간을 소망하며, 그렇게 12월을 보내겠습니다.

33. 절망 속에 핀 꽃

클로드 모네는 더 큰 세상에서 공부하기 위해 파리로 갑니다. 그곳에서 그는 운명의 여인 카미유 동시외를 만납니다. 그녀는 모네의 모델이 되어 캔버스 앞에 여러 번 서게 됩니다. 둘은 점점 가까워지며 사랑에 빠집니다. 모네와 동시외는 결혼 전 아이를 갖게 됩니다. 하지만 모네의 집에서는 그 결혼을 심하게 반대합니다. 당시 모델이라는 직업은 형편이 좋지 않은 여성들이 하는 일이었고 가끔 몸도 팔았기 때문이었습니다.

하지만 모네는 카미유를 버릴 수 없었습니다. 그는 가족의 강한 반대에도 불구하고 카미유와 결혼을 합니다. 이후로 모네는 가족으로부터 지원을 받지 못해 경제적인 어려움에 빠지게 됩니다. 그의 그림을 찾는 사람은 아직 없었기 때문입니다.

행복할 줄만 알았던 결혼 생활에 어두운 그림자가 나타나기 시작합니다. 점점 가난해지면서 정신적인 압박감으로 인해 모네는 강물에 뛰어들기도 합니다. 후원자를 간신히 구했지만 많은 사람들은 모네의 그림을 알아주지 않았습니다. 그런 가운데 모네가 운명처럼 사랑했던 동시외가 둘째 아이를 낳던 중 세상을 떠납니다. 그녀의 나이 겨우 32살이었습니다.

모네의 말년 또한 불행의 연속이었습니다. 자신이 가장 사랑하던 아들이 세상을 떠납니다. 또한 재혼한 아내마저 하늘나라로 가고 맙니다. 그의 그림을 비웃는 사람도 여전했습니다. 게다가 화가로서 생명이라 할 수 있는 시력이 점점 나빠져 갔습니다. 두 번의 백내장 수술을 했고 자신의 눈이 실명에 가까워가는 것을 느낍니다. 또한 폐암 진단을 받아 그에게 주어진 시간이 얼마 남아 있지 않았음을 인식하게 됩니다. 하지만 모네는 끝까지 붓을 들었습니다.

그렇게 그린 그림이 바로 '수련'입니다. 진흙 속에서도 피어나는 꽃처럼, 모네는 자신의 삶이 불행이라는 절망 속에 놓여 있지만 그 불행을 딛고 다시 피어날 수 있을 것이라 생각했는지도 모릅니다.

어떤 어려움이라 할지라도, 삶을 포기하고 싶은 우울함에 빠지더라도, 살아가는 기쁨과 즐거움을 잊게 하는 일들이 다가와도, 그러한 절망을 경험했기에 삶에 대해 이야기할 수 있는 것이 아닐까 싶습니다.

불행이 있기에 행복을 느낄 수 있고, 아픔이 있기에 기쁨을 알 수 있고, 삶의 어둠이 있었기에 밝음도 알 수 있을 것입니다. 우리 삶에 있어서 행복만 계속된다면 행복이 무엇인지 모를 것이고, 좋은 일만 계속된다면 좋은 것이 무엇인지도 모를 것입니다. 밝은 날만 계속되면 밝다는 것이 무엇인지도 알 수 없을 것입니다. 힘든 날들이 있었기에 환희를 느낄 수 있는 날도 있을 것입니다.

모네는 비록 진흙 속에 뿌리를 내리고 있지만 그 속에서 아름답게 피어나는 수련이 남다르게 보였을지도 모릅니다. 아직 꽃이 피지 않았다고 속상하게 생각할 필요가 없습니다. 아직 때가 되지 않을 것일 뿐입니다. 모네의 그림 속의 수련처럼 환하고 아름답게 피는 날이 언젠간 올 것이기 때문입니다.

1802년 베토벤은 피아노곡을 작곡한 뒤, 그의 마음속에 있던 한 여인, 줄리에타 귀차르디에게 이 곡을 헌정합니다. 자신이 작곡한 것을 헌정했다는 것은 어쩌면 그 사람을 생각하며 그 음악을 만들었다는 것을 의미할 것입니다. 당시 귀차르디는 베토벤의 제자였습니다. 베토벤은 그 음악을 작곡하면서 창문밖에 자신을 비추는 하얀 달을 바라보았을지도 모릅니다. 아니면 집 밖으로 나와 고개를 들고 달을 보았을지도 모르구요. 그 달을 보며 베토벤은 무슨 생각을 했을까요?

베토벤이 그 곡을 작곡했을 당시 제목은 없었지만, 베토벤이 사망하고 난 5년 후인 1832년 음악평론가였던 루트비히 렐슈타프가 이 곡이 마친 달빛이 비친 스위스 루체른 호수 위의 조각배 같다고 하여 "월광(Moonlight)"이라는 이름을 붙였습니다.

이 음악을 작곡하고 나서 베토벤은 청력을 거의 잃게 됩니다. 이제 더 이상 자신이 사랑하는 여인의 목소리를 들을 수가 없게 된 것입니다. 또한 귀차르디의 집안에서 베토벤과의 연애를 심하게 반대합니다. 집안의 강한 반대가 있으면 결혼을 한다는 것이 불가능했던 시절이었기에 베토벤과 귀차르디는 커다란 절망에 빠졌을지도 모릅니다. 살아간다는 것이 너무 허무하고, 삶이 너무 고통스러워, 베토벤은 고개를 들어 자신을 환하게 비추어 주는 달을 보았을지도 모릅니다. 어두운 밤하늘에 하얀 달은 변함없이 자신을 비추고 있는데 사랑하는 사람을 이제는 잃게 되고 더 이상 만날 수도 없을지 모른다는 두려움이 그를 덮쳤을지도 모릅니다.

베토벤은 달을 쳐다보다 다시 집 안으로 들어와 피아노 앞에 앉았을 것입니다. 그리고 귀차르디를 생각하며 스스로 월광 소나타를 연주했을 것입니다. 베토벤이 연주하는 피아노 소리에서 그의 마음의 세계가 들리는 듯합니다. 이제는 더 이상 만나지 못하는 운명을 그는 받아들일 수밖에 없었을지 모릅니다. 방안에서 피아노 연주를 끝낸 후 창밖으로 보이는 하얀 달을 다시 바라보며 그는 피아노를 닫았을 것입니다.

<달빛>

달빛이 유난히 밝습니다
한없이 환한 달을 보며
그 사람을 생각합니다

이제는 볼 수 없는 곳
다시는 만날 수 없는 곳으로 가버린 그가
달빛으로 나를 비춰 주는 듯합니다

바라만 본다는 것이
닿을 수 없다는 것이
그리워해야만 한다는 것이
이리 커다란 아픔이란 걸
미처 몰랐습니다

달빛 아래 바람이 불어옵니다
그 사람이 바람이 되어
나에게 다가오는 듯합니다

그의 향기가 가득한 바람 속에서
고개 들어 다시 한번
달을 바라봅니다

내가 할 수 있는 것은
그것이 전부였습니다

35. 돌아갈 곳이 있나요?

살아가다 보면 참으로 많은 일이 생기는 것이 인생이 아닌가 싶습니다. 원하는 것을 이루어 기쁘기도 하고, 좋은 사람을 만나 행복하기도 합니다. 하지만 전혀 생각하지 못한 불행한 일이 나를 덮치기도 하고, 제발 일어나지 않았으며 하는 일들이 파도처럼 밀려오기도 합니다.

모든 일이 다 잘 되는 경우는 드뭅니다. 삶은 우리를 그냥 편안하게 놔두지 않습니다. 주위를 둘러보면 어려움 없이 살아온 사람은 없는 것 같습니다. 누구나 인생의 어느 순간에 감당하지 못하는 아픔을 겪기도 합니다.

화가였던 렘브란트는 그의 인생 초기에 별 어려움 없이 성공의 삶을 누렸습니다. 서른 살이 되기 전 그는 이미 화가로서 명성을 날렸습니다. 그를 후원하는 사람도 많았고 이로 인해 경제적으로도 풍요했습니다. 렘브란트는 더 커다란 성공을 위해 고향을 떠나 암스테르담으로 갑니다. 당시 그곳은 네덜란드가 무역 강국이 되는 데 있어서 커다란 역할을 하는 곳이었습니다. 엄청난 부를 축적한 사람들이 거대한 저택에서 호화롭게 살아가고 있었습니다. 부유했던 그들은 예술품을 수집하였고, 유명한 화가로부터 초상화를 그리게 하였습니다. 당연히 렘브란트는 자신에게 더 좋은 기회가 찾아올 것이라 생각했던 것입니다.

렘브란트의 소문은 빠르게 퍼져나갔고 돈 많은 사람들이 그를 찾기 시작했습니다. 수많은 사람들의 초상화를 그려주며 그는 엄청난 부를 축적하기 시작합니다. 더군다나 그는 막대한 재산의 물려받은 사스키아와 결혼합니다. 주위에서는 렘브란트를 네덜란드 최고의 화가가 될 것이란 말을 하였습니다.

하지만 삶은 그를 가만히 두지 않았습니다. 그에게 비극이 하나씩 시작됩니다. 렘브란트의 첫째 아이가 태어난 지 얼마 되지 않아 세상을 떠납니다. 그런데 둘째 아이와 셋째 아이도 마찬가지로 사망합니다. 이어 그의 어머니도 세상을 떠나고 넷째 아이가 태어나자마자 아내마저 사망합니다. 엄마 없는 아이를 돌봐주기 위해 하녀를 들였고, 외로웠던 렘브란트와 그 하녀 사이에 아이가 태어납니다. 부도덕한 관계에 대해 해명하라는 교회의 소환도 받게 됩니다. 이런 와중에 화가로서의 렘브란트의 인기도 차갑게 식어갔습니다. 다른 젊은 화가들이 더 멋진 초상화를 그려내면서 그에게는 일거리가 없어져 갔습니다. 모아놓아 두었던 재산이 사라지는 것은 순간이었습니다. 게다가 네덜란드에 경기 침체가 오면서 렘브란트는 결국 파산합니다. 그는 자신의 모든 그림과 저택마저 전부 잃게 됩니다. 게다가 그의 마지막 자녀마저 흑사병으로 세상을 떠나게 됩니다.

모든 것을 잃은 렘브란트는 갈 곳이 없었습니다. 그를 사랑하는 사람도, 그를 인정해 주는 사람도, 그에게 도움을 주는 사람도 모두 사라져버렸습니다.

이때 렘브란트가 그린 그림이 바로 "탕자의 비유"입니다. 모든 것을 잃어버린 탕자가 쉴 곳마저 없자 다시 집으로 돌아가는 모습을 그린 것입니다. 렘브란트 또한 모든 것을 잃었기에 자신의 아픈 마음이라도 쉴 곳이 필요했을 것입니다. 그는 자신의 존재 그 자체와도 같은 '미술의 세계'로 돌아갔습니다. 그곳에서 그는 삶에 지친 자신의 몸과 마음을 쉴 수 있었습니다.

그는 이 작품을 남기고 세상을 떠났습니다. 모든 것을 얻었지만, 그 모든 것을 잃은 렘브란트는 그나마 자신의 삶을 위로 받을 수 있는 마지막 거처인 미술의 세계에서 자신의 생을 마감했던 것입니다.

돌아갈 곳이 있다는 것만으로도 우리의 삶은 위로받을 수 있을 것입니다. 비록 많은 것을 잃는다 하더라도 문제가 되지는 않습니다. 이 세상에 처음 왔을 때 아무것도 가지고 오지 않았으니 잃어버린 것에 너무 마음 아파할 필요는 없습니다. 그냥 오늘 하루도 마음을 쉴 수 있는 곳이 있다면 그것으로 충분할 것입니다. 돌아갈 나만의 세계가 있다는 것이 어쩌면 우리에게 가장 중요한 것이 아닐까 합니다.

36. 잠시 쉬어도 됩니다

춘천 마라톤 구간에는 20개 정도의 오르막이 있었습니다. 가장 힘든 구간은 출발선에서 약 28km 정도 지난 곳이었습니다. 경사가 급하지는 않았지만, 2~3km가 계속 오르막이었습니다. 출발하고 20km가 지나자 곳곳에서 다리에 쥐가 나 길바닥에 누워버리는 사람들이 생기기 시작하더니 28km 오르막 구간에는 수십 명의 사람이 쥐가 난 다리를 응급처치하느라 난리였습니다. 구급차가 다니면서 그중 심한 사람들을 태우고 병원으로 향하기도 하였습니다. 응급 구조원들이 달려와 여기저기 도와주느라 정신이 없어 보였습니다.

저 또한 반환점인 21km 정도까지는 괜찮았지만, 25km가 지나면서 점점 다리가 무거워지기 시작했고 체력도 점점 바닥을 보이기 시작했습니다. 목표로 했던 시간대에서 조금씩 밀리기 시작했고 이제는 출발했을 때 마음속에 생각했던 그 시간 안에 들어갈 수 없음을 깨닫게 되었습니다. 그래도 목표로 했던 것을 이루기 위해 다시 힘을 내서 달려 보았지만, 저의 한계를 느낄 뿐이었습니다. 더 이상 무리하게 되면 저 또한 완주는커녕 바닥에 누워 쥐 난 다리를 응급처치하게 될 것 같다는 생각이 들었습니다.

예전에는 목표를 쉽게 포기하지 않았습니다. 어떻게든 이루어

보려고 모든 것을 쏟아부어 치열하게 노력했었습니다. 하지만 언제부터인지 그 목표라는 것이 그리 큰 의미가 있는 것은 아니라는 것을 알게 되었습니다. 내가 생각했던 그것을 이루었다고 하더라도 그것이 어떤 경우에는 예상하지 못했던 일들로 변해버리기도 하고, 그 목표가 엄청나게 나에게 좋은 것도 아니라는 것을 알게 되었습니다. 물론 처음에 생각했던 것을 이루고 나면 성취감이나 보람 같은 것을 느낄 수는 있습니다. 하지만 크게 봐서는 목표를 이루지 못하였다 하더라도 삶에 있어서 커다란 문제가 되는 것은 아니었습니다.

마의 구간이라는 28km를 지나 잠시 달려온 길을 돌아보니 뒤로 유연하게 내리뻗은 그 오르막길이 보였습니다. 내가 달려온 길이 맞는가 싶을 정도로 생각보다 긴 오르막이었습니다. 오르막이 있으면 내리막이 있기 마련입니다. 하지만 마라톤에서는 내리막길이라고 해서 무작정 빨리 달려 나가서는 안 됩니다. 오히려 더 부상 위험이 있기 때문입니다. 오르막을 올라오느라 써버린 에너지로 인해 다리가 쉽게 풀려 내리막길에서 크게 넘어지는 경우도 많이 발생하곤 합니다. 내리막길이기에 그동안 잃어버린 시간을 단축하고 싶은 마음이 생겼던 것도 사실입니다. 하지만 그 욕심을 버리고 오르막길보다 조금만 더 빨리 달렸습니다.

30km를 눈앞에 두고 점점 다리가 둔해지는 느낌이 들었습니다. 여기서 더 무리하면 끝까지 완주할 수가 없을 것이란 생각이 들었습니다. 마음을 내려놓고 30km에서 조금 쉬었다 가야겠다고 생각했습니다. 30km 지점에서 제공해 주는 물을 마시고, 간식도 챙겨 천천히 걸어가면서 먹었습니다. 그 이전 구간에서는 시간을 아끼기 위해 뛰어가면서 물과 간식을 먹었지만, 지금은 그럴 때

가 아니라는 생각이 들었습니다.

500mL 식수를 가지고 잠깐 서서 얼굴과 손을 씻었습니다. 땀으로 젖은 얼굴을 닦고 안경도 닦고 다시 시작하는 마음으로 마음의 여유를 찾으려 노력하였습니다. 아마 500m 정도를 그렇게 걸으면서 갔던 것 같습니다. 당연히 시간은 많이 지체되었습니다. 그렇게 잠깐 쉬고 났더니 어디선가 나도 모르는 기운이 조금씩 생기는 것 같았습니다. 지친 몸으로 인해 앞도 잘 보이지 않았는데 자고 일어난 것처럼 눈이 다시 떠지는 느낌이 들었습니다.

내가 할 수 있는 것만으로도 충분하다는 생각이 들었습니다. 좋은 기록을 내고 싶기는 했지만, 그것을 이루려다가 더 중요한 것을 잃을 것 같았습니다. 마음이 편해짐을 느꼈습니다. 비록 시간은 조금 늦어질지 모르지만, 끝까지 달릴 수 있을 것 같다는 확신이 들었습니다. 그런 마음이 들자 무거웠던 다리가 그리 부담되지 않았습니다. 비록 지친 다리지만, 끝까지 달리는 데는 문제가 없을 것이라 생각되었습니다. 그리고 그렇게 42.195km를 완주했습니다.

잠시 쉬었기 때문에 그것이 가능했던 것 같습니다. 비록 500m를 잃어버리기는 했지만, 나머지 거리를 얻을 수 있었습니다.

쉬었다 가도 됩니다. 오늘 하루가 힘들면, 마음이 무거우면, 감당이 안 되면, 누군가가 미우면, 원하는 것이 잘 안되면, 계획에 차질이 있어도, 쉬었다 가더라도 그리 큰 차이가 없습니다.

잠시 쉬었다 가는 것이 오히려 나머지 것을 잃지 않을 수 있을지도 모릅니다.

37. 뜻을 같이 할 수 없는 사람들

길을 같이 가는 사람이 고집이 세다면 끝까지 함께 가는 것은 쉽지 않을 것입니다. 처음 시작을 같이했으니 마지막까지 같이 가면 좋으련만 그러지 못할 수도 있습니다. 굳이 끝까지 같이 가지 않는다고 하여 그것이 그리 문제가 되는 것도 아닙니다.

예전에는 내가 불편해도 참아가며 함께 가는 사람의 뜻을 따라 끝까지 가려 노력하곤 했습니다. 하지만 시간이 지날수록 점점 더 힘들어지며 마음은 산산이 부서지는 것을 여러 번 경험한 적이 많았습니다.

요즘엔 저의 마음이 편한 쪽을 택합니다. 중간에 힘이 들면 뜻을 같이 할 수 없다고 판단하고 나의 길을 정해 혼자 말없이 걸어갑니다. 생각해 보면 혼자 간다고 해서 나쁜 것도 아니라는 생각이 듭니다. 괜히 뜻이 다른 사람과 억지로 가면서 마음이 힘들어지는 것보다는 낫다는 생각이 듭니다.

길을 같이 가는 사람이 함께 가는 사람을 생각하지 않는다면 그와 같이 갈 필요도 없습니다. 오직 자신만을 생각하는 사람이기 때문입니다. 모든 것을 자신의 주관대로, 자신이 생각하는 것이 기준이라고 한다면, 함께 간다는 것은 오히려 무거운 짐이 되기만 할 것입니다. 그때는 과감하게 그가 가도록 내버려 두고,

나는 나의 길을 가는 것이 옳은 선택이라는 생각이 듭니다.

우리 태양계는 태양이 하나밖에 없습니다. 태양을 중심으로 수성, 금성, 지구 등의 행성들이 움직이고 있습니다. 하지만 다른 태양계에는 태양이 두 개인 경우도 있습니다. 흔히 쌍성계라고 불리는 것입니다. 우주에 쌍성계가 많이 있기는 합니다. 하지만 태양이 하나밖에 없는 태양계가 월등히 많이 존재합니다. 쌍성계의 경우 두 별의 질량 차이가 있기 마련입니다. 두 개의 별은 어느 정도 일정한 거리도 유지하고 있습니다. 하지만 그것이 어느 정도 지나면 질량이 큰 별이 작은 별을 잡아먹기도 하고, 같은 거리를 유지하지 못한 채 멀어지기도 합니다.

만남은 헤어짐이 전제된 것인지도 모릅니다. 또한 헤어짐은 또 다른 만남을 의미하는 것인지도 모릅니다. 만남과 헤어짐은 우리 일상의 한 부분에 불과할 뿐입니다. 그것이 문제가 된다거나 이상한 것이 아닌 당연한 우리의 삶의 일부일 뿐입니다.

같은 직장에서 일하는 동료이건, 학교에서 만났던 친구이건, 영원히 함께 할 수 있는 사람은 그리 많지 않을 것입니다. 뜻을 같이 할 수 없기에 더 이상 인연이 계속되지 않는다고 하여 그것이 문제가 되는 것이 아닙니다. 오히려 각자가 가는 길을 멋지게 가라고 응원해 주는 것이 보다 성숙한 사람의 선택이 아닐까 하는 생각이 듭니다. 함께 하면 좋겠지만, 그러지 못한다고 해서 아쉽거나 마음 쓸 필요는 없습니다. 계절이 바뀌면 변화가 오는 것과 다를 바가 없을 것입니다.

나뭇잎은 이제 모두 떨어져 앙상한 나뭇가지만 남았습니다. 이제는 하얀 눈이 펑펑 쏟아질 것입니다. 나뭇잎은 그렇게 보내고 천지를 순백색으로 뒤덮을 눈을 기다리면 되는 것입니다.

38. 아무것도 아니기에 무엇이든 될 수 있다

초등학교 미술 시간이었습니다. 담임 선생님께서 진흙을 준비해 오라고 하셨습니다. 다음 날 학교 앞 문방구에서 진흙을 사서 학교에 갔습니다. 미술 시간이 되었을 때 선생님께서는 준비해 온 진흙을 꺼내서 원하는 아무것이나 만들어 보라고 하셨습니다. 사실 저는 선생님께서 만들 것을 지정해 주실 줄 알았습니다. 지정해 주는 것 없이 아무것이나 만들라는 말씀에 막상 만들기를 시작하지 못했습니다. 무엇을 만들까 고민을 하다 한참 시간이 지났던 것 같습니다. 주위를 둘러보니 친구들은 이미 진흙으로 만들기를 시작하고 있었습니다. 더 이상 시간을 끌면 안 될 것 같아 무엇이라도 하나 결정해서 만들기를 시작해야겠다고 생각했습니다.

당시 제가 제일 좋아했던 것은 우리 집에서 키우던 강아지였습니다. 학교에 갔다 오면 매일 강아지와 노는 시간이 너무 행복했습니다. 아무 형태도 없던 진흙을 가지고 우리 집 강아지를 만들어 가기 시작했습니다. 사실 저는 미술에는 소질이 없어서 진흙으로 무언가를 만드는 것이 몹시도 힘들었던 기억이 납니다. 하지만 나름대로 열심히 우리 집 강아지를 생각하며 정성껏 진흙으로 만들기를 해나갔습니다.

시간이 지나면서 솜씨도 없던 나의 손에서 우리 집 강아지의 모습이 조금씩 나오기 시작했습니다. 머리와 몸통 그리고 네 개의 다리와 꼬리까지, 제법 제가 제일 사랑하는 강아지의 형태가 갖추어지기 시작했습니다. 한 시간 동안 몰입을 하며 진흙과 씨름을 하고 났더니 제 책상 위에는 진흙으로 만들어진 우리 집 강아지가 고개를 들어 저를 보고 있었습니다. 다 만들어진 강아지를 보니 저의 마음도 가득 찬 것 같은 느낌을 받았습니다.

아무것도 아닌 진흙에서 제가 제일 사랑하는 강아지가 태어났습니다. 비록 생명은 없으나 저의 사랑을 나누어 줄 수 있는 또 다른 강아지 한 마리가 태어났던 것입니다. 처음의 진흙 덩어리는 비록 아무것도 아니었지만, 이제는 사랑받는 저의 귀중한 보물이 되었습니다.

아무것도 아니기에 무엇이든 될 수 있는 것 같습니다. 모든 것을 처음부터 시작할 수 있으니 가능한 것이라 생각됩니다.

나 자신 또한 아무것도 아니라는 생각이 듭니다. 아무것도 아니라는 것은 별것도 아니라는 것을 뜻하지는 않습니다. 아무것도 아니라는 것은 희망이 없다는 것을 뜻하지도 않습니다.

아무것도 아니기에 무엇이든 될 수 있는 소망이 있습니다. 아무것도 아니기에 원하는 것을 이룰 수 있는 미래가 있습니다. 아무것도 아니기에 꿈꾸는 그 모든 것을 실현시킬 수가 있습니다.

나이가 들어서도 마찬가지일 것입니다. 비록 젊었을 때의 원대한 꿈이나 소망을 이루지는 못해도 나름대로 이룰 수 있는 것은 많을 것입니다. 단지 그것을 불가능하다고 생각하고 자신이 스스로 용기를 내지 않는 것일 뿐입니다. 세월에 상관없이 무언가를 이룰 수 있을 것이라 확신합니다.

나의 존재의 의의는 지금 무언가를 만들고 있다는 데 있지 않을까 생각됩니다. 나를 진흙 덩어리로 생각해 아무것도 아닌 나를 무엇이든 될 수 있는 나로 만들어 갈 수 있을 것입니다.

나는 아무것도 아니기에 무엇이든 될 수 있어 오늘도 참된 나의 모습을 위해 하나하나 빚어가야 하지 않을까 싶습니다.

39. 나는 어떤 상태로 있는가

　몇 년 전 한라산 정상인 백록담에 오른 적이 있었습니다. 새벽 4시 정도에 출발해 5시간 정도 걸려 올라갔습니다. 처음 올라간 한라산 정상이었습니다. 오래전부터 등반을 하고 싶었지만, 기회를 계속 놓쳤고 더 이상 미루고 싶지 않았습니다. 학회를 하던 중 갑자기 오르고 싶은 마음이 들었습니다.

　다음 날 오전 일정을 비우고 무작정 한라산을 올랐습니다. 오르는 과정이 결코 쉽지 않았습니다. 운동을 오랫동안 하지 않은 상태였기에 힘에 부쳤습니다. 갑자기 오르느라 다른 사람 없이 혼자 등반을 하느라 더욱 힘들었던 것 같습니다. 오르던 도중 일출이 있었고 어두컴컴한 주위가 밝아오기 시작했습니다. 고개를 들어 하늘을 보니 무척이나 맑은 날씨였습니다.

　정상까지 오를 수 있을지 걱정이 되었으나 아무 생각 없이 한 걸음씩 올라갔습니다. 그렇게 5시간 정도가 지나고 드디어 한라산 정상인 백록담에 도착했습니다. 몸은 힘이 들고 다리는 너무 아팠지만, 마음은 구름 위를 나는 듯했습니다. 오래도록 바라던 것을 하고 나니 가슴이 벅차올랐습니다. 백록담에 서서 주위를 바라보았습니다.

그날따라 너무나 맑은 날씨 덕분에 주위의 멋진 풍경은 물론 멀리 제주도 앞바다까지 선명하게 보였습니다. 한라산 정상에서 바라본 제주의 바다는 장관 그 자체였습니다. 이런 것을 느끼기 위해 산을 오른다는 것을 다시 한번 느낄 수 있었습니다. 당시 몸은 많이 힘들었지만, 마음만은 더 이상 바라는 것이 없는 상태였습니다.

살아가다 보면 우리는 많은 상황에 처하게 됩니다. 불행을 겪기도 하고, 사랑하는 사람을 잃기도 하며, 오래도록 원하던 것을 이루지 못하기도 하고, 제발 나에게 일어나지 않았으면 하는 일들이 일어나기도 합니다.

하지만 어떤 상황에 처하건 자신이 어떤 상태로 있는지가 훨씬 중요하지 않을까 싶습니다. 아무리 어려운 상황이라도 나 자신이 올곧이 서 있을 수 있다면 아무리 힘든 것이라도 문제가 되지 않을 것입니다. 한라산을 오르느라 몸이 매우 힘들었지만, 정상에서 바라보았을 때 그 순간은 힘든 몸이 하나도 느껴지지 않았던 것처럼 말입니다.

아무리 힘들거나 어려운 일이 나에게 다가오고, 불행히 나를 감싸더라도, 내 마음의 상태가 문제가 되지 않는다면 그러한 것들은 나에게 하나도 어려운 것이 아닐 것입니다.

그렇게 된다면 불행 가운데에서도 행복을 찾으려 할 것이고, 실패한 가운데서도 성공을 찾으려 할 것입니다. 나의 상태가 결국 나의 많은 것을 결정하게 될 것입니다.

해결하기 어려운 문제가 나를 덮치더라도, 극복하기 힘들 것 같은 것들이 나에게 다가오더라도, 그것을 자신 있게 이겨낼 수 있는 방법을 찾으려 하는 나의 상태가 새로운 길로 나를 이끌어나갈 것입니다.

　행복할 수 있는 조건보다는 행복해질 수 있는 나의 상태가 행복을 가져다줄 것입니다. 그렇게 된다면 어떠한 상황이 나에게 일어나더라도 나는 그러한 것과는 상관없이 행복한 상태로 살아갈 수 있을 것 같습니다. 많은 것이 주어져도 만족함을 모르는 사람이 있는가 하면, 주어진 것이 별로 없더라도 만족함을 아는 사람이 될 수 있을 것입니다.

　내가 어떤 상태로 있느냐에 따라 나의 존재가 결정되는 것이 아닐까 싶습니다.

40. 머무르다 떠난다

아파트 옆 길가에 은행나무가 줄지어 서 있습니다. 매일 다니는 길이건만 오늘따라 길 위에 수북이 쌓여 있는 노란 은행잎이 눈에 들어왔습니다. 떨어진 은행잎을 보다가 고개를 들어 은행나무를 쳐다보았습니다. 이제 남아 있는 은행잎이 떨어진 것보다 적었습니다. 조금 더 시간이 지나면 저 은행잎도 모두 다 떨어져 버릴 것입니다. 스산한 바람에 집으로 발길을 재촉했습니다.

오래도록 머물다 가기를 바랐습니다. 내게 왔던 그 모든 것들에게 그렇게 소원했습니다. 하지만 내가 바라는 만큼 오래도록 머물다 가는 것은 드문 듯합니다.

모든 것은 생겨나서 어딘가로 가고 잠시 머무르다 때가 되면 그렇게 다시 떠나가는 것 같습니다. 내게 오는 것도 그런 것 같고, 저 또한 아마 그럴 것입니다.

영원을 꿈꾼다는 것은 희망에 불과할 것입니다. 이 세상에 영원이라는 것은 존재하지 않기에 희망이라는 말로 위안을 삼는 것이라는 생각이 듭니다. 우리는 아마 그 희망이라는 단어에 속아 그나마 살아가고 있는 것인지도 모릅니다.

노란 은행잎이 떠나가고 나면 조만간 또 다른 무엇이 찾아올 것입니다. 아마도 얼마 지나지 않아 하얀 눈이 내리겠지요. 그때엔 은행잎이 떠나간 아쉬움을 잊은 채, 하얀 눈을 반길 것입니다.

모든 것은 그렇게 머무르다 떠나지만, 그 어딘가에 흔적은 남아 있을 것입니다. 그것이 어떠한 모습이건, 오래도록 지워지지 않을 것입니다. 그러한 흔적이 모여, 삶을 이루는 것이 아닐까 싶습니다. 아름다운 흔적도 있지만, 아쉽고 미련이 남는 것도 있을 것입니다.

잠시나마 나에게 머무르고 있는 것을 사랑하려고 합니다. 그것이 어떠한 것이든 상관하지 않겠습니다. 나에게 왔다는 것 자체가 엄청난 인연이라는 것을 알기 때문입니다.

머무르다 떠나가는 것에 대해 미련을 가지지 않겠습니다. 내가 아무리 소원하고 바라더라도 그것은 나의 영역이 아니기 때문입니다. 아쉽게 떠나갈지라도 그동안 머물렀던 것에 고마워하려고 합니다.

집에 와서 생각해 보니 노란 은행잎 하나를 주워올 걸 하는 생각이 들었습니다. 내가 좋아하는 책 속에 넣어 간직하면서 올해 은행잎의 흔적을 그렇게 기억하려고 합니다. 올가을의 있었던 일들도 나의 마음속에 남아 있겠지만, 노란 은행잎과 함께라면 더 좋을 것 같습니다. 내일 퇴근하는 길에 은행잎 하나 주워오려고 합니다. 아마 내일까지는 은행잎이 거리에 남아 있을 것입니다.

41. 과거에 얽매여

살아가다 보면 누구나 후회되는 일이 있기 마련일 것입니다. 알베르 까뮈의 소설 <전락>에서 주인공 클라망스는 다음과 같이 고백합니다.

"나는 난간 위로 몸을 숙이고 강물을 내려다보고 있는 듯한 한 형체 뒤를 지나갔습니다. 거무스름한 머리카락과 외투 깃 사이로 비에 젖은 싱그러운 목덜미가 눈에 확 띄었지요. 이것이 내 감각을 자극했습니다만 약간 망설이다가 가던 길을 계속 갔습니다. 그리고 다리 끝에서 당시 살고 있던 생미셸 방향 강변길로 접어 들었습니다. 약 50미터쯤 갔을 때, 그 소리가 들렸습니다. 사람이 강물로 뛰어드는 소리였지요. 꽤 먼 거리였지만 밤의 정적탓에 그 소리가 내 귀엔 엄청나게 크게 들렸습니다. 우뚝 걸음을 멈췄지요. 하지만 돌아보지는 않았습니다. 거의 곧바로 외마디 비명이 들렸고 몇 번 더 이어졌지요. 이 소리 역시 강으로 내려갔고 뚝 끊겨 버렸습니다. 갑자기 굳어 버린 어둠 속에 침묵이 흘렀고, 이 침묵은 끝없이 지속될 것만 같았습니다. 달려가고 싶었지만, 몸뚱이가 꼼작하질 않는 겁니다. 추위와 충격으로 바들바들 떨고 있었던 것 같아요. 속으로는 빨리 가봐야 한다고 되뇌었지만 저항할 수 없는 무력감이 온몸으로 퍼지는 듯했습니다.

그때 무슨 생각을 했는지 기억나지 않지만, 아마 '너무 늦었어, 이미 늦은 거야.'라거나 아니면 그 비슷한 말이었을 겁니다."

클라망스는 자신이 여인을 구하지 못한 것을 속죄하며 직업도 포기하고 암스테르담의 한 바에서 매일 술을 마시며 다른 사람에 자신의 과거 잘못을 이야기하며 여생을 보냅니다. 그 여인은 클라망스와는 아무런 관련도 없는 여인이었고, 클라망스는 그 여인을 구하지 못한 것에 집착하여 자신의 삶마저 포기하는 사태로 이어집니다. 물론 클라망스가 용기를 내어 그 여인을 구했다면 좋았을 것입니다. 하지만 그 일은 이미 지나가 버렸고, 그 여인은 살아서 결코 돌아오지 않습니다.

우리는 왜 지나간 일에 집착을 하는 것일까요? 그 일에 집착을 한다고 해서 시간이 다시 거꾸로 흘러 과거의 그 일을 돌이킬 수도 없습니다. 후회를 한다고 해서 그 일이 다시 우리 자신이 원하는 대로 되지도 않습니다. 내가 잘못한 일을 반성한다고 해도 그 일이 번복되지는 않습니다. 사소한 실수로 인해 중대한 일을 그르쳤다고 해서 그 일이 다시 잘 되지도 않습니다.

과거에 대한 일에 집착을 하는 것은 욕심일 뿐입니다. 미래에 대한 욕심은 이루어질 수 있을 가능성이라도 있지만, 과거에 대한 욕심은 결코 이루어질 수가 없을 것입니다. 아무런 의미도 없는 것에 집착하는 이상 우리에게 주어진 현재와 미래마저 잃는 것이 아닐까 합니다.

살아가다 보면 후회 없는 삶을 살아가는 사람은 단 한 명도 없을 것입니다. 후회하는 것보다는 앞으로 후회를 하지 않기 위해 현재를 사는 것이 중요하지 않을까 싶습니다. 오늘을 후회하다 미래에 또 다른 후회를 할 가능성이 있기 때문입니다.

지나간 것은 과감하게 버리고 미련이나 집착도 하지 말고, 더 나은 내일을 위해 오늘을 살아가는 것이 과거의 잘못을 번복하지 않는 길이 아닐까 합니다.

42. 익숙한 것을 버린다는 것

동쪽에서 오는 바람을 맞고 있었습니다. 동쪽에 있는 햇살을 마주하며 그 바람에 익숙해져 갔습니다. 얼굴을 스쳐 가는 그 바람이 왠지 기분을 좋게 해주었습니다. 그러다 갑자기 서쪽에서 바람이 불었습니다. 반대 방향에서 불어오는 바람이 갑자기 당혹스럽게 느껴졌습니다. 햇살을 받던 동쪽을 향해 있던 제 방향을 반대로 돌리기가 아쉬웠습니다. 그냥 그대로 동쪽을 향하고 있으면 좋겠다는 생각이 들었습니다.

오래도록 살아오던 익숙한 것을 버린다는 것은 그리 쉬운 일이 아닐 것입니다. 새로운 것을 받아들인다는 것은 또 다른 애를 써야 하는 것이기에 더욱 힘이 드는 것이 사실일 것입니다.

펄 벅의 소설 <동풍 서풍>에서는 주인공 궤이란이 중국 여성으로서 오래도록 익숙했던 전족(纏足)을 버립니다. 전족은 그녀에게 자신의 신념처럼 소중한 것이었습니다. 궤이란은 왜 전족을 버린 것일까요?

"신기하게도 내 외적인 아름다움은 남편의 마음을 돌릴 수 없었건만, 내 고통은 그의 마음을 움직였어요. 그는 나를 어린아이 달래듯 위로하려고 했어요. 나는 고통에 못 이겨 그가 누구인지,

그의 직업이 뭐지도 잊어버린 채 종종 그에게 매달렸어요.

'궤이란, 우리는 이 고통을 함께 견뎌 낼 것이오.'

남편은 이렇게 말했주었어요.

'그토록 고통스러워하는 모습을 차마 보기 힘들었지만, 이건 단지 우리 둘뿐만이 아니라 다른 사람들을 위한 것이기도 하다는 걸 생각해 보오. 사악한 구습에 대항한다고 말이오.'

'싫어요.'

나는 흐느끼며 말했어요.

'나는 당신을 위해 참는 거예요. 당신을 위해 신식 여성이 될 거예요.'

남편은 웃음을 터뜨렸어요. 그러자 그 얼굴도 류 부인에게 이야기를 건넬 때처럼 약간 밝아졌어요. 그것이야말로 바로 내 고통에 대한 보상이었어요. 또 이후로는 이만큼 어려운 일도 없을 것 같았죠."

궤이란의 남편은 서양의학을 공부한 사람이었습니다. 그녀는 그녀의 남편이 자신이 신여성으로 살아가기를 원한다는 것을 알고 있었습니다. 하지만 그녀가 어릴 때부터 해왔던 전족을 버린다는 것은 결코 쉽지 않았을 것입니다. 예전 중국에선 전족이 여성의 가장 아름다운 부분이라고 생각해 왔었기 때문입니다. 중국의 여성들은 자신의 아름다움을 보여줄 수 있는 전족을 위해 그 아픈 고통을 참아왔습니다. 궤이란은 철저하게 동풍에 익숙했던 여성이었습니다. 아무리 남편이 원한다고 하더라도 갑자기 서풍을 맞으라고 한다면 그것은 쉬운 선택이 아닐 것입니다.

이것은 자신의 모든 것을 바꾼다는 것과 같다는 것을 의미합니다. 궤이란은 과감하게 동풍을 버리고 서풍을 택합니다. 그 이유는 그녀가 남편을 그만큼 사랑했기 때문일 것입니다. 사랑하는 사람을 위해 자신을 완전히 바꾸는 사람은 극히 드뭅니다. 아무리 사랑하는 사람이 요구하는 것이 있다고 하더라도 자신을 버리는 사람은 그리 많지 않습니다. 궤이란은 그녀의 남편을 진심으로 사랑했기에 자신이 그토록 익숙해 왔던 전족을 버린 것입니다.

하지만 여기서 하나 아쉬움이 있는 것도 사실입니다. 궤이란의 남편은 궤이란을 얼마나 사랑했던 것일까요? 물론 일반적인 입장에서 보면 전족이란 것은 극히 비합리적이고 비상식적인 것이 사실일 것입니다. 아내를 위해 전족을 버리라고 한 그녀의 남편의 생각에도 일리는 있을 것입니다. 객관적으로 본다면 전족은 여성의 인권을 무시한 고쳐져야 할 악습인 것은 분명합니다.

그녀의 남편이 궤이란을 진정으로 사랑했다면 궤이란에게 있어 전족이 의미하는 바를 잘 알 수 있었을 것입니다. 궤이란에게 전족을 버리라고 이야기하기 전에 그냥 궤이란의 선택에 맡겨 두었으면 어떠했을까 생각해 봅니다.

나에게 소중한 사람이 내가 원하는 대로 하지 않는다고 해서 그것이 문제가 되는 것은 아닐 것입니다. 하지만 우리는 일반적으로 내가 사랑하는 사람이 나의 뜻대로 되기를 원하는 경우가 대부분입니다. 그로 인해 어쩌면 진정으로 사랑하는 사람을 잃게 될 수도 있을 것입니다. 그의 존재를 인정한다는 것은 그 사람을 나의 뜻대로 살아가기를 원하기보다는 그냥 그대로 내버려 두는 것이 아닐까 싶습니다. 사랑에 빠진다는 것이 결코 그 사람의 노예가 되는 것은 아닐 것입니다. 언젠가 잃어버렸던 자유를 찾아 나설 수밖에 없기 때문입니다.

궤이란의 남편은 서풍에 너무 익숙해서 동풍의 존재마저 잊고 있었던 것은 아닐까요? 이것이 바로 불행의 시작이 될 수도 있을 것입니다. 동풍에 익숙했던 사람은 서풍으로 바꾸었지만, 서풍에 익숙했던 사람은 동풍으로 바꾸지 않았기에 후에 바람의 충돌로 폭풍이 일어날 수도 있을 것이기 때문입니다. 동풍이 서풍으로 바뀌면 서풍도 동풍으로 바뀌어야 하는 것이 순리라는 생각이 듭니다. 사랑이라는 것은 굳이 익숙한 것을 사랑하는 사람을 위해 버리는 것만은 아닌 것 같습니다. 나 자신을 지키고 상대를 인정해 주는 것, 그것이 익숙함을 버리는 사랑보다 더 나은 것이 아닐까 싶습니다.

43. 생사를 넘어서

　모든 것은 나고 사라지기 마련입니다. 이 세상에 온 것은 그 어떤 존재이건 언젠가는 떠나가기 마련입니다. 하루만 살다 가는 하루살이도 있고, 수십 년을 살아가는 동물도 있습니다. 수백 년을 살아가는 나무 같은 존재도 언젠간 가지가 부러지고 뿌리도 다해 이 세상과 작별을 해야 합니다.

　생명체뿐만 아니라 무생물도 마찬가지입니다. 단단한 쇳덩어리도 비에 젖어 부식되어 녹이 슬고 그 붉은 녹은 점점 많아져 산산이 부서져 버립니다. 단단한 돌멩이도 마찬가지입니다. 물에 쓸리고 바람에 의해 점점 작아지다가 그 흔적조차 사라져 버리고 맙니다.

　밤하늘에 빛나는 별들도 언젠가는 그 생명을 다합니다. 우주 공간에 수천억 개의 별들이 존재하지만, 영원히 그 자리에서 빛나는 별은 단 하나도 없습니다. 비록 그 수명이 상당히 길긴 하지만 별이란 존재도 예외 없이 언젠가는 우주 공간에서 삶을 마감하고 사라지게 됩니다.

　우리가 살고 있는 이 세상 이후에 어떤 것이 있는지는 모르나, 만약 있다고 하더라도 그 세상에서의 나는 지금과 같은 나의 모습은 아닐 것입니다. 모든 존재는 없음에서 와서 없음으로 갈 수밖에 없습니다. 나는 잠시 이 세상에 존재할 뿐 영원히 이곳에 머무를 수가 없을 것입니다. 내가 사랑하는 모든 것 또한 마찬가지일 것입니다. 그러기에 오늘 후회 없이 사랑해야 하는 것이 아닐까 싶습니다. 나에게나 혹 내가 사랑하는 사람에게 내일이 존재하지 않을지도 모르기 때문입니다.

죽음에 대해 과연 질문을 해야 할 필요가 있을까요? 저는 더 이상 죽음에 대해 관심을 갖거나 알려고 하지 않을 생각입니다. 그냥 받아들이는 것으로 충분하다는 생각이 들기 때문입니다. 그것을 안다고 해서 죽음이 나를 피해 가지는 않을 것이라는 생각이 듭니다.

인류는 역사적으로 죽음에 대해 많은 이론을 만들어 냈습니다. 철학이나 종교에서 많은 사람들이 죽음에 대해 논의했지만, 그 사람들도 예외 없이 모두 이 세상을 떠났습니다. 인간의 이성으로는 죽음에 대해 알 수 있을 것 같지는 않습니다. 죽음을 경험하는 순간 그는 이미 이 세상 사람도 아니기에 영원히 우리는 죽음을 알 수가 없을 것입니다.

단지 나에게 필요한 것은 죽음이란 예외가 없기에 그것을 인식함으로 삶을 겸손하게 사는 것으로 충분하다는 생각이 듭니다. 죽음을 많이 안다고 해서 내가 죽음으로부터 멀어지거나 나의 사랑하는 사람이 죽음에서 면해지지는 않을 것입니다. 그냥 그들을 더 많이 사랑하는 것이 내가 할 수 있는 전부가 아닐까 합니다.

"범사에 기한이 있고 천하만사가 다 때가 있나니 날 때가 있고 죽을 때가 있으며 심을 때가 있고 심은 것을 뽑을 때가 있으며 울 때가 있고 웃을 때가 있으며 슬퍼할 때가 있고 춤출 때가 있으며 …… 사랑할 때가 있고 미워할 때가 있으며 전쟁할 때가 있고 평화로울 때가 있느니라. 일하는 자가 그의 수고로 말미암아 무슨 이익이 있으랴 (전도서 3:1~9)"

이 세상에 존재함으로써 누군가를 만나고 그를 사랑한 것으로 삶은 충분한 가치가 있는 것이 아닐까 싶습니다. 그 어떤 것도 영원히 존재하지 않기에, 무언가를 영원히 갈구하는 것은 헛된 욕심이라는 생각이 듭니다. 충분히 사랑했다면 아쉬움이 그리 크지는 않을 것입니다. 할 수 있는 것을 다했다면 그것으로 족함을 아는 것 또한 지혜라는 생각이 듭니다. 충분히 사랑하지 못했고, 할 수 있는 것을 다하지 못했다면, 오늘 그것을 하면 될 것입니다. 내일을 생각하지 말고 오늘 할 수 있는 것을 하는 것이 가장 현명한 것이 아닐까 싶습니다.

우리의 삶 속에는 죽음이 함께 있는 것이 아닐까 싶습니다. 죽음이란 멀리 있는 것이 아니며 삶과 함께 존재하는 것 같습니다. 그러한 죽음을 누구나 경험할 수밖에 없기에 이를 부정하는 것은 부질없는 것 같습니다. 받아들일 수밖에 없으니 마음을 열고 있는 그대로 받아들여야 함이 운명이라는 생각이 듭니다.

"生死路隱 此矣 有阿米 次肣伊遣
吾隱去內如辭叱都 毛如云遣去內尼叱古
於秋察早隱風未 此矣彼矣浮良落尸葉如
一等隱枝良出古 去如隱處毛冬乎丁
阿也 彌陀刹良逢乎吾 道修良待是古如

죽고 사는 길 예 있으매 저히고
나는 간다 말도 못 다하고 가는가

어느 가을 이른 바람에
이에 저에 떨어질 잎다이
한 가지에 나고 가는 곳 모르누나
아으 미타찰(彌陀刹)에서 만날 내 도 닦아 기다리리다.
(제망매가, 월명사)"

사랑하는 누이가 죽었을 때 월명사는 가슴이 찢어지도록 아팠을 것입니다. 하지만 그는 이를 받아들일 수밖에 없음을 알았던 것 같습니다.

생사를 넘어선다는 것은 모든 것을 받아들이는 것이 아닐까 싶습니다. 사랑도, 미움도, 삶도, 죽음도, 만남도, 헤어짐도, 그 모든 것은 나에게 와서 나에게서 가고, 나 또한 모든 것에게 가서 모든 것에서 떠나가는 것이 아닐까 싶습니다. 생사를 넘어서는 자유가 어쩌면 짧지만 이생에서 미련 없이 살아가는 진정한 대자유인이 될 수 있는 길이 아닐까 싶습니다. 모든 것을 담담히 받아들일 수 있는 마음, 그것이 나의 최선이라는 생각이 듭니다.

44. 별것 아닙니다

그동안 많은 사람을 만나며 기쁨과 행복도 있었지만, 아픔과 상처가 많았던 것도 사실입니다. 나름대로 최선을 다했지만 믿었던 사람에게 배신을 당하기도 하고 가슴 시린 일도 많이 경험했습니다. 그로 인해 받은 커다란 상처는 너무 깊어서 치유되지 않을 것 같았습니다. 상처가 치유될 만하면 다시 그런 일이 생겼습니다. 그로 인해 또 다른 마음의 아픔을 겪었고 간신히 그 일을 넘겼습니다. 그로 인한 상처가 아물만 하면 또 다른 사람이 힘들게 하였습니다. 그렇게 아픔을 잊을만하면 다른 상처가 생기고 하는 일들이 반복되었습니다.

그로 인해 인간의 본질에 대해 가슴 깊이 느낀 것은 사실이나 다시는 그러한 일을 경험하고 싶지 않다는 것이 솔직한 고백일 것입니다. 커다란 아픔이 지나가기를 거듭하니 나중에는 아예 인간에 대한 기대를 버렸습니다. 최선을 다해도 돌아오는 것은 상처밖에 없다는 것을 너무나 절실히 알게 되었습니다. 인간이란 존재 자체에 대한 회의가 마음을 짓눌렀습니다. 미움은 분노로 변했고, 분노는 증오로 되어 인간 그 자체에 대한 환멸까지 느꼈습니다.

사람에 대한 상처도 면역이 생기나 봅니다. 언젠가부터 사람들에게서 받는 아픔을 느끼지 못하기 시작했습니다. 그가 어떤 일을 나에게 해도 더 이상 상처가 되지 않았습니다. 단순히 시간이 흘러 그렇게 된 것 같지는 않습니다. 어떤 이가 나를 힘들게 해도 그를 미워하는 마음이 생기지 않게 되었습니다. 물론 순간적으로 그에 대한 나쁜 마음이 생기는 것은 사실이나 정말 짧은 시간 안에 다 사라져버리는 것을 보고 나 스스로도 놀랐습니다. 그리고 차라리 용서를 하자는 마음으로 제 마음을 내려놓았습니다. 그렇게 하고 나니 사람으로 받는 아픔이나 상처도 별것 아니라는 것을 알게 되었습니다.

가진 것 하나 없이 결혼을 했습니다. 자가 주택은커녕 전세조차 꿈을 꿀 수 없었습니다. 방 하나 짜리 월세방에서 시작했습니다. 결혼하고 5년이 지나니 2년 터울로 아이들 세 명이 생겼습니다. 밤에 아내와 세 아이가 나란히 누워 자는 모습을 볼 때마다 가슴이 무거웠습니다. 어떻게 이 식구들을 먹여 살려야 할지 앞이 막막했습니다.

고만고만한 이이 셋을 밥 먹이다 보면 내가 밥을 먹었는지, 안 먹었는지 헷갈릴 때도 많았습니다. 아이들 입에 밥을 떠 넣다 보면 아이 밥을 내가 먹고 있기도 하고, 내 밥을 아이 입에 넣어주기도 했습니다. 아이들 때문에 정신이 없어서 내가 밥을 입으로 먹는 건지 코로 먹는 건지도 알 수가 없었습니다.

첫째와 둘째가 남자 아이고 막내가 딸아이였습니다. 딸아이가 오빠들 틈에서 조금은 외로워하는 것 같아서 아내에게 막내를 위해 딸 하나 더 낳는 것은 어떻겠냐고 물었다가 아내가 나를 인간도 아니라는 듯이 쳐다보는 눈빛 때문에 두 번 다시 이야기를 꺼내지도 못했습니다.

아이들은 쑥쑥 커나가기 시작했습니다. 아이 셋이 먹는 양도 어마어마해지기 시작했습니다. 귤을 한 박스 사면 이틀도 가지 않았습니다. 치킨이건, 피자건, 과자건 아무리 사다가 줘도 언제 사 왔냐는 듯 금세 다 사라져버리고 말았습니다. 퇴근하면서 먹을 것을 사다 아이들에게 주면 세 녀석이 전쟁을 하듯 먹어 치워버렸습니다.

그렇게 정신없이 모든 것을 아이들에게 쏟아부었습니다. 이제는 세 아이 모두 성장해서 더 이상 제가 신경 쓸 일도 없어졌습니다. 아이 셋을 키우느라 정신없이 살았지만 아이 셋 키우는 것도 별것 아니었습니다. 지금 같아서는 넷은 물론 다섯 명도 키울 수 있을 것 같습니다.

결혼하기 전 LA에서 뉴욕 주까지 혼자 길을 떠났습니다. 자동차에 짐을 실으니 트렁크는 말할 것도 없고 뒷좌석까지 가득 차 차의 바퀴가 내려앉아 끝까지 갈 수 있을지 걱정이 되었습니다. 한 번도 가본 적 없는 5,000km 길을 앞만 보고 달렸습니다. 25년 전이었기에 당시엔 내비게이션은커녕 핸드폰도 없었습니다. 미국엔 아는 사람 하나 없어서 중간에 무슨 일이 생겨도 연락할 곳이 없었습니다. 운전을 하던 중 그 넓은 미국 대륙 한복판에서 제가 만약 강도를 만나거나 저에게 다른 무슨 일이 생겨 사라져 버린다면 저를 찾지도 못할 것이라는 생각이 들었습니다.

커다란 미국 지도 하나를 옆 좌석에 놓고 캘리포니아, 네바다, 애리조나, 콜로라도, 네브래스카, 아이오와, 일리노이, 인디애나, 오하이오, 펜실베이니아주를 거쳐 뉴욕 주까지 일주일 정도 걸려 도착했습니다. 출발할 때는 언제 도착할지 걱정과 근심으로 마음을 졸였으나, 도착해 보고 나니 괜한 염려를 했다는 생각이 들었습니다. 그 이후로 미국 대륙 동서 횡단 5,000km를 7~8번 정도 했습니다. 남북은 3,000km 정도 되는 데 그것은 3~4번 정도 했습니다. 미국 대륙 횡단도 해 보고 나니 별것 아니었습니다.

스위스에서 직장 생활을 할 때 누나네 식구 4명이 저를 방문했습니다. 저희 식구 5명과 누나네 4명, 합해서 9명을 데리고 스위스, 프랑스, 네덜란드, 벨기에, 룩셈부르크, 독일, 오스트리아, 이탈리아까지 2주일 정도를 다녔습니다. 저도 유럽에서는 스위스를 제외하고는 가본 나라가 없었습니다. 당시엔 인터넷도 그리 발달하지 않아 각 나라별로 묵어야 할 호텔도 전화로 예약을 했습니다. 어떤 전자기기도 없이 지도 하나만 달랑 믿고 길을 떠났습니다. 모든 사람들이 저만 의지하고 있다는 생각이 엄청난 압박감으로 작용했습니다. 경험도 없이 많은 식구를 데리고 여러 나라를 다니면서 많은 일들이 있었습니다. 새벽부터 밤늦게까지 긴장을 놓을 사이도 없이 가족을 책임져야 한다는 것으로 인해 마음고생이 심했던 것도 사실입니다. 당시엔 아이들도 어렸기에 일일이 다 챙겨주어야 했습니다. 하지만 그것도 지나고 나니 별것 아니었습니다.

교통사고로 인해 죽음이란 것이 어떤 것인지 직접 체험할 수 있었습니다. 사고가 나는 순간 '사람이 이렇게 죽는 것이구나' 하는 생각이 들었습니다. 어렴풋이 앰뷸런스 소리가 들렸고, 전기톱으로 제 자동차 문을 자른다는 것을 느낄 수 있었습니다. 앰뷸런스 안에서 제 몸에 바늘이 꽂히기 시작했습니다. 누군가 무언가를 물어보는 데 대답을 하지 못했던 것 같습니다. 그리고는 정신을 잃었습니다. 몇 시간이 지났는지 모른 채 깨어나 보니 눈앞에 하얀 형광등이 있는 것을 보고 저승이 아니라는 생각이 들었습니다. 운이 나빴다면 30년도 살지 못한 채 이 세상을 떠났을 것입니다. 흔히 사람들은 이런 경험을 임사체험(Near Death Experience)이라고 했습니다. 삶과 죽음의 경계에 서 보니 산다는 것과 죽는다는 것 그 자체도 별것이 아니었습니다.

예전엔 삶이 엄청난 것이라 생각했었습니다. 거창한 인생의 목표를 세우기도 했고, 그것을 위해 몸부림친 것도 사실입니다. 하지만 이제는 많은 것에서 마음을 내려놓게 됩니다. 그로 인해 삶에 대해 자유를 느끼는 것 같습니다. 사람에 대해서도, 일에 대해서도, 꿈에 대해서도, 내가 지향하는 것에 대해서도 이제는 욕심을 부리고 싶지 않습니다. 그저 오늘이 저에게 주어진 것만으로도 충분한 것 같습니다. 모든 것은 사실 별것 아니라는 것을 이제는 잘 압니다.

45. 가을밤의 아다지오

바흐의 아다지오가 생각나는 밤입니다. 후회 없는 삶을 살기 바랐지만, 그렇게 살지 못했기 때문인 것일까요? 최선을 다하고자 했지만, 미련이 너무 많이 남기 때문일까요? 좋은 일만 일어나기를 소망했지만, 나의 바람대로 되지 않았기 때문일까요?

시간이 많이 남았다고 생각했지만, 시간은 점점 줄어들기만 합니다. 하고 싶은 일, 해야 할 일이 너무 많은 것은 단지 나의 욕심 때문인지는 모르나, 가을이 깊어갈수록 한계를 느끼게 되곤합니다.

수많은 가을을 지나왔지만 깊은 가을의 밤을 올해처럼 느끼는 것은 드물었던 것 같습니다. 그 이유가 무엇 때문인지는 확실하지 않으나 저에게 주어진 삶이 더욱 소중해지는 것은 부인할 수가 없습니다.

유한은 무한의 반대가 아닌 듯합니다. 있음은 없음의 반대도 아니며, 끝이 시작의 반대도 아니라는 생각이 듭니다. 모든 것은 시간이라는 연속선상에서 다만 변해가는 것이 아닌가 싶습니다. 아니, 그렇게 믿고 싶어지는 것이 솔직한 표현일 것입니다.

모든 것을 할 수 없으니 할 수 있는 것만 하려고 합니다. 모든 사람에게 잘할 수 없으니 나에게 가까운 사람에게 잘할까 합니다. 시간이 충분하지 않으니 내가 살아있음을 느낄 수 있는 것부터 해야겠다는 생각이 듭니다.

가을밤이 깊어질수록 살아있음은 기쁨이고 행복이라는 생각이 듭니다. 어떠한 조건이라 할지라도, 어떤 일이 나에게 닥친다고 하더라도, 감당하지 못할 일이 주어질지라도, 나의 바람과 반대되는 일이 생기더라도, 삶을 부정하는 생각은 하지 않으려고 합니다.

억지로 할 수 없어서 해야 하는 일이라 할지라도 기꺼이 그것을 하려고 합니다. 힘들고 어려운 일이라고 하더라도 아무 말 없이 그저 감당하려고 합니다. 나에게 힘들게 하는 사람이라고 하더라도 그를 미워할 시간이 저에겐 낭비라는 생각마저 듭니다. 아마 가을이기에 더욱 그런가 봅니다. 최선을 다했지만 알아주지 않더라도, 나름대로 성의를 다했는데도 알아주지 않더라도, 그것에 대해 따지거나 불평할 시간도 저에겐 아까울 뿐입니다.

바흐의 아다지오를 들으며 삶의 깊이를 생각하게 되었습니다. 삶은 있는 그대로 받아들이는 것이 후회 없는 삶을 살아가는 것이 아닐까 하는 생각이 들었습니다. 최선을 다했으나 이루지 못하더라도, 이제는 미련을 가지지 않을 것입니다. 좋은 일이 일어나지 않더라고 실망하거나 절망에 빠지지 않을 것입니다. 거창한 일이 나에게 생기지 않더라도, 아무 상관이 없습니다.

가을밤이 이제는 더 이상 아쉽지 않도록 마음을 조금씩 더 내려놓으려 합니다. 욕심은 나에게 이제 그리 의미가 없으니 조금씩 더 버리려 합니다. 아쉽고 후회되는 일이 있더라도 더 이상 생각하지 않으려 합니다. 어떠한 삶을 살았더라도 후회되지 않는

삶은 존재하지 않기 때문입니다. 그런 미련을 가질 시간도 이제
는 아까울 따름입니다.

　오늘 밤을 이제 접고자 합니다. 나름대로 오늘을 살았으니 내
일을 기대하며 바흐를 한 번 더 듣는 것으로 마무리하겠습니다.
내일의 태양이 어둠 저 너머에서 솟아오르기를 지금도 기다리고
있을 것입니다. 내일은 새벽에 일어나 달리기하는 것으로 힘차게
하루를 시작하겠습니다.

46. 저승까지 간 사랑

　　오르페우스는 어머니인 칼리오페에게 시와 노래를 배웠습니다. 또한 그는 음악의 신 아폴론에게 리라 연주를 배워 뛰어난 음악가가 되었습니다. 오르페우스의 아내는 물의 님프인 에우리디케였습니다. 어느날 에우리디케가 산책을 하던 중 누군가가 따라오는 것을 보고 도망치다가 뱀에 물려 죽고 맙니다.

　　오르페우스는 에우리디케가 죽자 오래도록 슬픔에 잠긴 채 그녀를 그리워하다가 결국 에우리디케를 찾아 저승으로 내려갑니다. 그곳에서 오르페우스는 구슬픈 노래와 리라 연주로 저승이 신들마저 감동을 시켰고, 그들로부터 사랑하는 에우리디케를 다시 이승으로 데려가도 된다는 허락을 받아냅니다. 하지만 조건이 하나 붙었는데, 에우리디케가 오르페우스의 뒤를 따라가야 하고, 오르페우스는 절대로 에우리디케를 향해 뒤를 돌아보면 안 된다는 것이었습니다.

　　저승에서 이승으로의 어두운 여정이 다 끝나갈 때쯤 지상에서 한 줄기 빛이 비치자 오르페우스는 오랫동안 볼 수 없었던 에우리디케의 얼굴이 보고 싶어졌습니다. 이에 오르페우스는 자신도 모르게 뒤를 돌아다보았고, 이로 인해 에우리디케는 그만 정령이 되어 사라져버리고 말았습니다. 오르페우스가 깜짝 놀라 다시 저

승으로 돌아가려 했지만, 저승의 문은 이미 닫혀 버렸고, 더 이
상 에우리디케를 구할 길이 없었습니다. 지상으로 돌아온 오르페
우스는 커다란 절망 속에 빠져 아무것도 할 수가 없었습니다.

이승에서 혼자가 된 오르페우스는 다른 여인과 가까이하지 않
았습니다. 그의 고향인 크리키아의 여인들이 오르페우스와 친해
지려 하였지만, 이를 거절하자 여인들로부터 저주를 받아 죽게
되고 맙니다. 오르페우스는 죽어 밤하늘의 거문고자리가 되었습
니다.

독일의 음악가 크리스토프 글루크는 오르페우스와 에우리디케
의 신화를 바탕으로 오페라 <오르페우스와 에우리디케>를 작곡
합니다. 이 오페라의 결말은 신화의 내용과는 조금 다릅니다. 사
랑의 신 아모르가 지고지순한 오르페우스의 사랑이 헛되지 않게
하기 위해 에우리디케를 살려 줍니다. 그리하여 오르페우스와 에
우리디케는 다시 이승에서 해후하여 못다 한 사랑을 하게 됩니
다. 아모르는 이렇게 말합니다. "더 이상 사랑의 힘을 의심하지
마라. 나는 이 음습한 곳에서 너희를 데리고 나갈 것이다. 이제
부터 사랑의 기쁨을 만끽하라."

오르페우스는 자기 자신보다는 에우리디케를 더 많이 생각했던
것 같습니다. 이승을 마다하고 저승까지 갔고, 그마저 여의지 않
자 그저 에우리디케를 그리워하기만 했습니다.

오르페우스는 어떻게 그러한 사랑을 했던 것일까요? 그것은
아마 자신보다 에우리디케를 더 많이 생각해서 그런 것이 아닐까
싶습니다. 하지만 상대보다는 자기 자신을 더 많이 생각하는 것
이 일반적일 것입니다. 사랑이 아무리 크다 하더라도 자기 자신
이 우선인 것이 우리 대부분의 모습일 것입니다.

오르페우스와 같은 사랑은 결코 쉽지 않을 것입니다. 사랑하는 상대보다 자신을 더 먼저 생각하고, 그 사람의 입장보다 자신의 입장을 고수하며, 그 사람의 형편을 생각하기보다 자신의 처지를 더 염려하고, 그 사람을 기준으로 하기보다 나 자신이 모든 기준이 되는 이상 오르페우스와 같은 사랑은 불가능하지 않을까 싶습니다. 나 중심의 사랑으로는 오르페우스와 에우리디케와 같은 사랑이 이루어지기는 힘들다는 생각이 듭니다.

47. 사랑이 너무 많아도 사랑이 너무 적어도

누구는 자신에게 너무 관심을 갖는다고 싫다고 합니다. 누구는 자신을 너무 많이 사랑해 준다고 버겁다고 합니다. 누구는 자신을 홀로 있게 한다고 외롭다고 합니다. 누구는 자신에게 신경을 써주지 않는다고 속상하다고 합니다.

어떤 이는 자신이 사랑을 베푼 만큼 돌아오지 않아 마음 아파하는 이도 있습니다. 바라고 한 것은 아니지만 은근히 기대를 하는 것은 인지상정인가 봅니다. 어떤 이는 자신이 받은 만큼 보답해야 하는 데 그러지 못해 안타까워하는 이도 있습니다. 기회가 닿지 않은 것인지, 시간이 흘러가 버린 것인지 무언가 잘 맞지 않았나 봅니다.

사랑이 너무 많아도 문제고, 사랑이 너무 적어도 문제가 되는 것일까요? 사랑의 마음만 있어도 문제고, 사랑 없이 방식에만 능숙한 것도 문제인 것일까요?

어제는 친한 친구를 만나 배불리 먹었습니다. 소화가 되지 않아 소화제까지 먹었습니다. 오늘은 정신없이 바빠 점심조차 먹을 시간이 없었습니다. 저녁때가 되니 배가 고파집니다. 배가 불러도 문제, 배가 고파도 문제인가 봅니다.

<11월의 나무처럼>

이해인

사랑이 너무 많아도
사랑이 너무 적어도
사람들은 쓸쓸하다고 말하네요

보이게
보이지 않게
큰 사랑을 주신 당신에게
감사의 말을 찾지 못해
나도 조금은 쓸쓸한 가을이에요

받은 만큼 아니 그 이상으로
내어놓는 사랑을 배우고 싶어요
욕심의 그늘로 괴로웠던 자리에
고운 새 한 마리 앉히고 싶어요

11월의 청빈한 나무들처럼
나도 작별 인사를 잘하며
갈 길을 가야겠어요

사랑이 많은 것이 왜 문제가 되는 것일까요? 사랑이 적은 것이 정말 문제가 되는 것일까요? 사랑하는 사람과 언제 작별을 해야 할지 우리는 알 수가 없습니다. 오늘 만나는 사람을 영원히 만나지 못할 수도 있습니다. 사랑이 너무 많아도 사랑이 너무 적어도 쓸쓸해하지 말고 그저 있는 그대로를 감사해야 하지 않을까 싶습니다.

48. 아름다운 필연으로

우리 주위에는 우연하게 일어나는 일들이 무수히 많습니다. 나하고 가장 친한 친구를 어떻게 만났는지 생각해 보면 바로 알수 있습니다. 그 친구를 미리 알고 그와 친해지기 위해 계획하고만난 사람은 아마 없을 것입니다. 요즘 가장 친하게 지내는 친구들도 예전에 우연히 만났던 것입니다. 그 우연한 만남이 수십 년째 계속되곤 합니다. 그 친구들을 만나기 전 그들을 전혀 몰랐을것입니다. 이것은 결코 어떤 의도나 계획에 의한 것이 아닙니다.우연이 아름다운 필연이 된 것입니다.

우연은 아픈 필연으로 이어지기도 합니다. 우연히 만난 사람과어느 정도 친해지다가 그 사람으로부터 상처를 받기도 하고 고생을 하기도 합니다. 나한테 가장 가까웠던 사람이 나를 배신하기도 하고 사기를 치기도 하며 나를 헌신짝처럼 버리기도 합니다.우연이 어떤 필연으로 될지는 그 누구도 알 수 없습니다.

"돌연변이가 처음 나타날 때 이 합목적적인 장치가 어떻게 작용하고 있느냐가, 우연으로부터 태어난 이 새로운 시도를 잠정적으로 받아들일지 혹은 영속적으로 받아들일지, 그것도 아니면 거부할지를 결정하는 최초의 본질적인 조건이 된다. 자연 선택에의해 심판받는 것은 합목적적인 기능 상태, 즉 건설적이고 제어적인 상호작용들의 네트워크가 갖는 속성들의 전체적인 표현인 것이다. 그리고 바로 이렇기 때문에 진화 자체가 어떤 '의도'를 수행하고 있는 것처럼, 다시 말해 조상 대대로부터 내려오는 유구한 '꿈'을 계속 이어가고 확장해가려는 의도를 수행하고 있는 것처럼 보이는 것이다. 인간은 마침내 그가 우주의 광대한 무관심 속에 홀로 내버려져 있음을 알게 되었다. 이 우주의 그 어디에도 그의 운명이나 의무는 쓰여 있지 않다. 왕국을 선택하느냐 아니면 어둠의 나락으로 떨어지는 것을 선택하느냐 하는 것은 전적으로 인간 자신에게 달려 있다. (우연과 필연, 자크 모노)"

자크 모노는 세균의 유전 현상을 연구하여 효소의 합성을 제어하는 유전자의 존재를 확인한 업적으로 1965년 노벨 생리의학상을 수상하였습니다. 유전자라 할지라도 항상 100% 정확하게 그 일을 감당하지는 않습니다. 가끔씩 실수를 하기도 합니다. 그 원인은 여러 가지일 수 있습니다.

그러한 실수가 바로 돌연변이를 만들어 냅니다. 일종의 우연이라 할 수 있을 것입니다. 세균의 돌연변이는 새로운 종을 만들어 냅니다. 그 돌연변이의 생존은 어떤 계획된 것에서 비롯된 것은 아닙니다. 오직 완전한 우연의 결과일 뿐입니다. 하지만 그러한 우연이 더 나은 새로운 종을 만들어 내기도 하지만, 아예 생존하지 못하고 멸종이 될 수도 있습니다. 생존이냐 멸종이냐라는 필연에 직면하게 되는 것입니다. 이로 인해 자연의 가장 중요한 원리인 진화가 가능해집니다. 자연이 선택한, 자연에 더 잘 적응하는 적자생존의 원리가 여기에 적용됩니다.

우리의 삶도 마찬가지일 것입니다. 내가 과거에 만났던 사람들도 모두 우연에 의한 것입니다. 나의 부모, 나의 자식, 나의 친구나 연인 모두 우연의 결과입니다. 내가 지금 만나고 있는 사람, 앞으로 내가 만날 사람들 또한 우연일 수밖에 없습니다.

이러한 우연을 아름다운 필연으로 만들 수는 없을까요? 그것은 아마 어느 정도는 나에게 달려 있지 않을까 싶습니다. 내가 누군가에게 선한 마음을 갖고 있다면 이 우주 공간에서, 그리고 이 시간의 연속적인 흐름에서, 우연히 만난 그 사람과 아름다운 추억들을 쌓아갈 수 있을 것입니다. 만약 엄청난 확률 속에서 만난 내 주위의 사람에게 내가 악한 마음을 품는다면, 그 엄청난 확률의 우연이 아름답지 못한 필연으로 이어질 수밖에 없고 나뿐만 아닌 그 사람까지도 돌이킬 수 없는 아픔으로 될 수밖에 없을 것입니다.

우연은 나의 힘으로 할 수 있는 것은 아니지만, 필연은 나의 힘으로 어느 정도는 가능하다는 생각이 듭니다. 그러니 운명은 우연이면서도 필연이라는 생각이 듭니다. 지나간 필연이야 어찌할 수 없지만, 앞으로 남은 필연이나마 아름다운 모습으로 이루어졌으면 좋겠다는 생각이 듭니다. 나 스스로 나 자신의 악한 모습을 볼 수 있어야만, 나의 선한 모습이 점점 더 많아질 것 같다는 생각이 듭니다. 그럴수록 더 아름다운 필연의 결실이 맺혀질 수 있을 것 같습니다.

49. 모든 것을 즐기며

　예전에 산에 오르는 것을 좋아했던 적이 있었습니다. 이산 저산 오르다 보니 험하고 높은 산을 오르기 위한 욕심이 생기기 시작했습니다. 부끄럽지만 일종의 탐욕이었습니다. 백두대간 산우회에 가입해 산에 오르기도 하고, 한국의 명산을 찾아 오르기도 했습니다. 힘들게 올라가 정상에 서면 기분이 상쾌했습니다. 하지만 정상에 머무는 것은 잠시일 뿐, 다시 내려와야 했습니다. 정상에 빨리 도착하기 위해 올라가는 것을 즐기지 못했습니다. 내려올 때는 다리가 아파 내려오는 것도 고통이었습니다. 그때 깨달은 것은 등산은 정상에 서기 위한 것이 전부가 아니라는 것이었습니다.

　물론 정상에 서면 천하가 작게 보입니다. 천하가 작게 보이니 세상사 별것 아니라는 것도 알게 됩니다. 하지만 나중에 생각되었던 것은 정상도 별것 아니라는 사실이었습니다. 어느 산이건 정상에 가면 거의 비슷했습니다. 물론 풍경이 다르기에 느끼는 기분 또한 다르기는 합니다.

　이제는 정상을 목표로 해서 산을 오르지는 않습니다. 험하고 높은 산에 대한 욕심도 없습니다. 경치가 좋고 풍광이 좋은 산에 오르면 기분이 좋기는 하지만, 그런 산을 찾아 오르기 위해 많이 애쓰지는 않습니다. 집에서 가까운 곳이라도, 그곳이 높거나 험하지 않더라고, 너무 평범할지라도, 오르는 그 자체를 즐기기로 마음먹었습니다.

<티벳에서>

이성선

사람들은 히말라야를 꿈꾼다
설산
갠지스강의 발원

저 높은 곳을 바라보고
생의 꽃봉오리로 오른다

그러나
그 산 위에는 아무것도 없다

생의 끝에는
아무것도 없다

아무것도 없는 곳으로 가기 위하여

많은 짐을 지고 이 고생이다

많은 등산인들이 꿈에 그리는 히말라야를 오를 일은 아마 없을 것입니다. 아프리카의 최고봉 킬리만자로를 올라보고 싶은 마음도 있었습니다. 하지만 이제 모든 여건이 그것을 허락하지도 않는다는 것을 압니다.

저의 목표가 비록 그리 높지 않고 남들이 알아주지 않는 평범한 산일지라도 등산을 떠나는 처음부터 집으로 돌아오는 끝까지 그냥 즐길 생각입니다.

등산뿐만 아니라 모든 일이 그렇다는 생각이 듭니다. 제가 하는 일이 그리 중요하지 않고 남들이 알아주는 목표가 아닐지라도 욕심을 내려놓고 그 과정 자체를 즐기면서 하려고 합니다. 즐기다 보면 오래 할 수 있고, 오래 하다 보면 그 안에서 행복을 찾을 수 있는 것도 알게 될 수 있을 것입니다. 비록 이루어내는 것이 소소할지라도 그 과정에서 느끼는 행복을 더 소중하게 생각하고 싶습니다. 남들이 이루려는 꿈이나 목표, 다른 이들이 알아주는 것이 아닐지라도 그것이 그리 중요한 것 같지는 않습니다.

히말라야 정상에 올랐더니 아무것도 아니라고 시인이 느낀 것은 그 과정을 잃어버렸기 때문이 아닐까 싶습니다. 과정이 고생이 되지 않게 하기 위해 모든 것을 즐기는 마음으로 하려 합니다. 비록 남들이 알아주지 않아도 상관없습니다. 다른 사람이 생각하는 것이 저한테는 그리 중요하지도 않습니다. 짐이 아무리 무거워도 즐기는 마음이라면 그것이 그리 고생되지 않는다는 것을 이제는 잘 압니다.

50. 버리지 못하고

　일을 하다 방안을 둘러보니 갑자기 공간이 부족하다는 생각이 들었습니다. 새로 산 책을 꽂으려 해도 자리가 없기에 정리하기 시작했습니다. 일단 일부라도 버리기 위해 오래된 책부터 꺼내기 시작했습니다. 앞으로 볼 일도 없을 것 같아서, 더 이상 필요하지 않을 것 같아서, 누렇게 변색이 되어 버린 책들을 꺼내 쌓았습니다. 그중에는 40년이 넘은 책들도 있었습니다. 이사할 때마다 가지고 다니느라 그동안 고생한 생각이 떠올랐습니다. 지난 세월 수없이 이사하는 동안 별로 필요하지도 않았는데 왜 그리 오래도록 가지고 다녔을까 하는 생각이 들었습니다. 가만히 생각해 보니 이삿짐 아저씨들이 오래된 것들이 왜 이리 많냐고 속으로 많이 욕했을 거란 생각도 들었습니다.
　가장 오래된 책들을 하나씩 꺼내다 보니 한 무더기나 되었습니다. 그곳에 최근에 싼 책을 꽂아보니 깔끔하고 산뜻한 느낌이 들어 기분이 아주 좋았습니다. 책꽂이를 정리하고 나서 버리려고 쌓은 책을 들고 나가려 했는데, 막상 망설여졌습니다. 미련이 남았던 것인지 그 오랜 책을 펼쳐보았습니다. 누렇게 변한 종이가 세월을 말해주고 있었습니다. 책 안에 쓰여 있던 글씨가 눈에 들어와 잠시 바라보았습니다. 그 글씨를 보니 오래전 대학을 다닐

때의 제 모습이 떠올랐습니다. 버리려던 다른 책도 펼쳐보니 마
찬가지였습니다. 앞으로 볼 책도 아니고, 필요하지도 않고, 가지
고 있으면 오히려 짐만 되는 것을 잘 아는데도 결국 버리지 못
했습니다. 버리려고 쌓은 책들을 다시 빈자리를 찾아 꽂아 넣었
습니다. 그리고는 마음을 먹었습니다. 죽을 때까지 가지고 있자,
안 보더라도, 필요가 없더라고, 짐이 되더라도 내가 죽고 나면
누군가는 버리겠지 하는 생각으로 구석 자리라도 만들어 꽂았습
니다.

<버리지 못한다>

김행숙

애야, 구닥다리 살림살이
산뜻한 새것으로 바꿔보라지만
이야기가 담겨 있어 버릴 수가 없구나
네 돌날 백설기 찌던 시루와 채반
빛바랜 추억으로 남아있고
투박한 접시의 어설픈 요리들,
신접살림 꾸리며 사 모은 스테인리스 양동이
어찌 옛날을 쉽게 버리랴
어린 시절 친구들이 그립다
코흘리개 맨발의 가난한 시절
양지쪽 흙마당의 웃음소리

오늘이 끝인 양 마침표 찍고
내일부터 새 목숨 살아갈 순 없지
유유한 강물로 흐르면서
지난날은 함부로 버릴 수 없는 것
한 번 맺은 인연도 끊을 수 없는 거란다.

생각으로는 버리고 싶지만, 마음으로는 버리지 못하는 것이 인생이 아닐까 합니다. 사람이건 물건이건 나에게 온 것은 그만한 인연이 있었기 때문이기에 스스로 떠나가지 않는 한 오래도록 간직하려고 합니다. 비록 불편하고 거추장스럽더라도 그동안 함께했기에 남은 시간도 같이 하려고 합니다. 오래된 것이 문제가 있을지는 모르나 그것에는 그 오랜 세월 함께한 나의 존재도 들어있기 때문입니다.

구석에 꽂혀있는 누런 책들을 가끔이라도 꺼내 볼까 합니다. 갑자기 그 오랜 책이 나에게 미소 짓는 듯한 기분이 들었습니다. 내가 펼쳐보니 아마 행복을 느끼는 것 같습니다. 나도 누렇게 변한 그 오래된 책을 보니 저절로 미소가 지어졌습니다. 인연은 그래서 소중하다고 하는 것 같습니다.

51. 너무 늦었습니다

　어릴 적 일요일이면 그 친구와 자전거를 타고 시내 이곳저곳을 돌아다녔습니다. 가봤자 뻔한 곳이었지만 그렇게 함께 돌아다니며 즐거운 시간을 보냈던 행복했던 순간이 있었습니다. 갈 곳도 별로 없었지만 그래서 매주 비슷한 곳을 다녔어도 한 번도 지루한 느낌을 가졌던 적은 없었습니다. 단지 함께 시간을 보내는 것만으로도 충분히 행복을 느낄 수 있었습니다.

　시간이 흘러 중고등학교에 갔고 대학이라는 이름에 빠져 일요일 그 즐거웠던 시간이 점점 줄어들었습니다. 정신없이 고등학교를 졸업하고는 각자의 길이 다르기에 그 길을 걸어가느라 일요일에 만나는 것조차 쉽지가 않았습니다.

　가정을 갖게 되고 해야 할 일이 계속되기에 그 친구의 얼굴조차 보기 힘들었습니다. 세월이 뚝 잘려 나가듯 어느새 시간은 번개처럼 흘러갔고 소식마저 아득해지며 그렇게 나이를 먹었습니다.

　그래도 언젠가 다시 만나 아름다웠던 어린 시절처럼 같이 시간을 보낼 수 있으리라 믿었습니다. 잘 지내는지도 모른 채, 연락을 한 지 얼마나 됐는지 기억이 나지 않는 그러한 시간만 쌓여

갔습니다.

  이제는 더 이상 그 친구를 만날 수가 없습니다. 내가 있는 이 시공간에 그 친구는 이제 존재하지 않습니다. 닿을 수 없는 머나먼 곳으로 떠나버렸고, 아무리 소리쳐도 그 친구는 이제 대답조차 하지 못합니다.

<너무 늦게 그에게 놀러 간다>

나희덕

우리 집에 놀러 와. 목련 그늘이 좋아.
꽃 지기 전에 놀러 와.
봄날 나지막한 목소리로 전화하던 그에게
나는 끝내 놀러 가지 못했다.

해 저문 겨울날
너무 늦게 그에게 놀러 간다.

나 왔어.
문을 열고 들어서면
그는 못 들은 척 나오지 않고
이봐. 어서 나와.
목련이 피려면 아직 멀었잖아.

짐짓 큰소리까지 치면서 문을 두드리면
조등(弔燈) 하나
꽃이 질 듯 꽃이 질 듯
흔들리고, 그 불빛 아래서
너무 늦게 놀러 온 이들끼리 술잔을 기울이겠지
밤새 목련 지는 소리 듣고 있겠지.

너무 늦게 그에게 놀러 간다.
그가 너무 일찍 피워 올린 목련 그늘 아래로.

어린 시절 그 아름다웠던 시간을 다시 느낄 수 있으리라고 생각했던 것은 저의 착각이었습니다. 그러한 시간은 스스로 노력하지 않는 한 결코 주어지지 않는다는 사실을 이제야 깨닫게 되었습니다. 하지만 그 깨달음의 순간은 너무 늦어버리고 말았습니다. 제가 꿈꾸었던 그러한 시간이 이제는 불가능합니다.

하얀 목련은 하얀 조등(弔燈)으로 바뀌어 버렸고, 목련 그늘이 있어도 그곳에서 함께 할 사람이 이제 더 이상 이 땅에 존재하지 않습니다.

죽음엔 선후배가 없다는 것, 나이에 상관없이 이 땅을 떠날 수 있다는 것을 알면서도 왜 그리 미루기만 했던 것일까요? 이제는 보고 싶어도 볼 수 없고, 만나고 싶어도 만날 수 없고, 이야기하고 싶어도 이야기할 수 없습니다. 오직 저에게 남아있는 것은 그 친구와 함께했던 그 아름다운 순간의 추억일 뿐입니다.

그 누구와 그런 순간들을 만들어 갈 수 있을까요? 아마 다시는 그런 시간들이 올 것 같지는 않습니다. 그 친구였기에 가능했

던 순간들이었고, 이제는 그런 순수한 마음을 가진 사람을 만난
다는 것은 불가능하다는 것을 너무나 잘 압니다. 비록 너무 늦었
지만, 이제는 만날 수 없는 그 친구에게 내 인생에서 가장 아름
다운 순간들을 만들어 준 것은 너였다고 말하고 싶습니다.

52. 얼음이 되어 버린 사람

　미우라 아야코의 <빙점>은 어느 한 남자의 복수에 관한 이야기입니다. 평범하고 다른 이에게 악한 짓을 하지 않았던 주인공은 자신을 배신한 아내에게 복수를 하려고 합니다. 처음에는 주저하지만, 어느 한계점에 이르러 결국 그는 복수를 할 수 있게 되는 사람으로 변해갑니다. 결국 그 한계점을 넘는 순간 이를 실행으로 옮길 수 있게 됩니다.

　물은 0도 이하가 되면 얼음이 됩니다. 그 0도라는 한계가 바로 빙점, 즉 어는점이 되어 그 주위의 모든 것을 얼려버리고 맙니다. 사람 또한 마찬가지가 아닐까 싶습니다.

　누군가에 대한 감정이 점점 부정적으로 변하면서 그 정도가 심해집니다. 겨울이 시작되어 시간이 지나면 점점 기온이 내려가는 것과 같습니다. 그런 부정적인 감정은 스스로를 변하게 만들어버리고 맙니다. 예전에 자신이 좋아하고 사랑했던 사람의 모든 것이 싫어지기 시작합니다. 예전에는 함께하고 싶었지만, 이제는 한순간도 그 사람과 어떤 것도 공유하는 것을 거부하게 됩니다. 그리고는 결국 극단적인 선택을 하게 됩니다.

　"시청의 낡은 문기둥 옆에 선 채 게이조는 아직도 망설이고 있었다. '나는 요코를 진심으로 사랑할 수 있을까?' 게이조는 코트 깃을 세웠다. 본심은 요코를 사랑하려는 것이 아니다. 나쓰에에게 범인의 자식을 키우게 하고 싶었던 것이다. 나를 배반하고 무라이와 정을 통한 나쓰에 때문에 그날 루리코는 살해되었다. 나는 그런 나쓰에가 요코의 출생의 비밀을 알고 괴로워할 날을 위해 그 아기를 데려온 것이다. 나쓰에의 부정을 일시적인 마음의 방황으로 돌리고, 어떻게든 용서할 수는 없는가? 한번은 나도 용서를 했다. 루리코의 죽음을 미칠 듯이 슬퍼하는 나쓰에를 나는 용서했다. 그러나 진심으로 루리코의 죽음을 슬퍼했다면, 또다시 무라이의 품에 안겼을 리가 없다."

가을을 지나 겨울이 되면 온도가 내려가듯이, 겨울이 지나 봄이 되면 다시 기온이 올라갑니다. 정말 복수심이 불타오를 정도로 싫은 사람도 처음부터 그가 싫었던 것은 아니었을 것입니다. 예전에 그 사람에 대한 감정이 현재에 이르러 변했듯이, 현재의 감정이 시간이 지난 미래에 변할 수도 있을 것입니다.

세월은 사람의 마음을 언제나 변하게 만듭니다. 현재의 자신의 마음이 변하지 않을 것이라 생각하지만, 그것은 오직 자신의 생각일 뿐입니다. 지금 자신의 마음에 엄청난 복수심에 가득 차서 어떠한 극단적인 선택을 한다는 것은 미래의 모든 가능성마저 전부 스스로 포기하는 것이 아닐까요?

악한 사람도 시간이 지나 인생을 알게 되면 언젠가는 선한 사람으로 변할 수 있습니다. 나를 배신한 사람도 시간이 지나 자신의 잘못을 깨닫고 참회하고 새로운 길을 갈 수도 있습니다. 그런 가능성을 모두 막아버린다면 우리의 삶은 어쩌면 더 비참해질지도 모릅니다. 이런 의미에서 "원수도 사랑하라"라는 말은 진정으로 깊은 깨달음의 인식이 아닐까 싶습니다. 지금으로서는 나의 원수일지 모르나 훗날 그가 나의 진정한 친구가 될지 알 수는 없습니다. 인생은 지금 나의 지식으로 극단적인 것을 결정할 만큼 결코 단순한 것은 아닐 것입니다.

극단적인 선택을 하거나, 복수를 한다고 해서 남는 것은 무엇일까요? 단지 나의 기분이 좋아지는 것밖에는 없습니다. 순간적으로 후련할지는 모르나 그 나머지 결과는 오롯이 그의 책임입니다. 오히려 더 무거운 짐을 짊어지고 가야 할지 모릅니다.

서로를 미워하기 시작하면 시간이 갈수록 점점 더 심해지고, 남을 비판하면 할수록 점점 더 커다란 비판을 하게 될 수밖에 없습니다. 결국 나 자신은 어느 순간 빙점을 넘어서게 되어 내가 복수하려는 그 사람보다 더 악한 사람으로 될지도 모릅니다. 나 자신이 얼음이 되어 버리고, 내 주위의 모든 것을 얼려버릴지도 모릅니다. 스스로 얼음이 되었다는 사실조차 모르기에 이제 그에게는 봄이 찾아오지 않을 수도 있습니다. 그는 이제 주어진 나머지의 모든 시간을 추운 겨울에서 보내야 할지도 모릅니다.

"원수를 사랑하라"라는 말이 그저 성경에 나오는 비현실적이고 우리와는 전혀 상관없는 탁상공론 같은 말은 아닐 것입니다. 그 말은 아마도 복수심이라는 감옥에 갇혀 있는 나 자신을 해방시켜 줄 수 있는 것일 수 있습니다. 그 지독한 미움과 복수심에서 자유롭게 되는 것이 어쩌면 진정한 나 자신을 위한 길일지도 모릅니다. 이것은 나 자신의 얼음을 스스로 녹일 수 있는 시작이 될 수 있을 것입니다. 내가 녹아야 내 주위도 녹을 수 있고, 그로 인해 추운 겨울이 가고 아름다운 꽃이 피는 봄이라는 계절이 다시 찾아오지 않을까 합니다. 나에게 봄을 선물하는 것은 다름 아닌 나 자신인 것만은 너무나 분명한 사실일 것입니다. 미움은 미움을 낳고 복수는 복수를 낳아 결국 남는 것은 커다란 상처밖에 없을 것입니다. 그러한 악순환의 고리를 오늘 당장 끊어내는 것만이 진정한 용기가 아닐까 싶습니다.

53. 폴은 왜 로제에게 돌아왔을까?

　프랑수아 사강의 소설 <브람스를 좋아하세요...>에서 여주인공 폴은 오래도록 사귀어온 로제와 멋지고 젊은 연하 시몽과의 사이에서 방황을 합니다.

　사실 폴은 로제를 사랑했지만, 점점 로제에 대한 자신의 한계를 느끼기 시작합니다. 로제는 폴과 동거하면서도 다른 여자를 만나는 자유분방한 사람이었습니다. 하지만 로제의 마음속에는 항상 폴이 있었습니다. 폴 역시 로제의 그러함을 잘 알고 있었습니다.

　"로제가 도착하면 그에게 설명하리라, 설명하려 애쓰리라. 자신이 지쳤다는 것, 그들 두 사람 사이에 하나의 규율처럼 자리잡은 이 자유를 이제 자신은 더 이상 어떻게 할 수 없다는 것을. 그 자유는 로제만 이용하고 있고, 그녀에게는 자유가 고독을 의미할 뿐이 아니던가. 문득 그녀는 아무도 없는 자신의 아파트가 무섭고 쓸모없게 여겨졌다. 그가 그녀를 혼자 자게 내버려 두는 일이 점점 더 잦아지고 있었다. 아파트는 텅 비어 있었다. 두 눈에 눈물이 고였다. 오늘 밤도 혼자였다. 그리고 앞으로의 삶 역시 그녀에게는, 사람이 잔 흔적이 없는 침대 속에서, 오랜 병이라도 앓은 것처럼 무기력한 평온 속에서 보내야 하는 외로운 밤들의 긴 연속처럼 여겨졌다."

지쳐가는 폴에게 갑자기 나타난 사람이 연하의 멋지고 젊은 남자 시몽이었습니다. 시몽은 폴을 처음 본 순간 한눈에 그녀에게 반하고, 브람스 음악회를 같이 가자고 합니다. 브람스는 자신보다 14살 연상인 로버트 슈만의 아내 클라라 슈만을 평생 마음에 품은 채 독신으로 살았습니다. 시몽은 자신보다 연상인 폴을 보면서 브람스를 생각했을 것입니다.

시몽의 데이트 신청을 받은 폴은 많은 생각을 합니다. 갑자기 다가온 젊은 시몽이 싫지는 않았습니다. 하지만 그녀에게는 오랫동안 같이 지냈던 로제가 있었습니다.

"브람스를 좋아하세요..."라는 질문을 받았을 때 폴은 로제와 함께했던 시간을 회상하며 생각에 잠깁니다.

"자기 자신 이외의 것, 자기 생활 너머의 것을 좋아할 여유를 그녀가 아직도 갖고 있기는 할까? 물론 그녀는 스탕달을 좋아한다고 말하곤 했고, 실제로 자신이 그를 좋아한다고 여겼다. 그것은 그저 하는 말이었고, 그녀는 그 사실을 알고 있었다. 마찬가지로 어쩌면 그녀는 로제를 진정으로 사랑하는 것이 아니라 사랑한다고 여기는 것뿐인지도 몰랐다."

그리고 폴은 로제와 헤어진 후 시몽과 동거를 시작합니다. 하지만 그녀의 마음 깊은 곳엔 로제가 자리 잡고 있었습니다. 어느 날 식당에 간 폴과 시몽은 다른 여인과 함께 온 로제를 만나게 됩니다. 식사를 하고 폴은 시몽과 그리고 로제는 다른 여인과 춤을 추기 시작합니다

"저녁 식사 후 그들은 춤을 추었다. 로제는 그 여자 앞에서 언제나처럼 어색하게 몸을 이리저리 움직이고 있었다. 시몽이 일어

났다. 그의 춤은 능숙했다. 두 눈을 감춘 채 그는 유연하고 날렵하게 춤을 추면서 노래를 흥얼거렸다. 그녀는 시몽에게 몸을 내맡겼다. 어느 순간 그녀의 드러난 팔이 가무잡잡한 여자의 등에 두르고 있던 로제의 손을 스쳤다. 그녀는 눈을 떴다. 로제와 폴, 그들 두 사람은 상대의 어깨너머로 서로를 바라보았다. 움직임도, 리듬도 없는 느린 춤곡이 흐르고 있었다. 그들은 아무런 표정도 짓지 않은 채, 미소조차 보이지 않은 채, 서로 알은체도 하지 않은 채 십 센티미터 거리에서 서로를 응시하고 있었다. 어느 순간 갑자기 로제는 여자의 등에서 손을 떼어 폴의 팔을 향해 뻗었다. 그의 손가락 끝이 그녀의 팔에 와닿았다. 순간 그의 얼굴에 떠오른 표정이 어찌나 간절했던지 그녀는 눈을 감지 않을 수 없었다. 이윽고 시몽은 몸을 돌렸고, 로제와 폴은 더 이상 서로의 모습을 볼 수 없었다."

폴과 로제의 손가락이 닿는 순간 폴은 로제에 대한 자신의 마음을 깨닫게 됩니다. 그리고 폴은 시몽과 이별을 고하고 로제와 다시 합칩니다. 폴과 로제는 다시 동거를 시작했지만, 로제는 예전과 달라지지 않았습니다. 물론 폴도 이러한 것을 충분히 예상하고 있었습니다.

폴은 어째서 시몽을 떠나 바람둥이인 로제에게 돌아온 것일까요? 그것은 아마도 시몽이 현재 폴을 사랑하기는 하지만 시간이 지나며 그가 자신을 언젠간 버릴 것이라 생각했기 때문이 아닐까 합니다. 또한 로제가 비록 바람둥이이고 자신을 외롭게 만들고 분노를 일으키게도 하지만 로제는 자신을 어떤 경우에도 버리지는 않을 것이라 느꼈기 때문일 것입니다.

"폴은 처음 만났을 때 실내복 차림으로 경쾌하고 어리둥절한 표정을 짓고 있던 시몽을 떠올리고는 그를 원래의 그 자신에게로 돌려보내고 싶은 마음이 들었다. 그를 영원히 보내 버림으로써 잠시 슬픔에 잠기게 했다가, 예상컨대 앞으로 다가올 훨씬 멋진 수많은 아가씨들에게 넘겨주고 싶었다. 그에게 인생이라는 걸 가르치는 데에는 시간이 자신보다 더 유능하겠지만, 그러려면 훨씬 오래 걸리리라. 그녀의 손안에 놓인 그의 손은 움직이지 않았다. 그의 손가락에서 맥박이 파닥이는 것을 느끼자 그녀는 갑자기 눈에 눈물이 고였는데, 그 눈물을 너무도 친절한 이 청년을 위해 흘려야 할지, 아니면 조금 슬픈 그녀 자신의 삶을 위해 흘려야 할지 알 수 없었다.”

시몽이 폴을 사랑하고 있다는 것을 폴 또한 잘 알고 있었고, 폴도 시몽이 싫지는 않았습니다. 하지만 시간이 흘러 자신은 나이가 먹을 것이고 먼 미래에 자신이 사랑하는 사람에게 영원히 버림을 받는 것이 폴은 두려웠을 것입니다. 폴은 로제의 자유분방함을 참아내기가 힘은 들지만, 로제는 어떠한 일이 있어도 폴을 버리지는 않을 것을 알고 있었을 것입니다. 이러한 두려움이 폴로 하여금 바람둥이 로제의 곁으로 다시 돌아가게 만들었던 것이 아닐까 합니다. 만약 시몽에게서 그러한 것을 느꼈다면 아마 폴은 로제에게 돌아가지 않았을지도 모릅니다.

누군가를 버릴 수 있는 자의 곁에는 진정으로 그를 사랑하는 자가 떠나가게 될지도 모릅니다. 왜냐하면 그 사람은 그를 사랑하는 만큼 그 버림의 아픔을 감당하기가 어렵기 때문입니다.

비록 감당하기 어려운 것이 있을지라도 자신의 곁에 오래도록 함께해 줄 수 있을 사람에게서는 그러한 커다란 아픔을 경험하지는 않을 테니까요.

54. 삶은 무한한 반복일지도 모릅니다

예전에 다람쥐를 집에서 키웠던 적이 있었습니다. 분양을 받아 정성껏 돌보아 주었습니다. 하루 일과를 마치고 집으로 돌아오면 저녁을 먹은 후 다람쥐를 바라보는 것이 너무 즐거웠습니다. 다람쥐가 사람의 말을 이해하면 얼마나 좋을까, 다람쥐와 소통을 할 수 있으면 얼마나 좋을까 하는 생각을 한 적이 있었습니다.

온몸이 갈색인 보드라운 털과 뚜렷한 줄무늬, 나를 바라보는 눈빛을 지금도 잊을 수가 없습니다. 다람쥐는 쳇바퀴에서 노는 것을 엄청 즐겼습니다. 무엇을 하다가도 심심하면 쳇바퀴에 올라타 한없이 돌리곤 하였습니다. 얼마나 오래도록 쳇바퀴를 돌리나 관찰을 하기도 했는데, 정말 끝없이 돌리는 것이었습니다. 지치지 않나 궁금하기도 하고, 지겹지는 않을까 하는 생각에 한없이 쳐다보았습니다. 다람쥐는 그 쳇바퀴를 매일 수십 번씩 탔고, 한 번 올라타면 오래도록 계속해서 쳇바퀴 위에서 놀았습니다.

프리드리히 니체의 <즐거운 지식>에 보면 다음과 같은 말이 나옵니다.

"어느 날 오전 또는 어느 날 저녁 악마가 몰래 당신의 가장 고독한 고독 속에 들어와 '당신이 지금 살고 있거나 지금까지 살아온 삶을 다시 한번 더 살아야 하며 또 앞으로도 수없이 반복해야 한다. 그리고 삶에 새로운 일은 전혀 일어나지 않지만, 당신의 삶 속에서 겪었던 사소하거나 중대했던 모든 고통과 기쁨과 모든 생각과 모든 한숨과 모든 것들을 원래 시간 순서대로 다시 경험해야 한다. 영원한 존재의 모래시계를 계속해서 뒤집어야 하며 이런 일을 겪어야 할 당신은 티끌에 지나지 않는다'라고 속삭인다면 당신의 기분은 어떨까?"

니체는 우리의 삶이 무한히 반복될 것이라는 사실을 알면 기분이 어떨지 물어보고 있습니다. 지나온 과거뿐만 아니라 앞으로 주어질 미래도 과거와 똑같은 일들이 일어나고 반복된다면 우리는 그것을 좋아할까요? 아니면 결코 그러한 일들이 일어나지 않기를 바랄까요?

우리의 삶도 다람쥐가 쳇바퀴 도는 것과 별반 다를 것이 없습니다. 어제 했던 일과 비슷한 일을 오늘도 합니다. 그렇게 시간이 흘러 십 년 이십 년이라는 세월이 흘러갑니다. 조금씩은 다르지만 우리가 하는 매일의 일은 그리 새롭지 못합니다.

우리가 만나는 사람도 거의 비슷합니다. 물론 새롭게 만나는 사람도 있지만 그런 사람은 스쳐 지나갈 뿐입니다. 특히 가족의 경우 매일 똑같은 얼굴을 대합니다. 가까운 친구나 동료들 역시 거의 비슷합니다. 우리의 인생이나 다람쥐의 인생이 큰 차이가 있는 것 같지는 않습니다. 다람쥐뿐만 아니라 다른 생명체도 마찬가지입니다.

우리의 일주일 생활의 패턴을 보아도 마찬가지입니다. 월 화 수 목 금 토 일, 다시 월 화 수 목 금 토 일, 그렇게 한주가 지나면 다시 한 달이라는 세월이 반복됩니다. 1일, 2일, 3일, ...

, 29일, 30일, 다시 1일부터 시작해서 30일이 반복됩니다. 그렇게 한 달이 지나고 1년이 되고, 1년이라는 세월도 반복이 되어 지금 우리의 나이가 되었습니다.

삶은 반복의 연속일 수밖에 없습니다. 매일 아침 일어나 세수를 하고 밥을 먹고 일을 하고 집으로 돌아와 씻고 저녁을 먹고 자고 다시 아침이 되고, 이러한 무한 반복의 세월이 인생일 수밖에 없습니다.

우리는 이러한 반복에서 어떤 삶의 의미를 찾을 수 있는 것일까요? 매일 지겨운 일들을 해야 하고, 매일 별로 좋아하지 않는 사람을 부딪치며 살아가야만 하는 것일까요? 우리는 얼마나 반복되는 일상과 내가 대하는 사람들로부터 즐거움과 행복을 느끼고 있는 것일까요?

우리는 이러한 무한한 반복을 피할 수 없을 것입니다. 그것이 어쩌면 삶의 본질일지 모릅니다. 새로운 일들이 가끔은 일어나지만, 그것이 삶 자체는 아닐 것입니다. 이러한 과정에서 우리의 선택이 중요하지 않을 수 없습니다.

우리에게 있어서 성공적인 인생이란 한없이 주기적으로 반복되는 삶에서 나 자신의 삶을 긍정적으로 생각하는 것이 아닐까 싶습니다. 매일 일어나는 반복적인 삶을 자랑스럽게 여기는 것이 현명한 선택이 아닐까 합니다.

오늘 하루가 지나갑니다. 내일도 오늘과 별 차이가 없을 것입니다. 오늘 내가 대했던 사람이 있습니다. 내일도 특별한 새로운 사람을 만날 것 같지는 않습니다. 비록 그러한 것들이 무한히 반복되더라도 긍정적인 사람과 부정적인 사람의 삶은 분명히 차이가 있을 것입니다.

　제가 키웠던 다람쥐는 매일 수도 없이 쳇바퀴에 올라타고 놀아도 그것을 지겨워하는 것 같지는 않았습니다. 당연하다는 듯이 나를 바라보며 즐겁게 쳇바퀴를 돌리는 다람쥐의 모습이 아직도 기억에 생생합니다. 그렇게 몇 달을 나에게 기쁨을 준 다람쥐는 어느 날 갑자기 세상을 떠났습니다. 다람쥐의 인생의 전부가 그것이었다고 해서 허무한 생은 아니었다고 확신합니다. 제가 키우던 다람쥐는 쳇바퀴를 매일 돌리며 나름대로 자신의 삶을 즐겁게 보냈다고 생각합니다.

55. 타인이 준 상처가 아무리 커도 상관없습니다

예전에 보육원에서 봉사활동을 한 적이 있었습니다. 그곳엔 10살 이하의 20~30명의 남녀 아이들이 생활하고 있었고, 첫날 아이들과 서너 시간 함께 지내다 돌아왔습니다. 집에 돌아온 후 다시 일정을 잡았습니다. 두 번째 갈 때는 비록 약소하지만, 아이들을 위해 과자도 사고 학용품도 준비해 갔었습니다. 가지고 간 것들을 하나씩 아이들 손에 쥐여줬을 때, 나를 바라보던 그 눈빛이 아직도 기억에 생생합니다. 정말 고마워하던 아이들의 진실된 마음을 읽을 수 있었습니다.

할리우드 영화 '굿 윌 헌팅(Good Will Hunting)'을 지금도 좋아합니다. 처음 보았을 때 마음 깊이 와닿는 것이 있었습니다. 웬만해서는 한 번 본 영화를 다시 보지는 않는데, 이 영화는 다시 보게 되었습니다.

윌 헌팅(Will Hungting)은 주인공 이름입니다. 미국이니 당연히 성이 헌팅이고 이름이 윌이겠지요. 굿 윌 헌팅이란 '괜찮은(멋있는) 윌 헌팅' 정도로 번역이 될 것입니다. 우리나라로 말하면, '괜찮은(멋있는) 김철수'나 '착한 김철수' 정도로 이해하면 무리가 없을 듯합니다. 미국에서는 착한 소년이나 소녀를 흔히 'Good boy', 'Good girl'이라고 표현을 하니까요.

주인공 '월'의 역할은 맷 데이먼(Matt Damon)이 맡았고, 월의 멘토인 '숀 맥과이어'는 로빈 윌리암스(Robin Williams)가 연기했습니다. 사실 미국에서는 William이라는 이름은 Will로 줄여서 부릅니다. 어떤 경우에는 William을 Bill로 부르기도 합니다. 미국의 전 대통령 '빌 클린턴'은 본명이 'William Clinton'입니다. Thomas를 간단히 Tom이라고 부르는 것도 마찬가지입니다.

영화에서 월은 수학에 있어서 천재였습니다. 하지만 그는 대학을 다니지 않았습니다. 보스턴 빈민가에서 살고 있었고, 그가 하는 일은 세계 최고 공과대학인 MIT에서 청소하는 것이었습니다.

영화에서 MIT 수학과 제럴드 랭보 교수는 강의실 복도 칠판에 어려운 수학 문제를 내놓고 학생들에게 그것을 풀어 보라고 합니다. 사실 그 문제는 학부생들이 풀기에는 어려운 난제였습니다. 랭보 교수의 강의를 듣던 많은 학생들 중에서 그 문제를 풀어낸 사람은 한 명도 없었습니다. MIT를 다니던 학생들도 풀지 못하는 문제였으니 얼마나 어려운 것인지는 짐작이 갈 것입니다.

하지만 어느 날 랭보 교수는 누군가 그 문제를 풀어낸 사실을 알고는 강의 시간에 그 문제를 해결한 사람이 누군지 물었지만, 수강생 중에는 아무도 없었습니다. 나중에야 비로소 월이 그 문제를 풀었다는 사실을 알게 되었고, 랭보 교수가 월을 테스트해본 결과 필즈 상을 받은 자신보다 월이 훨씬 더 수학적 재능이 뛰어나다는 것을 알게 되었습니다.

랭보 교수는 월의 수학적 재능을 펼쳐주기 위해 노력했지만 월은 이를 거부합니다. 사실 월에게는 어릴 적 커다란 상처가 있었습니다. 그는 친부모에게 버림을 받았고, 입양이 되어 양부모 밑에서 자랐지만, 무려 네 번의 파양을 겪어야 했습니다. 월이 받은 마음의 상처는 치유되지 못했고, 천재였음에도 불구하고 정규교육마저 받지 못했습니다.

랭보 교수는 월의 재능이 발휘되기 위해서는 그의 내면에 있는 커다란 상처부터 치유되어야 한다는 것을 깨달았습니다. 이를 위해 자신의 친구인 숀(로빈 윌리암스)에게 월을 부탁합니다.

숀은 월의 멘토로서 함께 대화를 하던 중, 월의 가장 아픈 상처는 단지 자신을 버린 사람들을 향한 미움만이 아니라는 것을 알게 됩니다. 월은 스스로 자신은 저주받은 존재이고, 사랑받을 자격도 없는 존재이기에 친부모나 양부모가 자신을 버린 것이라 생각하고 있었습니다. 월은 끔찍할 정도로 자신을 혐오했고 그것이 그의 내면세계를 파괴했으며 월의 성장을 방해하고 있다는 것을 숀은 알게 되었습니다.

이로 인해 월은 자신을 진심으로 사랑하는 여자 친구도 더 이상 다가오지 않도록 거짓말을 하고, 그녀가 자신의 인생에 깊이 들어오는 것을 가로막았습니다. 자신을 낳아준 부모도, 자신을 입양해서 키운 부모도 자기를 버렸기에 이 세상에 그 누구도 자신을 진심으로 사랑하지 않을 것이라 생각했던 것입니다. 그렇게 자신을 학대하는 월에게 숀은 조용히 다음과 같이 말합니다.

"그것은 네 잘못이 아니야. (It's not your fault.)"

숀은 월에게 "너에게 일어난 그 모든 끔찍한 일들은 결코 네 잘못이 아니기에 그것에 얽매일 필요가 없다."라고 몇 번이나 확신에 찬 목소리로 힘주어 말합니다.

숀이 이러한 말을 월에게 할 수 있었던 것은 숀 또한 월에 못지않은 커다란 상처가 있었기 때문이었습니다. 윌은 그 사실을 알고 숀의 진실된 마음을 받아들여 그동안 쌓였던 모든 감정이 한꺼번에 폭발하며 숀에게 안겨 펑펑 울어버립니다.

봇물 터지는 것과 같은 윌의 감정은 그의 커다란 트라우마를 치유되게 만들었습니다. 윌은 마침내 그 모든 고통은 자기 탓이며, 자신은 결코 사랑받을 자격이 없는 사람이기에 친부모나 양부모에게 학대받고 버려지고 미움을 받았다고 생각했던 자기 자신과 화해를 하게 됩니다. 다른 사람이 아닌 자기 자신과의 진정한 화해가 그의 커다란 상처를 치유하게 만들었습니다. 그리고 윌은 자기 자신이 스스로를 다치게 하지 않는 이상 그 누구도 자신을 다치게 할 수 없다는 사실을 깨닫게 됩니다. 숀의 커다란 아픔이 윌의 아픔을 치유할 수 있게 도와주었던 것입니다.

타인이 아무리 나에게 커다란 아픔과 상처를 주더라도 내가 나 자신을 아끼고 사랑한다면 그것은 아무런 문제가 되지 않을 것입니다. 윌은 어떠한 일이 자신에게 다가오더라도 이제는 모두 극복해낼 수 있다는 사실을 알게 됩니다. 그렇게 '윌(Will)'은 인생의 커다란 장애물을 이겨내고 '굿 윌(Good Will)'로 다시 태어납니다.

윌은 숀을 크게 끌어안고 새로운 출발을 하기로 합니다. 지나온 모든 아픔과 작별을 하며 자신을 진심으로 사랑하는 여자 친구를 마음속으로 받아들입니다. 그리고 그 여자 친구와 함께 새롭게 길을 나섭니다.

이 세상의 모든 사람들이 나를 무시하고 버리고 힘들게 하고 고통을 주고 아픔과 상처를 준다고 하더라고 나 자신을 사랑해야 하지 않을까 싶습니다. 타인이 나에게 행했던 모든 나쁜 것들은 그냥 땅에 묻어버리든가 쓰레기통에 버리든가 하면 됩니다. 그러면 그것으로 끝이 납니다. 그를 원망할 필요도 탓할 필요도 없습니다. 더 이상 그러한 것들이 나의 소중한 인생의 발목을 잡지 않게 스스로 해야 합니다. 그 누구의 인생보다 내 자신의 삶이 가장 중요하기에 자신에 대한 혐오를 할 필요도 없고, 삶이나 운명에 대해 원망하지도 말고, 새로운 날들을 바라보고 더 나은 삶을 희망하며 걸어가야 합니다. 나의 아픔을 스스로 이겨내려고 할 때 더 이상의 상처는 존재하지 않을 것입니다. 그것이 유일한 내가 걸어가야 할 길이 아닐까 싶습니다. 과거를 떨쳐버린 윌에게는 밝은 미래만이 기다리고 있었을 것이라 확신합니다.

예전에 제가 봉사활동 했었던 그 보육원 아이들이 생각납니다. 그 아이들도 모두 윌처럼 아픔을 극복하고 살아가고 있기를 기도합니다.

56. 반복이 돼도 상관없습니다

‘파사칼리아’는 느린 3박자로 변주곡 형식을 취합니다. 저음 선율의 반복을 중심으로 하는 것이 특징이라 할 것입니다. 같은 멜로디로 변주를 하든, 저음 선율을 반복하든 그것은 문제가 되지 않습니다. 아름다운 선율이 마음에 와닿기 때문입니다.

우리의 삶은 반복의 연속입니다. 아침에 일어나 씻고 식사를 한 다음 일하러 갑니다. 동료를 만나고 비슷한 일을 매일같이 하며, 점심을 먹고, 다시 일을 하다가 피곤에 지친 몸으로 집으로 옵니다. 집에 오면 어제와 비슷한 일들이 반복됩니다. 그러다 잠이 들고 다시 아침이 되어 다시 반복되는 일상을 살아갑니다.

때로는 일탈을 하고 싶기도 하지만 그런 용기를 가지는 것조차 사치일 수 있다는 것을 잘 압니다. 어제와 같은 오늘, 오늘과 같은 내일이 있을 뿐입니다. 매일이 즐겁고 행복하지 않습니다. 오히려 더 힘들고 지겹고 답답하기만 합니다.

파사칼리아가 변주곡이고 반복적 선율일지라도 마음에 와닿는 이유는 무엇 때문일까요? 그것은 아마도 그 곡에 작곡한 이의 인생이 오롯이 담겨 있기 때문이 아닐까 싶습니다. 헨델의 인생이, 할보르센의 삶이 이 곡에 내재하기 때문일 것이라는 생각이 듭니다. 음악이나 예술은 그것을 만든 사람의 마음이 온전히 들어 있을 수밖에 없습니다.

매일 비슷한 일을 해야 하는 것은 바로 변주와 같을 것입니다. 일상이 반복되는 것 또한 마찬가지입니다. 반복되는 일상이 나의 삶을 만드는 것이라는 생각이 듭니다. 그러한 하루를 아름답게 만드는 것은 오직 나에게 달린 것이 아닐까 합니다. 비슷한 일을 반복해야 하지만, 그것에서도 아름다움과 즐거움 그리고 행복을 느낄 수도 있을 것입니다.

오늘도 저는 어제와 비슷한 삶을 살았습니다. 별 특별한 일도 없었고, 가슴 뛰는 일도 없었습니다. 하지만 그런 가운데에서 마음만은 편안할 수 있기를 바랐습니다. 나 혼자만이라도 아름다운 순간이 있기를 기도했습니다.

헨델의 파사칼리아를 할보르센이 편곡한 것은 원래 바이올린과 비올라의 듀엣으로 편곡한 것이었습니다. 하지만 피아노 솔로로 연주하는 것도 아름다운 것 같습니다.

57. 옛날로 돌아갈 수는 없습니다

아름다운 시절이 있었습니다. 온 천지가 흰 눈으로 덮인 것과 같은 그런 순수한 시절이었습니다. 아마 세상을 몰랐기에 그럴 것입니다. 많은 것을 경험하지 않았고 밝은 미래와 꿈을 간직하고 있었기에 아름다웠을 것입니다.

누군가를 만나면 가슴이 뛰고 기대에 부풀었던 시절이었습니다. 가만히 방안에 누우면 구름 위를 떠다니는 듯한 착각도 들었습니다. 우리 모두에게는 그런 순간들이 있었습니다.

더 나은 미래를 위해 그렇게 살았습니다. 노력하면 푸른 꿈이 실현되리라 믿었습니다. 노력만큼 좋은 결과는 아니어도 어느 정도는 이룰 수 있을 거라 확신했습니다.

순간순간 최선의 선택이라 믿고 길을 걸어왔습니다. 그 길이 비록 험하고 어려워도 고비만 넘기면 된다고 생각했습니다. 땀이 비 오듯 흘러도, 다리에 경련이 일어나도 참고 또 참으며 그렇게 고개를 넘어왔습니다. 중간에 잠시 쉬면서 마시는 물은 가슴 한 가운데를 터놓는 듯 너무나 시원했습니다. 푸른 산 위에 걸쳐진 하얀 구름은 보기만 해도 멋있었습니다.

그 시절이 너무나도 그립습니다. 지금 여기 이곳을 떠나 그때 그곳으로 가고만 싶습니다. 내일 당장이라도 갈 수만 있으면 얼마나 좋을까요?

가슴 뛰는 그 순간들이 얼마나 소중했던 것인지 말할 필요도 없을 것입니다. 꿈을 꾸며 하루를 보냈던 그 시간들이 얼마나 아름다운 것인지 다시 한번 느낍니다.

하지만 지금의 내 모습을 보며 불가능하다는 것을 가슴 깊이 느낍니다. 시간은 미래로만 흐를 뿐 되돌릴 수가 없습니다. 나의 잘못도 돌이킬 수가 없고, 내가 걸어온 길도 다시 걸을 수가 없습니다. 내가 한 선택도 이미 끝나 버렸습니다. 한없이 많이 남아있을 것 같은 시간도 어느새 이렇게나 많이 지나가 버렸습니다. 치열하게 살았건만 이루어 놓은 것도 별로 없는 것 같아 마음이 아플 뿐입니다.

그 시절로 돌아갈 수 없다는 것을 너무나도 잘 아는데, 왜 이리 그리운 것일까요? 다시 주어진다고 해서 더 나은 선택과 더 나은 모습이 될 것 같지도 않은 데 왜 이리 아쉬운 것일까요? 마음을 내려놓으려 해도 잘되지 않는 것은 무슨 이유일까요? 현재를 열심히 산다고 해도 그때가 더 아름답게 느껴지는 것은 어째서일까요?

생각은 마음을 따라가지 못하는 것 같습니다. 아무리 노력을 해도 마음이 앞서는 것은 어쩔 수가 없나 봅니다. 그래도 아름다운 순간이 있었다는 것, 가슴 뛰던 날들이 있었다는 것으로 만족해야 하는 것일까요?

무더운 여름이 이제는 가고 가을이 서서히 다가옵니다. 가을이 그리 기대되지 않는 이유는 지나간 시절의 그리움 때문인 것일까요?

나에게 마음이란 것이 없었으면 좋겠습니다. 옛날을 그리워하
지 않고, 그 시절을 생각하지 않는 그런 마음이면 좋겠습니다.

58. 주인이 아닙니다

영화 "아웃 오브 아프리카"에서 카렌(메릴 스트립)은 데니스(로버트 레드포드)에게 청혼을 하지만 거절당합니다. 프로포즈는 주로 남자가 여자에게 합니다. 여자가 남자에게 프로포즈 하는 경우는 드물기도 하고, 그런 경우 대부분 남자는 승낙을 하지 않을까 싶습니다. 그럼에도 불구하고 데니스는 카렌의 프로포즈를 거절하고 맙니다. 카렌은 분명히 속이 상했을 것입니다. 그래서 아프리카를 떠나기로 마음먹었는지도 모릅니다. 사랑하는 사람과 함께 하려는 카렌의 욕심은 당연한 것이라 생각됩니다.

데니스는 다음과 같이 말합니다.

"우린 여기서 아무것도 소유하지 못해. 그저 스쳐 지나갈 뿐이야 (We are not owners here, We are just passing through.)"

데니스는 사랑하는 사람도, 어떠한 물건이나 존재도 영원하지 않으며 언젠가 다 사라지니 그저 자유롭게 살아가기를 희망했던 것이 아닐까 싶습니다.

궁금한 것은 데니스가 젊었을 때도 이런 생각을 했을까 하는 것입니다. 아마 그렇지 않았을 것입니다. 그 또한 젊었을 때는 자신이 사랑하는 것을 소유하고 싶었고, 그가 바라는 것을 얻고자 하는 욕심이 있었을 것입니다. 데니스 또한 다른 사람들처럼 무언가를 소유했을 것이고, 자신이 원하는 것을 가져도 보았을 것입니다. 그가 목표로 하는 것을 성취하기도 했을 것입니다. 영화에서 그의 모습이 이를 증명합니다. 하지만 그러한 욕망이 허무하다는 것을 경험했고, 자신이 소중하게 생각했던 모든 것을 잃어 보았기에 그런 말을 할 수 있는 것이 아닐까 하는 생각이 듭니다.

그런 데니스를 카렌은 막상 떠나지 못하고, 점점 그를 닮아가게 됩니다. 그녀 소유의 커피 농장이 불에 타 그녀의 전 재산이 날아간 후, 그 땅의 원래 주인이었던 원주민들이 살아갈 터전을 만들어 주기 위해 애쓰는 그녀의 모습이 이를 보여줍니다. 그녀 또한 많은 것을 소유했었지만, 이제는 그것들을 포기하고 다른 사람에게 자신의 마음을 나누어주는 사람으로 되어 갑니다. 그런 과정에서 카렌은 데니스를 진정으로 이해하게 되는 것 같습니다. 자신의 욕심과 소유를 버리고 떠나갈 준비를 하는 것이 진정한 자유로운 삶을 살아가는 것이라는 사실을 아마 알게 된 듯합니다.

그리고서 카렌은 마음을 비운 채 아프리카를 떠나려 합니다. 카렌의 떠나는 모습을 마지막으로 보려고 오는 데니스, 데니스에게 작별 인사라도 하고 떠나려는 카렌, 하지만 운명은 그들의 마지막 해후를 방해하고 맙니다. 카렌에게 오는 데니스가 비행기 사고로 사망하고 맙니다. 사랑하는 사람을 그렇게 가슴에 묻고 카렌은 자신의 소중했던 순간들이 있었던 아프리카를 떠나게 됩니다.

　우리는 그 누구의 주인도 아니고, 어떠한 존재의 소유자도 아닙니다. 어느 순간 무언가를 가지고 있을 수는 있지만, 어차피 그것들은 언젠가 나의 손에서 사라져 버리고 말 것입니다. 가지려 애쓰는 것이 오히려 진정한 자유를 잃게 할 수도 있습니다. 데니스의 말처럼 우리는 지금 이 순간을 그저 스쳐 지나가고 있는지도 모릅니다.

59. 어린 왕자와 노을

"나는 해 지는 걸 보는 게 좋아. 함께 보러 가자."
그런데 네 조그마한 별에서는 의자를 조금 옆으로 옮기기만 해도 가능하다. 어스름한 석양빛이 보고 싶어질 때마다 너는 그렇게 했겠지.
"어느 날은 태양이 지는 걸 마흔네 번이나 본 적이 있어!"
조금만 있다가 너는 이렇게 덧붙였다.
"있잖아. 사람은 너무 슬플 때 해지는 걸 보고 싶거든…"
"태양이 지는 걸 마흔네 번이나 본 날 그렇게 슬펐던 거야?"
어린 왕자는 내 질문에 대답하지 않았다. (어린 왕자, 생텍쥐페리)

어린 왕자는 자신이 사는 별 B612호에서 마음이 적적할 때 의자를 조금씩 뒤로 옮겨가며 하루에도 마흔네 번 노을을 보았습니다. 어린 왕자는 왜 그리 오래도록 노을을 보았던 것일까요?
제주 애월에서 노을을 본 적이 있습니다. 이른 저녁을 먹고 해변을 거닐던 중 태양이 수평선 너머로 사라지기 시작했습니다. 바닷가에 앉아 한참이나 그 장면을 바라보았습니다. 인간의 언어로는 표현할 수 없는 아름다움이었습니다. 카메라에 담을 수도 없는 대자연의 모습이었습니다. 수평선 너머 태양이 완전히 사라지고 나서도 아쉬움에 자리를 뜰 수 없었습니다.

완전하고 영원할 것 같은 태양도 끝없이 펼쳐진 수평선 너머로 사라지는 것을 보고 나에게 일어나는 일들은 정말 보잘 것이 없고 별것도 아니라는 생각이 들었습니다. 아무리 큰일이라고 해도 대자연에 비하면 엄청난 것이 없다는 것을 느꼈습니다.

인생이라는 것은 덧없을지 모르나 아름다울 수도 있다는 마음에 자리를 털고 일어났습니다. 태양이 사라진 애월 바닷가는 이미 어두웠습니다. 어두운 밤이 지나고 나면 내일 아침 태양은 다시 떠오를 것이라는 생각에 발걸음을 옮길 수 있었습니다.

어린 왕자는 아마 노을을 바라보며 자신의 외로움과 그대로 마주한 것이 아닐까 싶습니다. 완전하고 영원할 것 같은 붉은 태양도 서서히 사라져가는데, B612호라는 별에서 혼자 살아가는 자신의 삶에 일어나는 일들은 그러한 거대한 자연에 비하면 아무것도 아니라는 것을 알았던 것 같습니다.

어린 왕자는 행복하게 살았습니다. 어떠한 일이 일어나도 자신이 발을 디디고 있는 그 별에서 자신을 사랑하며 살았던 것 같습니다. 무슨 일이 일어나도 그냥 그러려니 하며, 힘들면 노을을 바라보고, 주어진 오늘을 감사하며 아름다운 삶이 될 수 있도록 스스로 노력한 것이 아닐까 합니다.

모든 것은 끝이 있기 마련입니다. 오늘 하루가 어쩌면 힘들지 모르나 시간이 지나면 돌아오지 않는 소중한 하루라는 것은 엄연한 사실입니다. 중요한 것은 나를 힘들게 하는 그 어떤 것을 피하지 말고 마주하는 용기가 필요하지 않을까 싶습니다. 어린 왕자가 홀로 사는 그 별에서 외로움을 마주한 것 같이 우리에게 다가온 것들과 부딪히다 보면 오늘 하루는 끝이 나고 저녁 무렵 다시 서쪽 하늘에 펼쳐진 아름다운 노을을 볼 수 있을 테니까요. 그 노을을 바라보며 나의 외로움을 달래고 나면 내일 아침 또 다른 찬란한 태양이 떠오른다는 것을 알기에 어린 왕자의 노을이 나의 노을도 되는 것이 아닐까 싶습니다.

내가 보는 것이 전부가 아닐 것입니다. 수평선 너머로 태양은 사라졌지만, 내가 보이지 않는 그 너머에 태양은 아직 존재하고 있습니다. 시간이 지나 때가 되면 다시 태양은 나에게 밝은 빛을 비추어주니까요. 어린 왕자는 노을은 끝이 아니라 또 다른 시작 이라는 사실에 그의 외로움을 달랠 수 있었던 것이 아닐까 합니다. 영원한 것은 존재하지 않지만, 소중한 오늘은 존재하고 있으니 어린 왕자는 B612호 별에서 아름답게 살아갈 수 있었던 것이 아닐까 싶습니다.

60. 아직 나에게 남아있는 것

　많은 것을 잃어버렸을지라도 나에겐 아직 남아있는 것이 있습니다. 소중한 사람이 떠나갈지라도 나에겐 아직 남아있는 것이 있습니다. 믿었던 사람에게 배신을 당할지라도 나에겐 아직 남아있는 것이 있습니다. 어떠한 일이 생기더라도 나에게 영원히 남아있는 것이 있습니다. 그것은 바로 나 자신이라는 것입니다. 내가 이 땅에 두 발로 서 있는 이상, 그 모든 것이 다 사라지더라도 실망할 필요가 없습니다. 나 자신만 있으면 내가 할 수 있는 것 또한 있기 마련입니다. 나의 살아있음을 느낄 수 있는 것이 다시 생길 것입니다.
　다른 존재를 의지하는 것이 힘이 될지는 모르지만, 어느 순간에는 괴로움이 되기도 합니다. 다른 존재를 바라고 기대하는 것이 즐거울 수 있지만, 어느 순간 아픔이 되기도 합니다. 그저 다른 존재는 있는 그 자체로 충분합니다. 그 이상을 원하는 것은 나의 욕심일 뿐입니다. 나에게 소중한 존재라 할지라도 영원히 나와 함께 하는 것은 아무것도 없습니다. 오직 나의 시작과 끝은 나일 뿐입니다.
　나에게 어떠한 존재가 왔을지라도 어느 정도 함께 하다가 때가 되면 떠나기 마련입니다. 그 존재가 떠나고 나면 또 다른 존재가 오고, 그러한 일들의 연속이 삶일 수밖에 없습니다. 내가 아무리 원한다고 하더라도 떠나갈 것은 떠나가고, 잃어버리는 것은 잃어 버리고, 사라지는 것은 사라집니다.

물론 오래도록 함께하는 것도 있는 것이 사실이나, 어느 순간 갑자기 그 존재가 떠날지는 알 수가 없습니다. 나에게 모든 것이 떠났다고 해도 나에게 남아있는 것이 있기에 다시 힘을 내야만 합니다. 나 자신을 위해서, 그리고 떠나간 모든 것들을 위해서도 아무런 의미 없이 보내는 시간은 부끄러운 일이 될 수밖에 없을 것입니다.

조금만 아파하는 것으로 충분합니다. 그래도 남아있는 것이 있기에, 그 남아있는 것을 위해 살아가야 할 이유는 충분합니다.

나의 모든 것을 휩쓸어 버리는 커다란 그 무엇은 존재하기 마련입니다. 하지만 남아있는 것을 위해, 아직 나 자신은 여기 있기에, 떠나가 버린 것은 마음에서 내려놓고 다시 출발선에 서야 합니다. 그것이 진정 영원히 나의 곁에 남아있는 나 자신을 사랑하는 것이라 생각됩니다.

61. 상처

상처는 누구나 있기 마련입니다. 이 세상에 상처 없는 사람은 없습니다. 가벼운 상처도 있지만 깊은 상처도 있으며, 그리 친하지 않은 사람에게 받은 상처도 있지만 아주 가까운 사람한테 받은 상처도 있습니다. 커다란 파도가 덮친 듯한, 내가 어찌지 못하는 운명에 의한 상처도 존재합니다. 금방 아무는 상처가 있는 반면, 아주 오래도록, 어쩌면 평생 동안 계속될 그러한 상처도 있습니다. 나에게 소중한 사랑하는 사람에게 받은 상처도 있고, 내가 미워하는 사람에 의한 상처도 있습니다. 상처 없는 인생을 살아간다는 것은 아마 불가능할 것입니다.

누가 와서 나의 그러한 상처를 치유해 주면 좋으련만 우리에게 그런 것은 존재하지 않습니다. 물론 위로를 해주고 격려를 해주는 사람이 있어 어느 정도 아픔을 잊을 수는 있지만, 정작 나의 상처를 치료하는 사람은 오직 나밖에 없는 것 같습니다. 아무리 가까운 사람도 나의 아픔을 대신해 주지 않으며, 어느 정도 동정과 이해를 해주기는 하지만 완전히 나의 상처를 치유해 주지는 않습니다.

누가 나에게 상처를 주는 것은 나의 잘못일 수도 있습니다. 돌이켜 생각해 보면 나도 그에게 상처를 주었는지도 모릅니다. 가만히 회상해 보면 내가 받은 상처보다 다른 이에게 준 상처가 더 많을 수도 있을 것입니다. 내가 그에게 준 상처를 알고 있는 것도 있지만, 내가 모르는 것도 아마 있을 것입니다. 평생 살아가면서 상처를 받지 않는 사람도 없지만, 상처를 주지 않는 사람도 없을 것입니다. 나는 누구에게 얼마나 많은 상처를 주었던 것일까요? 나는 다른 이에게 준 상처를 얼마나 알고 있는 걸까요?

예전에 목욕탕에서 넘어져 갈비뼈 두 개가 부러진 적이 있었습니다. 보통 뼈가 부러지면 정형외과에 가서 엑스레이를 찍어 본 후 깁스를 하는 것이 보통입니다. 그날도 병원에 가서 엑스레이를 찍어보니 왼쪽 갈비뼈가 부러진 것을 알 수 있었지만, 깁스를 하지는 못했습니다. 갈비뼈는 부러져도 깁스를 하지 못한다는 것을 그때 알았습니다. 생각해 보면 옆구리 전체에 깁스를 할 수 없는 것은 아마 당연할 것입니다. 깁스를 하지 않았으니 숨을 쉴 때마다 갈비뼈가 움직일 수밖에 없었고 통증은 쉽게 가라앉지 않았습니다. 진통제를 먹고 출근을 할 수밖에 없었습니다. 숨 쉴 때마다 느껴지는 통증이 2주 이상 계속되었던 것 같습니다. 그 경험이 있었기에 갈비뼈 부러진 이들의 고통을 어느 정도는 잘 압니다.

내가 아픈 만큼 다른 사람이 아프다는 사실은 어쩌면 당연할 것입니다. 나에게 상처가 있는 만큼 다른 이도 상처가 있는 것 또한 당연한 일입니다. 내가 상처를 받은 만큼, 나 또한 다른 이에게 상처를 주었다는 것도 어김없는 사실입니다. 내가 받은 상처는 알고 내가 다른 이에게 상처를 준 것을 모른다는 사실은 자기 자신을 잘 모르는 것일 수밖에 없습니다.

내가 그 누구에게 상처를 주었다는 사실을 인식하는 것이 어쩌면 나의 상처를 치유받을 수 있는 길이 될지도 모르겠습니다. 나의 상처는 아파하면서도 내가 다른 사람에게 준 상처는 얼마나 미안해하고 있는지도 물어보아야 할 것입니다.

그러한 과정이 끝나고 나서 나 자신의 상처를 스스로 치유할 수 있도록 노력해야 할 것 같습니다. 남의 상처를 모른척 한 채 나의 상처만 들여다본다고 해서 그것이 나아질 것 같지도 않습니다. 내가 아픈 만큼 그 사람도 많이 아팠을 것이기 때문입니다.

이 세상에서 손에 때묻지 않은 사람은 없습니다. 누구나 다른 이에게 상처를 주고 상처를 받아 가며 살아가는 것이 아마 인생이 아닐까 싶습니다. 내가 받은 상처의 크기보다 다른 이에게 준 상처의 크기가 클 수도 있고, 그 반대일 수도 있겠지만, 이제 더 이상 다른 이에게 상처를 주지 않으려 노력하는 것이 나 자신이 받은 상처를 조금씩 치유할 수 있는 길로 가는 것이 아닐까 싶습니다.

따라서 나 자신의 상처를 치유하기 위한 제일 좋은 방법은 나 자신에 대해 잘 아는 것이 아닐까 합니다. 이제 더 이상 다른 이에게 상처를 주지 않으려 노력하는 것이 내가 그동안 받았던 상처를 치유할 수 있는 하나의 방편이 될 수도 있을 것입니다. 다른 사람의 아픔을 나의 아픔이라 생각하고 더 이상 다른 이에게 아픔을 주지 않으려 노력하는 것이 앞으로 나에게 지나간 것과 같은 상처를 받지 않는 방법이 될 수도 있을 것입니다.

언젠간 나의 상처로부터 자유로운 시간이 올 것입니다. 또한 다른 이에게 더 이상 상처를 주지 않는 그러한 시기도 올 것입니다. 원하던, 원하지 않던, 내가 받은 상처는 내가 치료해야 한다는 마음으로 나의 상처를 돌아보고 스스로 치료하겠다는 의지가 그 시기를 앞당길 것은 확실합니다. 모든 상처로부터 자유로울 수 있는 그러한 때가 오는 것도, 내가 더 이상 다른 이에게 상처를 주지 않는 것도, 오직 나에게 달려있는 것이 아닐까 싶습니다.

62. 생각지 않은 일이 일어나도

  어릴 적 태어나 자란 도시의 한복판에는 조그마한 냇물이 흐르고 있었습니다. 그 당시에는 인구 10만이 조금 넘는 정도의 그리 크지 않은 도시였기에 집에서 냇가까지 5분이면 가는 거리였습니다. 흘러가는 물의 양도 그리 많지 않아 냇물에 들어가면 무릎도 채이지 않을 정도였습니다. 냇물이 흐르는 양쪽으로는 넓고 커다란 둑이 있어 아무리 비가 와도 그 둑을 넘어 물이 넘칠 것이라고는 상상할 수 없었습니다. 하지만 중학교 다니던 여름 장마철, 엄청난 비가 쏟아져 내리더니 그 조그마한 냇물이 불어나 커다란 둑을 넘어 시내로 흘러들었습니다. 돼지도 떠내려가고, 커다란 가구도 떠내려가고, 온갖 잡동사니들이 모두 다 떠내려갔습니다.

  나이아가라 폭포 근처에서 살았던 적이 있었습니다. 결혼하기 전이라 미국인 할아버지, 할머니 두 분이 사는 집에서 같이 1년을 살았습니다. 12월 중순 두 분이 함께 마트에 가자고 해서 따라갔습니다. 그런데 그날 식료품을 사는 데 산더미같이 엄청난 양의 음식을 사는 것이었습니다. 자동차 뒷트렁크에 다 들어가지 않아 뒷좌석에까지 물건을 실었습니다.

집으로 돌아오는 길에 너무 궁금해서 음식을 왜 이리 많이 사는지 여쭈어보았습니다. 할머니 하시는 말이 당분간 마트에 오지 못할 수도 있어서 미리 사놓는 것이라고 하였습니다. 그러고 나서 일주일 지나 눈이 내리기 시작하는 것이었습니다. 제가 태어나 그렇게 눈이 많이 오는 것은 처음 보았습니다. 끊임없이 내리는 눈은 2주가 넘게 계속되었고, 그렇게 내린 적설량은 무려 2미터를 훌쩍 넘었습니다. 사람은 물론 자동차가 다닐 수도 없었고 도시 전체가 마비되었습니다.

시에서는 비상령이 발령되었고, 주 방위군까지 동원하여 포크레인으로 눈을 퍼서 10톤이 넘는 덤프트럭에 눈을 치우는 것을 본 저는 아연실색할 수밖에 없었습니다. 하지만 아무리 치우고 또 치워도 눈은 하염없이 계속 내렸고 할머니 말씀대로 약 3주 이상을 집에 갇혀 지내야 했고, 그렇게 산더미처럼 샀던 식료품도 얼마 남지 않게 되었습니다.

살아가다 보면 생각지도 않은 일들, 상상하지도 않았던 일들이 일어나곤 합니다. 전혀 예상하지 못한 일들이 나도 모르는 사이 다가오기도 합니다. 나에게는 절대 일어나서는 안 되는 일들이 실제로 일어나게 되기도 합니다. 하늘이 원망스럽기도 하고, 모든 것이 한스럽기도 하고, 살아간다는 것이 허탈하고 허무하게 만드는 일이 일어나기도 합니다.

일어나서는 안 되는 것이었는데, 왜 나에게 이러한 일들이 일어나는지 이해조차 하기가 힘들고, 아무리 받아들이려 해도 받아들일 수 없는 일들도 나에게 불쑥 다가옵니다.

그렇게 생각하지도 않은 일이 나에게 일어나더라도 살아내야 하지 않을까 싶습니다. 삶은 원래 그런 것이니까요. 내가 생각했던 것만 일어나는 것이 아닌, 전혀 예상하지 못했던, 받아들이기 힘든 그러한 일들이 일어나는 것이 삶이니까요.

왜 나에게 이러한 일들이 일어나는지 생각하는 것보다는 삶이 원래 그런 것이기에 어떠한 일이 일어나더라도 받아들이는 것이 우리가 할 수 있는 최선이 아닐까 싶습니다. 나보다 더 힘들고 어려운 일을 겪는 사람은 지구상에 생각보다 많을 수밖에 없을 것입니다. 나에게 일어나는 일들이 지구상의 최악의 경우는 아닐 것입니다. 내가 생각하지 않았던, 상상할 수도 없는 일들을 지금 겪고 있는 사람이 이 커다란 지구의 어딘가에 존재하고 있는 것은 확실하기 때문입니다.

나에게 닥친 불행이나 아픔은 그나마 나은 것인지도 모릅니다. 아무리 발버둥 쳐도 벗어날 수 없는 엄청난 삶의 무게를 버티고 있는 사람도 어딘가에서 그 삶을 살아내고 있을 것입니다. 내가 받는 아픔과 고통이 어느 정도 되는지 나 스스로 가늠해 본다면 그래도 견딜 수 있지 않을까 싶습니다. 나에게 일어난 생각지도 않은 일도 지구상의 최악에 해당하지는 않는다는 것은 분명한 사실이기 때문입니다.

63. 무엇 때문에 싸우는 걸까?

　우리는 여러 가지 일들로 인해 주위 사람들과 싸우곤 합니다. 지나고 나면 별것도 아닌데 마치 생사가 걸린 것처럼 치열하게 싸우기도 합니다. 그 싸움의 원인을 객관적으로 살펴보면 그것이 존재 그 자체보다 중요한 것은 아마 없을 것입니다.

　물론 싸우는 이유가 있어서 싸우기는 하겠지만, 우리가 하는 생각이 어찌 보면 가장 중요한 원인이 되는 것이 아닐까 합니다. 내가 하는 생각이 꼬리에 꼬리를 물고 일어나서, 시작은 정말 미미한 것이었는데 생각하는 시간이 지나면서 거대한 폭풍우처럼 싸우게 되기도 합니다.

　누군가와 싸워서 얻는 것도 분명 있을 것입니다. 하지만 시간이 지나면 그것도 언젠가는 사라져 버립니다. 힘들게 싸워 얻었지만, 영원할 수가 없습니다. 그렇게 싸우다 잃어버린 그 사람은 아무리 시간이 지나도 돌아오지 않을 것입니다.

　싸우는 것은 목적이 있기 때문인데 그 목적이 나에게 중요한 것일까요? 그 사람과 완전히 인연을 끊어도 좋을 만한 그러한 가치가 있는 것일까요? 싸움이 시작된 원인이 한 사람의 존재보다 더 중요한 것이었던가요?

　싸움을 하는 이유는 내가 정당하다고 생각하기 때문인데, 이 세상에 100% 정당한 것은 존재하지 않습니다. 본인이 그렇게 생각할 뿐입니다. 양쪽 모두에게 어느 정도의 책임은 분명히 있습니다. 물론 한 쪽이 조금 더 잘못이 있을 수는 있지만, 그 어떤 경우에도 내가 전적으로 옳고 상대가 완전히 옳지 않은 경우는 없습니다.

　만약 내 잘못은 하나도 없고, 상대에게 모두 잘못이 있다고 생각하고 있다면 자신이 옳다고 생각하는 그 확신이 가장 큰 싸움의 이유였을 가능성이 클 것입니다. 자신이 옳다고 생각할수록, 자신에게 잘못이 없다고 말할수록 그 사람의 책임이 더 클 수 있습니다. 왜냐하면 그 모든 것을 제삼자의 입장에서 볼 수 없기에 그런 생각을 하는 것일 수 있기 때문입니다.

　가까운 사람일수록 거리를 두어야 하지 않을까 싶습니다. 오래도록 친했기 때문에 아무리 싸워도 더 멀어지지 않을 것이란 생각은 착각일 뿐입니다. 싸움은 어쨌든 양쪽 모두에게 상처로 남아 치유되기 힘들 수밖에 없을 것입니다. 만약 누군가와 싸우겠다고 생각하면 그 사람과 아예 인연을 끊을 생각을 하고 싸우는 것이 현명할지도 모릅니다. 아니면 아예 싸우지 말고 먼저 인연을 끊어 버리는 것이 나을지 모릅니다. 그렇게 하면 차라리 마음고생이라도 하지 않으니까요.

　싸우고 나서 오랜 시간이 지나면 자기 잘못을 그때 가서야 깨달을 수 있을지도 모릅니다. 그때 가면 후회를 하게 될지도 모릅니다. 후회 안 할 자신이 있다면 말리지 않겠습니다. 하고 싶은 대로 하고, 싸우고 싶은 대로 싸우는 것밖에는 다른 방법이 없으니까요.

그렇게 해서 마음이라도 편해진다면 그런 선택을 해야겠지요. 자신이 지금 생각하는 것이 아무리 옳다고 할지라도 시간이 지나면 자신의 생각에 잘못이 있었다는 것을 알게 될 것입니다.

만약 싸울 것 같다면 아무런 생각도 하지 않거나, 아니면 생각을 아예 멈추어 버리는 것이 현명할지도 모릅니다. 시간이 어느 정도 지나면 차라리 생각을 멈추어 버린 것이 정말 현명했다는 것을 느낄 수 있지 않을까 싶습니다. 생각의 멈춤은 싸움의 원인과 목적을 모두 흡수해 버리는 커다란 힘이 있는 것 같습니다.

64. 태양은 모든 것을 주고 돌려받지 않는다

어제는 비가 내리더니 새벽에 비가 그쳤는지 오늘은 맑은 날입니다. 하늘을 바라보니 구름 한 점 없이 햇볕이 내리쬐고 있었습니다. 주위를 둘러보니 햇볕은 존재하는 모든 것에 있었습니다. 나무건 잔디이건 콘크리트 바닥이건 사람이건 그 모든 것에 햇볕은 있었습니다.

태양은 존재를 가리지 않고 그렇게 모든 것을 비추고 있습니다. 그 존재의 가치나 모습을 따지지 않고 고르게 자신의 에너지를 나누어 주고 있었습니다.

태양은 그렇게 모든 존재를 분별하지 않습니다. 태양은 좋아하는 존재도 싫어하는 존재도 없습니다. 어떤 존재에게 햇볕을 줄지, 어떤 존재에게는 햇볕을 주지 않을지 생각도 하지 않습니다. 그저 존재하는 모든 것에게 자신을 나누어 줄 뿐입니다. 경계도 없이, 구별도 없이 그렇게 자신을 내어주기만 할 뿐입니다.

우리도 주위의 존재를 분별하지 않으면 좋을 것 같습니다. 그렇게 한다면 그 어떤 특정한 대상에게 집착하거나 연연하지 않을 테니까요. 내가 특별히 좋아하는 것에는 모든 것을 주고 그렇지 않은 것에도 아무런 관심을 주지 않으니 나중에 그 특별한 존재로 인해 더욱 커다란 아픔과 힘든 일이 생기는 것인지도 모릅니다.

　태양은 자신을 그렇게 주지만 돌려받는 것은 하나도 없습니다. 지구상의 그 어떤 존재도 태양으로부터 에너지를 받았다고 해서 자신의 에너지를 태양에게 돌려주지는 않습니다. 그것이 당연하다고 생각하는지는 몰라도 태양은 그것에 대해 아무런 불만도 원망도 하지 않습니다.

　우리는 살아가면서 너무 많은 생각을 하는 것 같습니다. 내가 누군가에게 무엇을 했다면 그가 나를 위해 무언가를 해주기를 기대합니다. 그러한 생각이 존재 그 자체에 나 자신을 투입하기 마련입니다. 그러한 투입이 나에게 돌아오지 않으면 우리는 그 사람에게 실망하고 속상해하고 원망하며 불만을 갖게 됩니다.

　만약 그렇더라면 처음부터 그 누구에게 아무것도 해주지 않는 것이 나을지 모릅니다. 아무것도 주지 않았으니 아무것도 받을 일이 없고 그로 인해 속상하거나 마음 아파할 필요가 없을 것입니다.

　그 사람이 나에게서 어떠한 것을 원한다고 해도 그냥 주지 않으면 됩니다. 그 사람에게 내가 무엇인가를 주면 나도 무엇인가를 받아야 좋은데 아무래도 받을 것 같지 않으니 나는 아무것도 주지 않겠다고 말하면 됩니다. 비록 그가 서운하다고 하더라도 내가 주지 않는다고 하여 그 사람이 나에게 해코지나 피해를 입히지는 않을 것입니다.

　그 사람에게 무언가를 주거나 주지 않는 것은 전적으로 나의 선택이기에 그에 따른 결과 또한 나의 책임일 뿐입니다. 주고 나서 후회하느니 차라리 아무것도 주지 않는 것이 서로를 위해 나을 것 같으면 그러한 선택을 하면 됩니다. 너무나 단순하고 명료한 선택인데도 불구하고 그것을 하지 못한다면 그것은 나의 잘못일 뿐입니다.

태양처럼 모든 것을 주고서도 아무것도 돌려받지 않더라고 아무 문제가 없다는 마음으로 줄 수는 없는 것일까요? 내가 주었으니 어떤 형태라도 일부는 돌려받아야 되는 것인가요? 왜 주고 나서 후회를 하고 있는 것인가요? 내가 주었는데 왜 그것에 대해 다른 사람을 원망하는 것인가요? 내가 무언가를 그 사람에게 주었다면 그 순간 아무 생각도 하지 않고 잊어버리는 것이 나을지도 모릅니다. 모든 것을 주고 하나도 돌려받지 않은 채 내일도 모레도 영원히 우리에게 자신의 에너지를 내어주는 태양같이 아무 생각 없이 살아가는 것이 현명한 것이라는 생각이 드는 오늘입니다. 태양은 아직도 그 모든 존재에게 햇볕을 나누어 주고 있습니다.

65. 취하지도 버리지도

　모든 존재는 실체가 없는 것 같습니다. 어떤 것이든 변하기 나름이며 고정되어 있지 않기 때문입니다. 내가 누군가를 좋아하는 마음도 변하는 것 같습니다. 그렇게 좋았었는데, 어느 정도 시간이 지나면 싫어지기도 하고 심지어 미워하고 증오하기도 합니다. 정말 내가 예전에 그렇게 좋아했었던 사실조차 믿어지지 않을 정도로 말입니다. 상대도 마찬가지일 것입니다. 내가 좋아했던 그 사람도 예전에 나를 좋아했고, 지금 내가 그 사람이 싫어졌다면 그 사람 또한 나를 싫어하고 있을 수 있습니다. 이 모든 것은 누구 탓이라고 하기보다는 존재의 본질적 속성이 아닐까 싶습니다. 이 세상에 변하지 않는 것은 없으니까요.

　좋고 싫음은 나의 괴로움의 원인이 될 수 있습니다. 좋은 것이야 문제가 없다고 생각하면 안 됩니다. 그 좋은 것이 나중에 싫은 것으로 변한다면 그것이 훨씬 더 커다란 아픔을 줄 수 있기 때문입니다. 나와 별로 상관없는 사람으로부터 받는 상처는 며칠 지나면 잊어버릴 수 있지만, 내가 진심으로 좋아했던 사람에게 받는 상처는 평생을 갈 수도 있기 때문입니다.

　좋고 싫음에 너무 집착하니 이러한 현상이 생기는 것이라 생각됩니다. 존재 그 자체로 만족해야 하는데 우리는 그렇게 하지 못하고 있는 것이 현실입니다. 내가 좋아하는 사람에게 더 많은 애착을 가지고 있으니 피할 수 없는 것일지도 모릅니다.

내가 상대를 좋아하는 마음이 언젠가는 변할 수 있다는 것, 상대가 나를 좋아하는 마음도 언젠가는 변할 수 있다는 것을 인식해야 하지 않을까 싶습니다.

마음뿐만 아니라 존재 그 자체도 변할 수 있습니다. 예전에 내가 오늘의 내가 아니고, 오늘의 내가 내일의 내가 아닐 수 있기 때문입니다. 그렇게 변하는 존재를 거부한다면 이는 나에게 아픔과 괴로움만 주게 될 수 있습니다.

좋아한다고 해서 취하려 하지 말고, 싫어한다고 해서 버리려 하지 말아야 할 것입니다. 좋고 싫음은 언제든지 변하며 그것이 존재 그 자체의 본성이기에 취하고 버리는 것은 나의 온전한 주관에 따른 존재로부터의 자유를 스스로 잃게 만드는 길이 될지도 모릅니다.

존재로부터의 자유는 그 존재로 인해 나의 마음의 좋고 나쁨을 벗어나는 것이라 생각됩니다. 좋고 나쁨의 경계를 스스로 구별 짓지 말고, 나 스스로 만든 경계에 구속되지 말아야 어떤 존재로부터 속박되지 않는 진정한 내적인 자유를 누릴 수 있지 않을까 싶습니다.

어떤 것을 취하지도 버리지도 않는 것이 진정한 존재로부터의 자유를 얻는 길이기에, 만약 그것이 가능해진다면 나는 내 주위의 어떤 존재로부터도 마음의 아픔과 상처를 입지 않게 될 것이라는 생각이 듭니다.

66. 용서를 어디까지 할 수 있을까요?

　예전에 시카고에 있을 때 5대호 구경을 간 적이 있었습니다. 말이 호수지 사실 바다같이 크고 넓었습니다. 그전에 다른 호수를 구경 간 적은 있었지만, 수평선을 볼 수 있는 호수는 그때가 처음이었습니다. 바다가 아닌 것이 이상할 정도로 정말 끝이 보이지 않는 호수였습니다.
　겨울에 오대호 근처에 어마어마한 폭설이 내리는 이유를 알 수 있을 것 같았습니다. 그 많은 호수의 물이 공중으로 올라가 눈이 되어 내리니 모든 것이 파묻히는 엄청난 양의 눈이 될 수밖에 없을 것입니다. 오대호의 크기가 엄청나기에 그 많은 물을 다 품을 수 있을 것입니다.
　사람의 포용력은 다 다릅니다. 그 포용력의 크기는 바로 사랑의 크기와 비례하는 것이 아닐까 싶습니다. 사랑이란 어떠한 존재를 있는 그대로 받아들이는 것이라는 생각이 듭니다. 나를 우선하지 않고 상대를 우선하기에, 나보다 상대를 좋아하기에, 사랑이라는 단어를 사용할 수 있는 것이겠지요. 내가 누군가를 정말 사랑한다면 그 사람의 모든 것을 인정할 수 있을 것입니다. 그 사람이 잘하는 것뿐만 아니라 잘못하는 것까지 말입니다.

우리는 살아가다 보면 누구나 실수를 할 수 있고 잘못을 할 수도 있습니다. 그러한 실수와 잘못을 반복할 수도 있습니다. 그 사람도 자신이 실수하고 잘못하고 있다는 것을 모르지는 않을 것입니다. 나름대로 자신의 잘못을 고치려 노력하고 있는지도 모릅니다.

대부분의 경우는 그 사람이 실수를 하거나 잘못을 하면 몇 번 정도는 봐줄 수 있고 용서하기도 합니다. 하지만 그러한 것이 반복되면 많은 경우 더 이상 받아주지 않습니다. 참을 만큼 참았으니 더 이상 용서를 하지 않고 관계를 아예 끊어버리기도 합니다.

누구를 용서한다는 것은 그 사람이 나에게 중요하기 때문입니다. 나에게 중요한 사람이 아닐 경우 그 사람이 잘못을 하건 말건 그것조차도 문제가 되지 않으며, 용서라는 단어도 아무런 의미가 없을 것입니다.

우리는 누군가를 어디까지 용서할 수 있는 것일까요? 그것은 아마 그 사람을 어느 정도 사랑하고 있는 것과 무관하지 않을 것입니다. 만약 그 사람을 정말로 사랑한다면 그 사람을 무한히 용서할 수도 있을 것입니다. 왜냐하면 그 사람이 나에게 있어 너무나 소중한 존재이기 때문입니다. 아무리 잘못을 할지언정 그 사람을 영원히 안 보고 살 수 없고, 어렵더라도 힘들더라도 끝까지 용서를 하게 될 것입니다.

만약 누군가가 나를 용서하지 않는다면 그것은 그 사람이 나를 그 정도까지만 사랑했다고 생각하면 될 것입니다. 그 사람의 나에 대한 사랑은 거기까지일 수밖에 없습니다. 그렇다면 그것을 그냥 받아들일 수밖에 없을 것입니다. 사람의 마음을 어떻게 할 수 있는 것은 아니니까요. 나 또한 더 이상 기대를 하지 말아야 합니다.

누군가가 나를 정말 많이 용서한다면 그 사람이 나를 진정으로 많이 사랑하고 있는 것입니다. 그만큼 그 사람은 나에게 없어서는 안 될 소중한 존재일 것입니다. 나를 용서한 만큼 나도 그 사람을 끝까지 사랑해야 할 것입니다. 모든 것을 용서할 수 있는, 영원히 용서할 수 있는 그러한 사랑하는 사람이 있기를 소원합니다.

67. 다른 사람의 단점만 계속 보인다면

오늘은 장마라서 그런지 하루 종일 비가 내리고 있습니다. 구름 많은 하늘이 잔뜩 찌푸려 있습니다. 주말까지 계속 비가 온다는 일기예보도 있었습니다. 이제 7월 말이 다가오니 장마도 곧 끝나겠지요. 그러고 나면 비는 그리 많이 오지 않고 맑은 날씨에 햇볕 많은 날이 계속될 것입니다.

세상에는 일률적인 것은 없는 것 같습니다. 비가 오는 날이 있으면 맑은 날도 있고, 하얀색이 있으면 검은색도 있고, 키가 큰 사람이 있으면 작은 사람도 있고, 바람 부는 날이 있으면 바람 없는 날도 있습니다.

사람도 마찬가지가 아닐까 싶습니다. 누구에게나 장점이 있으면 단점도 있기 마련입니다. 이 세상에 완벽한 사람은 존재하지 않습니다. 단점만 있는 사람도 없습니다.

나에게 만약 어떤 사람의 단점만 계속 보인다면 그것이 정상일까요? 아마 그렇지 않을 것입니다. 그 사람은 단점도 있지만 분명 장점도 있을 것입니다. 나에게 단점만 계속 보이는 사람에게서 내가 그 사람의 장점을 찾을 수 있을지 모르겠습니다. 그렇다면 그나마 다행일 것입니다. 만약 그렇지 않다면 그것은 그 사람의 문제를 넘어 나의 문제가 될 수 있을 것입니다. 왜냐하면 그것은 내가 사람을 객관적으로 볼 수 없다는 증거이기 때문입니다.

어떤 경우 내가 상대하는 사람의 단점이 왜 그리 크게 보이는 것일까요? 우선 그 사람을 별로 좋아하지 않기 때문일 것입니다. 내가 만약 그 사람을 좋아한다면 그 사람의 모든 것이 좋게 보일 것입니다. 하지만 이것은 그리 중요한 것이 아닙니다. 온전히 나의 주관으로 인해 생기는 현상이니까요. 중요한 것은 상대의 단점이 크게 보이는 이유는 나 자신이 객관적이지 않기 때문입니다. 그 사람에 대해 정확하게 알려고 하는 마음도 없고, 그 사람을 오직 나의 입장에서만 파악하는 경향이 강하기 때문일 것입니다.

상대가 물론 단점이 있을 것입니다. 하지만 그 단점 이상의 장점도 있을 것입니다. 문제는 그 모든 것을 정확하게 파악하지 못한 채 오직 나의 눈으로 그 사람의 단점만 크게 확대해서 보는 것입니다.

내 눈에 그 사람의 단점만 계속 보인다면, 그 사람의 단점이 무엇으로 인한 것인지 생각해 본 적이 있는지 스스로 물어봐야 할 것입니다. 그 사람의 장점을 나 스스로 파악하려 노력해 보았는지도 물어볼 필요가 있습니다.

내가 객관적인 안목이 있다면 그 사람의 단점으로 인해 그의 모든 것을 판단하고 결정하지는 않을 것입니다. 만약 그렇게 한다면 내가 더 큰 문제를 안고 있는지도 모릅니다. 그런 경우라면 아마 나는 세상의 모든 것을 나의 주관으로만 보는 사람일 수도 있을 것입니다.

　심각한 것은 내가 그 사람의 계속 보이는 단점으로 인해 잘못된 결정을 하거나, 그 사람을 미워하거나 증오하는 것입니다. 이것은 분명 그 사람이나 나에게 좋지 않은 결과로 나올 수밖에 없습니다. 오직 나의 잘못된 식견으로 인해 모두에게 아픈 상처가 될 수 있기 때문입니다.

　내가 상대하는 사람의 단점이 보인다면 그에게 직접 물어보기 바랍니다. 무슨 이유가 있는 것인지, 어떤 상황에 처해 있기 때문에 그런 것인지, 용기를 가지고 그 사람을 대해야 합니다. 그렇지 않다면 그 사람보다는 나 자신이 더 큰 문제를 갖고 있을 가능성이 더 클 것입니다. 객관적인 상황을 알려고 하지 않는 나의 주관에 대한 커다란 집착이 존재하는 것이니까요. 묻거나 알려고 노력하지 않는 이상 그 사람에 대한 판단을 해서는 안 될 것입니다. 아무런 근거도 없는 잘못된 결정을 스스로 하고 있는 것이니까요.

　내가 상대하고 있는 사람의 단점이 계속 보인다면 그것은 나에게도 분명한 잘못이 있기 때문입니다. 그를 탓하기 전에 나 자신을 돌아보는 것이 우선이 아닐까 싶습니다. 그 사람을 조금이라도 생각한다면 그래야 합니다. 그 사람의 단점만 가지고 확대해서 생각하고 판단하고 결정한다면 나 자신에게 더 큰 문제의 가능성을 먼저 인식해야만 할 필요가 있을 것입니다.

68. 보이지 않는 것들

　45년 넘게 안경을 써오고 있습니다. 군대에서 실거리 사격을 하는데 200m, 250m 표적은 아예 보이지가 않았습니다. 자세히 들여다보고 사격을 하는 바람에 안경을 깨뜨린 적도 있었습니다. 하지만 아무리 들여다봐도 보이지 않는 것은 볼 수가 없었습니다.

　나이아가라 폭포를 지나 국경을 넘어 토론토를 향해 간 적이 있었습니다. 퀸 엘리자베스 고속도로는 정말 넓고 큰 도로였습니다. 갑자기 폭우가 쏟아지기 시작하더니 앞에 가던 차가 보이지 않았습니다. 점점 폭우가 강해지더니 이제 아예 그 넓고 커다란 길마저 보이지 않았습니다. 길이 보이지 않으니 모든 차들은 그냥 그 자리에 선 채로 전혀 앞으로 갈 생각을 하지 않고 정지해 버렸습니다. 저도 당연히 그 폭우 속에서 다른 차들과 같이 아무것도 하지 못한 채 그 자리에서 비가 멈추기를 기다리기만 했습니다.

　보이지 않는 것들은 보려고 해도 볼 수가 없습니다. 하지만 중요한 것은 보이지 않는 것들이 있다는 사실을 인식하는 것입니다. 그것만 인식을 해도 큰 오류를 피할 방법은 생깁니다. 제가 만약 폭우가 쏟아지는 퀸 엘리자베스 도로를 보이지 않는데도 불구하고 마구 달렸다면 어떻게 되었을까요? 어디가 길인지, 길이 아닌지도 모른 상태로, 앞에 차가 있는지 뒤에 차가 따라오는지도 모르는 상황에서 그냥 달렸다면 어떤 일이 생겼을까요?

내가 볼 수 없는 것은 무한정 많이 존재합니다. 내가 알 수 없는 것도 마찬가지입니다. 보이지 않는데 보이는 것처럼, 알지도 못하는 데 아는 것처럼 살아간다면 정말 문제가 될 수밖에 없을 것입니다.

내가 아는 것이 전부가 아니라는 사실, 내가 확신하고 있는 것도 잘못이 있을 수 있다는 사실, 내가 보고 있는 것도 그 이면에는 보이지 않는 것들이 존재하고 있다는 사실을 인식하는 것이 어쩌면 커다란 오류를 범할 확률을 줄일 수 있는 길이 아닐까 싶습니다.

저와 같이 군대에서 사격을 했던 친구들 중의 한 명은 200m, 250m 실거리 사격에서도 거의 명중을 할 수 있었습니다. 그 친구는 당연히 일등 사수가 되었고, 아마 나중에 사격을 잘했기 때문에 특별 휴가도 받았을 것입니다. 그는 당연히 안경을 쓰지 않았고, 시력도 정말 좋았기에 그 먼 실거리 사격의 표적지가 너무나 잘 보였을 것입니다.

보이지 않은 것을 볼 수 없다는 것이 문제가 되지는 않습니다. 그것은 나의 한계를 넘는 것이니까요. 하지만 중요한 것은 보이지 않는 것이 있다는 사실을 모른 채 본인이 볼 수 있는 것만으로도 모든 것을 확정해 버리는 것입니다. 자신이 볼 수 있는 세상, 자신이 알고 있는 세상이 전부라는 생각으로 다른 어떤 가능성도 배제한 채 모든 판단과 결정을 해버리는 것이 심각한 문제를 야기하게 될 수 있습니다.

　여러 사람들과 이런저런 이야기를 많이 합니다. 자신의 주장이 강한 사람들을 많이 보게 됩니다. 자신감을 가지고 자신이 생각하는 것에 확신하는 것이 멋있어 보이기도 합니다. 하지만 그 모습에서 자신의 세상에 갇혀 살고 있다는 생각이 들기도 합니다. 다른 생각을 받아들이지 못할수록 보이지 않는 것이 존재한다는 사실을 모르는 것은 아닐까 하는 생각이 들기도 합니다.

　보이지 않는 것들을 볼 수는 없지만 가까이 가면 볼 수 있을 것입니다. 그렇게 될 수 있도록 노력을 해야 하겠지요. 지금 모르고 있는 것도 나중에는 알게 될 것입니다. 그때가 올 때까지 섣불리 판단과 결정을 보류하기만 해도 커다란 오류를 범하지는 않을 수 있습니다. 내가 지금 알고 있는 것들 중 일부는 예전에 몰랐던 것이었고, 내가 지금 모르고 있는 것을 나중에는 알게 될 것으로 생각됩니다. 더욱 노력한다면 그런 날을 앞당길 수도 있겠지요. 하지만 지금 상태에서 보이는 것만으로 모든 것을 결정할 필요는 없을 것입니다.

69. 그냥 믿어주기 바랍니다

　미국이나 유럽에 갈 때 탔던 비행기는 제주도 가는 비행기보다 훨씬 컸습니다. 그 커다란 비행기가 하늘 높이 올라갑니다. 지상에서 수천 미터 높이에서 거의 시속 1,000km/h 정도로 날아갔습니다. 옆에 있는 창밖으로 구름을 바라보고 고개를 조금 들어 밑을 보기도 합니다. 지상에 있는 건물, 산이나 들이 장난감처럼 보였습니다. 그 비행기 안에서 식사도 하고 책도 보고 영화도 보다가 잠시 잠을 자기도 했습니다. 그 높은 상공에서 자동차보다 10배가 빨리 날아가는 비행기 안에서 나는 무엇을 믿고 편안한 마음으로 그런 것들을 했던 것일까요? 비행기가 날아가다가 갑자기 추락할 것이라는 생각은 별로 하지 않았던 것 같습니다.

　믿는다는 것은 어떤 조건이 필요한 것이 아닙니다. 그 사람을 믿는다면 끝까지 믿어야 합니다. 어떤 일이 일어나도 오해하지 않고, 자신의 입장에서 생각하지 말고, 그 사람의 처지에서 생각을 하려고 노력해야 하며, 이 생각 저 생각이 나도 그 생각의 꼬리를 따라가지 말아야 합니다.

　겨울 호수에 얼음이 얼었습니다. 단단하다고 생각했던 얼음이지만, 금이 가기 시작하면 그 얼음이 깨지는 것은 시간문제입니다. 금이 간 얼음 위를 걷다 보면 어느 순간 그 단단했던 얼음이 깨져 호수에 빠질지 알 수가 없습니다.

누군가를 끝까지 믿는다는 것은 쉽지 않은 것이 사실입니다. 쉽지 않기에 끝까지 믿어야 할 필요가 있습니다. 한번 깨지기 시작한 신뢰는 어느 순간 모두 무너져 내릴지 알 수가 없습니다. 아무리 좋았던 관계도, 함께 했던 그 오랜 시간도 한순간에 날아가 버릴 것입니다. 잠시 불신했던 그 순간이 그 오래도록 믿어왔던 시간에 비하면 정말 찰나에 불과할지 모릅니다. 하지만 우리들은 가끔씩 그 찰나적 순간의 불신을 더 믿어 버리기도 합니다.

누구를 믿지 못한다는 것은 나의 문제일 뿐 그 사람의 문제가 아닙니다. 그 사람에게 피치 못할 사정이 있었는지, 나에게 문제가 있어서 그 사람이 그렇게 행동을 했는지, 내가 모르는 다른 일들은 없었는지 알아야 합니다. 만약 그렇지 못하다면 그 찰나적 순간의 판단이 오판이 될 가능성이 있습니다.

다른 사람은 믿으면서 왜 오래도록 가까이했던 사람을 믿지 못하는 것일까요? 그 사람을 너무 쉽게 생각하는 것은 아닐까요? 그 사람을 그냥 믿어주는 것이 그렇게 힘든 것일까요? 비행기는 그렇게 마음 놓고 타면서 왜 사람을 믿지 못하는 것일까요?

내가 생각하는 것과 다르다고 해도 믿어야 할 필요가 있고, 내가 바라는 것과 다르다고 해도 믿어야 하고, 내게 보이지 않는 것이 있기에 더욱 믿어야 하는 것이 아닐까 싶습니다.

믿으려면 끝까지 그냥 믿어주기 바랍니다. 내 생각을 떠나서, 나의 지식을 떠나서 말입니다. 내가 생각하는 것이 옳지 않을 수 있고, 내가 알고 있는 것이 전부가 아닐 수 있기에, 그것만으로 판단하지 말고 내가 모르는 다른 것들이 있을 수 있다는 생각으로 그냥 믿었으면 좋겠습니다.

아무 생각 없이 그냥 믿고 비행기를 타면 도착할 때까지 편안한 마음으로 여행을 할 수 있습니다. 하지만 내가 타고 있는 비행기가 고장이 나지 않을까, 거센 제트기류를 만나서 사고가 나지는 않을까, 비행기 엔진이 중간에 멈추는 것은 아닐까, 그런 고민을 하기 시작하면 비행기를 타고 나서 내릴 때까지 불안해서 결코 편한 마음으로 여행을 할 수가 없을 것입니다. 결국 아무런 일도 일어나지 않았는데 처음부터 마지막까지 불안한 마음으로 편할 수 있는 그 시간을 전부 써버리고 만 것입니다.

물론 비행기도 사고가 날 확률이 없는 것은 아닙니다. 하지만 자신이 탄 비행기를 그 정도도 믿지 못하겠다면 차라리 아예 그 비행기를 타지 않는 것이 낫습니다. 편하게 집에서 하고 싶은 것이나 하면 되지, 굳이 힘들게 그런 비행기를 탈 이유가 없지 않을까 싶습니다.

내가 그 사람을 믿었기에 그 사람도 나를 믿을 것입니다. 내가 믿지 않는데 그 사람이 나를 믿을 이유가 없습니다. 내가 그 사람을 믿어준다면 그 사람은 나를 위해 할 수 있는 것이 많을 것입니다. 왜냐하면 그는 내가 그 사람의 존재 가치를 알아준다는 것을 인식하고 있으니까요.

70. 무게를 견딜 수 있습니다

나의 한계에 다다랐을 때 느꼈던 좌절감이 삶의 무게와 비례하는 사실을 깨달았습니다. 내가 어쩌지 못하는 것들이 아픔과 슬픔으로 다가오는 현실이 삶에 대한 받아들임으로 이어져 온 것 같습니다.

물론 그러한 것들이 나를 성숙시키기는 하지만, 그래도 마음은 아쉽고 안타까울 수밖에 없습니다. 소망하는 것들이 철저히 무시되는 운명의 외면은 삶에 대한 애착마저 빼앗아 가는 것인지도 모릅니다.

하지만 그래도 살아가야 하는 것이 인생이기에, 그 자리에 주저앉고 싶지 않고 아직 남아있는 시간이 있기에 삶에 대한 미련마저 버릴 수는 없었습니다.

더 좋은 날이 올지는 모르나, 더 나쁜 날이 오지는 않을 것이라는 생각이 드는 이유는 무엇 때문일까요? 겪을 만큼 다 겪었기 때문일 것일까요? 아니면 또 다른 새로운 어려움이 와도 이제는 마음마저 담담해지기 때문인 것일까요?

믿었던 것들이 그렇게 사라져 버리고, 이제는 더 이상 아무것도 남아있지 않음을 알기에 얻을 것도 없고 잃을 것도 없다는 현실이 눈에 보이기 때문인 걸까요?

스스로 마음의 편안함을 가져올 수 있다는 것과 생각의 흐름을 끊을 수 있다는 것이 그나마 외롭고 힘들었던 순간들이 지나간 후의 결과물일지도 모릅니다.

모든 것은 나의 마음에 달려 있다는 것을 이제는 압니다. 나의 주위가 어떻게 변하더라도 나의 마음의 세계로 인해 살아갈 수 있는 것이 아닌가 싶습니다. 그 세계에서 나 스스로라도 위로를 할 수 있기에 그나마 삶의 무게를 견디고 있는지도 모른다는 생각이 듭니다.

이제는 그 무게를 스스로 가볍게 만들어 보려고 합니다. 절대적인 무게인 것인지, 상대적인 것인지 생각해 보니, 절대적인 것은 없는 것 같다는 생각이 들었기 때문입니다. 스스로 그 무게를 조절할 수 있다는 가능성이 그나마 이제는 그리 힘들지 않을 것이라는 조그만 희망을 던져주는 것이 사실입니다. 그렇게 조금씩 줄이다 보면 삶의 무게와 상관없이 살아갈 수 있는 날도 오리라 생각됩니다.

71. 삶에 자유를 주고 싶을 뿐입니다

바람이 어디서 불어와서 어디로 가는지 알고 싶었습니다. 주위를 둘러보니 나뭇잎들이 흔들립니다. 저 나뭇잎들을 보면 바람의 방향을 알 수 있을 듯했습니다. 나뭇잎을 한동안 바라보니 나뭇잎의 흔들리는 방향은 수시로 바뀌고 있었습니다. 바람도 수시로 바뀐다는 뜻이겠지요.

나의 삶이 어디로 가는지 알고 싶었습니다. 아니 그 앎의 차원을 넘어 나의 뜻대로 삶을 이끌어가고자 했습니다. 하지만 돌이켜 보니 나의 원대로, 내가 목표한 대로 이룬 것도 있으나 그렇지 못한 것들도 많음을 알게 되었습니다. 내가 아무리 노력한다고 하더라도 가능하지 않은 것들이, 나에게 허락되지 않는 것들이, 그 이유도 모른 채 적지 않다는 것을 깨닫게 되었습니다.

노력만 한다면, 최선을 다한다면, 모두 할 수 있을 것이라 생각하고 믿었습니다. 내가 아는 바대로, 내가 소원하는 바대로 어느 정도는 삶이 방향이 그렇게 가게 될 줄 알았습니다. 하지만 나의 지식은 그저 바닷가 백사장의 모래 한 줌 정도밖에 되지 않았음을 미처 몰랐습니다. 그 한 줌을 부여잡고 그것이 세상의 전부라고 착각했다는 사실에 고개를 떨굴 수밖에 없었습니다.

쥐고 있던 한 줌의 모래를 손바닥을 펼쳐 모두 내려놓았습니다. 백사장으로 떨어지는 한 줌의 모래를 보며 나의 영혼은 모래바람 휘몰아치는 사막 같다는 생각이 들었습니다. 이제 그 모래바람이 잠잠하기를 기다려 맑은 영혼을 되찾고 싶었습니다. 아침의 신선한 대기를 마시듯, 생기 없던 사막의 땡볕을 몰아내고 싶다는 생각이 들었습니다. 그렇지 않다면 저 사막의 뜨거운 모래바람에 지쳐 쓰러질 것 같았습니다.

이제는 바람이 어디서 불어와 어디로 가는지 관심을 갖지 않습니다. 어떤 바람이 불건, 그 바람이 어디서 불어오건, 어디로 가건 그 바람을 타고 따라가고 싶을 뿐입니다. 기류를 타고 하늘 높이 날아가는 새처럼, 바람에 흩날리는 낙엽처럼, 바람에 나의 영혼을 맡길 뿐입니다.

나의 뜻은 이제 무의미하다는 것을 너무나 잘 압니다. 그저 바람에 나의 마음을 실어 저 바람과 함께 하려 합니다. 바람의 자유가 이제 나의 것이 되기를 바라며 나의 삶에 자유를 주고 싶을 뿐입니다.

72. 웃으며 산다고 손해 볼 것은 없겠지요

　언젠가부터 꽃을 바라보기 시작했습니다. 아파트 단지 내에 있
는 꽃도 지나가다 한 번씩 보고, 길에 가다가 심어진 꽃을 보기
도 했습니다. 예전에는 꽃의 존재를 몰랐습니다. 있어도 눈에 들
어오지 않았습니다. 저의 마음의 눈에 꽃이 보인 것은 그리 오래
되지 않습니다.
　언제 어느 곳에서나 꽃을 바라보아도 그 꽃이 어떤 꽃이건 상
관없이 싫지가 않습니다. 꽃은 변함없이 나를 향해 웃고 있는 것
같습니다. 나에게 싫은 표정 하나 없이 그 자리에서 꽃을 바라보
는 나를 향해 항상 웃고 있습니다.
　꽃도 피기 위해서는 많은 것이 필요했을 것입니다. 하지만 일
년 중 꽃이 피는 시기는 정해져 있고, 그 기간도 아주 짧은 편입
니다. 활짝 나에게 웃음을 안겨주고 어느덧 시간이 지나면 시들
어 버리고 맙니다. 힘들게 피었건만 오래가지 못한 채 생을 마감
합니다. 그렇게 힘들게 피었건만 왜 그리 짧은 시간만 존재하고
마는 것일까요?
　나에게 함박웃음 안겨주고 자신은 그리도 빨리 사라지고 마는
것에 마음이 아플 뿐입니다. 꽃도 그 짧은 시간 존재하기 위해

많은 일들이 있었을 것이고, 잠시 피었다가 사라지지만 피어 있는 동안은 웃고만 있습니다. 그래서 내가 언젠가부터 꽃이 좋아지기 시작했는가 봅니다.

예전에 저는 잘 웃지 않았습니다. 웃을 수 있는 일도 없었고, 그럴 시간도 없었습니다. 햇빛을 바라볼 시간도 하늘에 떠가는 구름을 볼 시간도 없었습니다. 내가 웃지 않았기에 나의 주위에 있는 사람들에게 웃음을 선사하지 못했습니다. 그게 가슴이 아플 뿐입니다. 나는 왜 나의 주위 사람들에게 웃음을 선사하지 못했을까요? 나는 왜 살아오면서 그리 많이 웃지 않았을까요?

문제는 문제라고 생각하기에 문제일 수밖에 없습니다. 그것이 문제라고 인식하지 않으면 아무것도 아닙니다. 어쩌면 아무것도 아닌 것을 문제라고 생각한 것이 문제였습니다. 별것도 아닌 것을 가지고 왜 그리 고민하고 근심을 하며 걱정으로 밤잠도 이루지 못했던 것일까요? 나의 주위에 일어나는 일들을 다 문제라고 생각하니 저는 웃을 수 없었습니다. 괜히 심각하게 고민하고 안달하며 조급해하다 보니 그것이 아예 습관이 되어서 문제가 아닌 것도 문제로 인식했던 것입니다. 그것이 저의 웃음을 빼앗아 가버리고 말았던 것입니다.

많은 것을 받아들이지 못했기에 그러한 것들이 고통으로 다가왔습니다. 그냥 받아들였으면 아무런 고통이나 아픔이 아니었던 것을 나의 기준에 맞지 않다고 생각하기에 그 아무것도 아닌 것들에 의해 나의 마음이 무겁고 힘겨웠던 것입니다. 그냥 그러려니 해 버리면 그동안 겪었던 고통이나 어려움들이 전부 아무것도 아니었을 텐데 나는 왜 그리도 그 많은 것들을 나 자신의 울타리 안에서 해결하려 했던 것일까요? 저의 마음이 더 넓었더라면 그러한 것들이 다 그냥 지나갈 수 있었을 것을 그러지 못했기에 나는 웃지 못했던 것 같습니다.

모든 사람들은 어쩌면 전부 외로운지도 모릅니다. 그들의 외로움을 볼 수 있는 나의 영혼의 눈이 없었기에 나는 그들을 나의 기준으로만 판단해 버려 그들에게 웃음을 주지 못했던 것입니다. 나의 기준이 옳지 않았을 텐데 나는 왜 그다지도 나의 기준을 고집했던 것일까요? 이해하려는 노력도 하지 못했고, 받아들이지도 못하니 나의 미소가 사라졌던 것이었습니다.

아주 어릴 때를 생각해 보면 저도 많이 웃고 지냈던 것 같습니다. 하지만 어느 순간부터 나에게 아픔을 주는 사람들이 생겼고, 그들이 무서웠고 가까이할 수가 없었기에 나도 모르는 사이에 나만의 방어벽이 생겨버려 그로 인해 나의 웃음이 사라져 갔던 것 같습니다. 그러한 방어벽이 나의 얼굴에서 모든 웃음을 다 빼앗아 가버린 것 같기도 합니다. 그로 인해 나의 영혼의 눈이 어두워지기 시작했고, 그래서 나의 기준이 확고해졌는지도 모릅니다. 하지만 이제는 나의 영혼의 눈을 다시 떠야 할 때가 되었고, 나의 기준을 아예 없애 버려야 할 때가 왔다고 생각합니다.

이제는 예쁜 꽃처럼 웃으며 살아가려 합니다. 웃으며 산다고 해서 손해 볼 것은 하나도 없으니까요. 나에게 어떤 일이 다가와도 꽃들이 그러는 것처럼 그냥 웃으려 합니다. 그러한 웃음이 나에게 행복을 준다는 것을 이제는 잘 압니다. 내가 웃어야 나의 주위 사람들도 웃을 수 있다는 것을 알았습니다. 일 년 중 그 많은 수고를 하고 난 후 단 며칠 동안만 피는 꽃들도 그냥 그렇게 웃고 지는데, 제가 왜 그것을 못하겠습니까? 그렇게 힘들지 않을 것입니다.

꽃처럼 웃으며 사는 사람들이 많았으면 좋겠습니다. 과거에 좋지 않았던 것들도 모두 잊어버리고, 아팠던 것도 기억하지 말고, 힘들었던 것도 없었던 것처럼 생각하며 그렇게 웃으며 살았으면 좋겠습니다. 이제 저도 꽃처럼 웃으며 살아가려 합니다.

73. 세상은 공평하지 않습니다

　니체의 "모든 인간은 기본적으로 권력에의 의지를 가지고 있어 이를 바탕으로 행동한다."라는 주장에 어떤 이들은 비판하지만, 그의 인간 내면에의 탐구는 박수받기에 마땅합니다.

　약육강식의 원리는 동물의 세계에서만 적용되는 것은 아닙니다. 당연히 인간의 세계에서도 그 원리는 적용되어 왔습니다. 역사적으로 볼 때 인간에게 있어 힘 있는 자는 많은 것을 얻었고 힘없는 자는 굴욕적으로 살아야 했습니다.

　태양의 강렬한 햇빛이 내리쪼이는 한 여름, 어떤 노동도 하지 않고 금수저를 물고 태어났다는 이유로 가만히 있어도 경제적인 걱정 없이 살아가는 사람이 있는가 하면, 땀을 비 오듯 흘리면서 땡볕에서 힘든 일을 해도 하루 먹고 살아가는 것이 힘에 부치는 사람들도 수없이 많습니다.

　세상은 공평한 것이 아닙니다. 정의롭지도 않습니다. 공정한 사회도 아닙니다. 노력한 만큼 돌아오는 것도 아닙니다. 이것은 부인할 수 없는 슬픈 현실입니다.

　영원한 약자로 살 수는 없습니다. 아무런 것도 하지 못한 채 강한 자에게 당하고만 있을 수는 없습니다. 힘을 길러야 합니다.

내가 무시당하지 않고 존중받지 못하는 한 나의 존재는 참담할 수밖에 없습니다. 그러기에 강한 자가 되려고 노력해야 합니다.

하지만 단순한 강자가 되지는 말아야 합니다. 만약 그렇게 된다면 내가 당한 것만큼 내가 다른 사람들을 그렇게 만들 수가 있습니다. 나와 같은 약자를 내가 만들게 되는 것입니다. 그러기에 진정한 강자가 되어야 합니다. 약자에게 함부로 하지 않고 그를 배려할 줄 아는 그러한 강자가 되어야 합니다.

강자는 싸우지 않습니다. 그의 마음에는 항상 약자가 존재하기 때문입니다. 어쩌다 강자가 된 사람은 자신이 가지고 있는 것을 확신하여 상대를 굴복시킬 수 있다는 자신감으로 싸움을 시작하여 약자를 짓밟습니다. 하지만 그의 앞길이 결코 순탄치 않음을 인식하지 못합니다. 자아도취에 빠진 결과며 오만의 극치입니다.

약자도 강자를 이기려 하는 것보다는 자신부터 이겨나가야 합니다. 자신의 현재의 상태를 개선하려는 의지가 없는 자는 약자에서 벗어날 수가 없기에 영원히 강자에게 굴욕을 당하며 살 수밖에 없습니다. 나 자신을 이겨야 진정한 강자로 나아갈 수 있습니다. 강한 자를 비판할 시간이 있다면 나 자신이 스스로 강한 자가 되기 위해 노력해야 합니다.

나 자신이 나를 넘어서는 순간 강자의 길로 들어설 수 있습니다. 진정한 약자는 현재에 안주하는 자입니다. 자신의 모든 것을 걸고 도전해야 합니다. 아무것도 하지 않는 이상 아무것도 이룰 수 없습니다. 내가 시도하는 모든 것이 성공을 보장하지도 않습니다. 하지만 많은 것을 노력하다 보면 그중에 하나는 나의 힘이 되어줄 수 있는 기반이 될 수 있습니다.

모든 것이 공평하고 공정한 사회를 만든다는 것, 강자와 약지가 함께 공존할 수 있는 것을 바라는 것은 헛된 망상에 불과합니다. 그런 일은 인류가 멸망하는 날까지 도래하지 않습니다. 그런 사회를 꿈꾸며 그것이 현실 가능하도록 노력하는 것이 중요는 하겠지만, 어느 정도까지만 가능할 뿐입니다. 완전한 그런 사회의 도래를 생각하는 것은 지극히 유아기적 사고에 불과합니다. 인간 자체가 완전하지 않다는 것을 잊었기에 그러한 것을 바라고 있는 것인지도 모릅니다.

차라리 진정한 강자로의 길을 권장하고, 약자에서 벗어날 수 있는 방법을 제시라도 한다면, 솔직하게 인간의 참모습을 지적한 니체처럼 박수라도 받을 수 있습니다.

힘들고 어렵고 자존심 밟혀가며 나를 주장하지도 못했던 힘든 상태에서 살아왔던 그 순간들이 언젠가는 추억의 순간이 되는 날이 곧 올 것입니다. 그렇게 어제를 살아왔고, 더 나은 내일을 위해 오늘을 살아가고 있기에 햇살처럼 밝고 환한 날들이 곧 오리라 믿습니다.

바라건대 약자를 배려해 주는 진정한 강자가 많은 사회, 스스로를 약자에서 벗어나려고 노력하는 사람들이 많은 사회, 우리 사회가 그러한 사회로 거듭날 수 있기를 희망해 봅니다.

74. 왜 조금도 양보하지 않았습니까?

모든 사람은 자신의 입장이 있기 마련입니다. 자신이 생각했던 것, 자기가 계획했던 것, 자신이 좋아하는 것을 하고자 합니다. 하지만 많은 경우 생각했던 대로, 계획했던 대로, 좋아하는 것을 하지 못하게 되는 경우가 생깁니다. 왜냐하면, 각자의 입장이 모두 다르기 때문이기에 이는 어쩔 수 없는 상황일 것입니다.

이 어쩔 수 없는 상황에서 자신의 견해를 고수한다면 얻는 것보다 잃는 것이 더 많을 수밖에 없습니다. 상대의 입장을 조금이라도 생각한다면 자신의 태도를 고집하지 않을 수 있는데, 그렇게 하지 못하기 때문에 어떤 상황이건 자기가 하고자 하는 대로만 하게 됩니다. 결국, 상대와의 좋은 관계는 그렇게 조금씩 허물어질 수밖에 없게 됩니다.

서로의 입장이 다른 상황에서 조금이라도 상대의 상황에 대해 생각해 본 적이 있는지 모르겠습니다. 그저 그 사람의 입장을 전혀 고려하지 않은 채 자신만의 입장만을 고수한 것은 아닌지 모르겠습니다. 그 사람을 조금이라도 생각했다면 그 사람의 처지를 이해하려고 노력하였을 것입니다. 무슨 일이 그에게 일어났는지, 말하지 못할 상황에 처한 것은 아닌지 알아보려고 노력하였을 것입니다. 만약 그렇지 못했다면 이는 그를 그리 많이 생각하지 않는다는 것이고, 내가 그를 많이 생각하지 않는다면, 그 또한 나를 많이 생각하지 않을 것은 너무나 당연합니다.

조금 양보하는 것이 그렇게 어려운 것이었던가요? 자신이 생각하는 것이 얼마나 중요하기에 자신의 처지만을 고집한 채 상대에게 하나도 양보할 생각을 하지 않은 것인가요? 상대가 일부러 그렇게 하지 않는 이상, 상대는 어떤 사정이 분명히 있었을 텐데, 왜 조금도 양보할 마음을 가지지 않았는지요?

그 조그마한 것을 양보하지 않으려는 마음을 상대도 잘 알았을 것입니다. 그로 인해 그 또한 나에 대한 마음을 서서히 접어가기 마련입니다. 그렇게 조금씩 어긋나게 되고, 그러다 결국 영원히 그 사람의 얼굴을 볼 기회가 사라져 버리겠지요.

시간이 지나 돌이켜 보면 별것도 아닌 것을 양보하지 않은 것에 대해 후회할지도 모릅니다. 하지만 후회라는 단어는 우리의 삶에 아무런 의미가 없습니다. 이미 모든 것이 끝난 후에 사용하는 언어이기 때문입니다.

요즘엔 양보도 훈련을 할 수 있고, 습관처럼 되어 갈 수 있다는 생각이 듭니다. 자신의 처지를 고집하다 보면 그러한 것들이 몸에 배듯, 조금씩 양보하는 것도 점점 몸에 배어 가는 것 같습니다. 자아가 강하다고 해서, 자존심이 강하다고 해서 양보를 하지 못하는 것도 아닙니다. 마음이 문제일 뿐입니다. 조그마한 양보도 없다면 다른 사람과 좋은 관계가 오래간다는 것은 불가능할 것입니다. 누구나 피치 못할 사정이 있으니까요. 그렇게 그 사람과는 인연이 끝나갈 수밖에 없을 것입니다. 조그만 양보 하나가 인연의 마침표를 찍게 할지도 모를 일입니다.

75. 세상은 격투기장이 아닙니다

이 세상에 싸움 한번 하지 않고 살아가는 사람이 있을까요?
아마 예수님이나 부처님이면 모를까 그 외 모든 사람들은 평생을
살면서 여러 사람들과 끊임없이 싸우며 살아가고 있는 듯합니다.
문제는 그 싸움으로 인해 지치고 힘들면서도 멈추지 못한다는 것
에 있습니다.

싸움에는 승자와 패자가 있기 마련입니다. 이겼다고 해도 승리
의 기쁨을 누릴지 모르나 그것은 잠시뿐입니다. 패했다고 해서
속상할지 모르나 그것도 잠시일 뿐입니다. 승자는 승자로서 감당
해야 할 것이 있고, 패자는 패자로서 감당해야 할 것이 있습니
다. 승자가 감당하는 것이 오직 달콤하고 환희에 가득 찬 것만은
아닙니다. 자신이 모르는 어쩌면 싸울 때보다 감당하기 힘든 그
러한 것이 나중에 나타날지 모릅니다. 누군가에게 눈물을 흘리게
했으니 언젠가는 그 눈물이 배가 되어 돌아올지도 모릅니다. 패
자 또한 단순히 패했다는 것 이상으로 감당해야 할 것이 있을
것입니다. 더욱 힘든 시간들이 그에게 기다리고 있을지도 모릅니
다.

요즘엔 싸움 그 자체가 아무런 의미가 없다는 생각이 듭니다.

피할 수 없는 싸움일지라도 이기건 패하건 그것은 정말 하찮은 결과밖에 되지 않음을 느낍니다. 이겨도 별것 없고 패해도 별것 없다는 생각이 드는 이유는 무엇 때문일까요?

아마 그것은 이 세상이 싸움을 위해 존재하는 그러한 곳이 아니라는 것을 알게 되었기 때문인지도 모릅니다. 누군가가 나에게 싸움을 걸어오면 일단 피하고 싶을 뿐입니다. 그래도 억지로 싸워야 할 형편이라면 그냥 얼른 그것이 끝나기를 바랄 뿐입니다. 이기고 지는 것에 사실 관심도 없습니다. 져도 그만 이겨도 그만이라는 생각이 듭니다. 차라리 져주고 빨리 그러한 순간에서 벗어나고픈 생각이 들기만 합니다.

그렇게 빨리 싸움을 끝내고 다른 일을 하고 싶은 마음뿐입니다. 패했기 때문에 감당해야 할 일이라면 어서 속히 그 일을 마무리하고 내가 하고 싶은 일에 집중을 하고자 합니다. 이제는 정말 승패가 나에게 아무런 의미가 없음을 가슴 깊이 깨달았기 때문입니다. 아마 나하고 싸우는 사람은 기분이 좋을지도 모르겠습니다. 거의 이길 확률이 높을 테니까요. 하지만 이제 그 모든 싸움을 피하고 싶을 뿐입니다. 비겁하다는 소리를 들어도 괜찮고, 겁쟁이라는 소리를 들어도 괜찮고, 바보라는 소리를 들어도 괜찮습니다. 싸움에서 패해 모든 것을 잃는다 해도 상관없습니다. 내가 가지고 있는 것을 다 가져가라고 그냥 내어주겠습니다. 그리고 나에게 싸움을 걸어온 사람은 평생 다시 만나지 않으려 합니다. 더 이상 나에게 소중한 사람이 아니기 때문이며, 이제 나는 그 사람을 위해 어떠한 것도 해줄 의무도 없으며 그런 마음도 없기 때문입니다.

이제는 마음 편하게 싸움 자체가 없는 그러한 곳에서 싸움 자체를 모르는 사람과 더불어 지낼 생각입니다. 물론 그런 사람이 많지 않다는 것을 압니다. 하지만 많은 사람과 꼭 어울릴 필요는 없습니다. 진정으로 소중한 사람 몇 명만으로도 충분하다는 것을 잘 알기 때문입니다.

아마 나에게는 싸울 수 있는 능력이나 힘이 남아있지 않은 듯합니다. 아니면 그냥 모든 것을 받아들이고 있는 그대로 물이 흘러가듯 힘없이 살아가야 할지도 모릅니다. 하지만 그러한 것에 이제는 만족합니다. 싸워서 얻을 것도 없고, 이긴다고 해도 기뻐할 것 같지도 않고, 패했다고 해서 슬프지도 않을 것 같습니다.

세상이 격투기장이 아니라는 사실을 깨달았습니다. 깨끗한 물이 흘러가듯, 편안한 마음으로, 마음을 내려놓고 살아가야 하는 것이 세상이라는 것을 알게 되었습니다. 이제는 그러한 삶의 길이 나의 길이 되기를 바랄 뿐입니다. 내가 싸움을 걸 일도 없고, 누가 싸움을 걸어와도 그것에 반응도 하지 않을 생각입니다. 그로 인해 내가 가지고 있는 것을 많이 잃는다 해도 상관하지 않으렵니다. 어차피 나는 이 세상에 왔을 때 아무것도 가지고 오지 않았고, 이 세상을 떠날 때 아무것도 가지고 갈 수 없기 때문입니다. 이제 격투기장이 아닌 고요한 숲속 같은 곳이 제가 살아가는 세상이 되어야 할 것 같다는 생각을 합니다.

76. 좋은 날이 많았으면 좋겠습니다

우리는 살아가면서 왜 이리 많은 일을 겪어야 하는 것일까요? 좋은 일이야 아무런 문제가 없지만, 원하지 않은 일도, 좋지 않은 일도 우리에게는 너무 많이 생기는 것은 어쩔 수 없나 봅니다.

좋은 날들로만 우리의 인생이 채워지면 좋을 텐데, 지구상의 그 누구도 그런 경우는 없을 것입니다. 문제는 감당할 정도의 어려운 일은 괜찮겠지만, 감당하기 힘든 일을 겪게 되는 경우에는 정말 절망적이 아닐 수 없습니다. 그것이 너무 버거워서 그 무게를 버티지 못하는 경우도 있으니까요. 감당하지 못할 일은 없다고 말하는 사람들도 있지만, 그것은 그들이 진정으로 어렵고 고통스러운 것을 경험하지 않았기에 하는 말이 아닌가 싶습니다. 그렇지 않으면, 그러한 것들을 다 겪고 나서 되돌아보면서 하는 말일 것입니다.

그래도 우리에게 내일이 있다는 사실은 다소 희망적인 것 같습니다. 힘든 일이 언젠가는 끝나고 좋은 일도 살다 보면 생길 수 있다는 그러한 소망이라도 가질 수 있으니까요. 물론 내일이 무조건 우리에게 주어지는 것도 아니고, 내일이 오지 않을 수도 있기는 하지만 말입니다.

정말 오늘을 버티고 나면 내일에는 좋은 일이 생길까요? 그동안의 세월이 이를 증명하기는 하는 걸까요? 그래도 어차피 내일은 오니까 비관적으로 생각하는 것보다는 좋게 생각하는 것이 더 낫겠지요.

오늘따라 꿈을 꾸고 싶다는 생각을 했습니다. 기쁘고 행복하고 즐거운 일들만 생기는 꿈, 미워하는 사람 하나 없고 사랑하는 사람만 있는 꿈을 꾸고 싶은 마음이 드는 이유는 무엇 때문일까요?

그런 꿈을 꾸고 그 꿈에서 깨어나고 싶지 않았으면 좋겠습니다. 그 꿈속에서 영원히 잠들고 싶다는 생각도 듭니다. 그렇게서라도 잠시나마 위로를 받고 싶어서 그런 마음이 드는 것일까요?

살아가다 보면 힘든 날도 많았지만, 좋은 날도 분명히 있었습니다. 그런 날을 마음속에 간직하며 오늘이 좋은 날이 될 수 있도록 노력하고 있습니다. 그러한 노력으로 내일도 좋은 날이 되기를 바랄 뿐입니다. 그렇게 좋은 날을 만들기 위해 노력하고 있으니 좋은 날이 많아지리라 생각됩니다. 진정으로 바라건대 좋은 날이 정말 많았으면 좋겠습니다.

77. 끝까지 가보기 전에는

예전에 인디언 보호 구역에 간 적이 있었습니다. 나이아가라 폭포에서 어느 정도 떨어진 미국과 캐나다 접경 지역이었습니다. 토산물을 파는 가게에는 아메리카 대륙에서 수천 년 전부터 그들이 살아오면서 사용하던 수많은 인디언 전통 물건, 그들만의 의류 같은 것들을 팔고 있었습니다. 그러한 것들을 보면서 인디언들에게는 그들만의 정신세계가 뚜렷이 형성되어 있다는 느낌을 받았습니다.

평화롭게 살던 인디언들은 미국에 온 초기 유럽인들에 의한 집단 학살로 셀 수 없이 많은 생명이 죽어 나갔고, 그들은 원래 인디언들이 살던 땅을 거의 다 빼앗은 후 인디언들을 그들이 살던 고향에서 내쫓아 인디언 보호 구역을 만들어 그곳에 그들을 가두어 두고 그곳에서만 살라고 하였습니다. 인디언 보호 구역이라는 단어는 사실 인디언 감금 구역이라는 바꾸어야 하지 않을까 싶습니다. 유럽인들은 인디언을 보호할 추호의 마음도 없었기 때문입니다. 그들의 모든 것을 빼앗아 자신들의 것으로 삼았을 뿐입니다. 그렇게 유럽인들은 아메리카의 나머지 모든 땅을 차지하고 자신들은 평화롭게 경제적 풍요를 누리며 살아왔습니다.

나바호 인디언족에는 다음과 같은 시가 전해져 옵니다.

"나는 땅끝까지 가보았네
물이 있는 곳 끝까지도 가보았네
나는 하늘 끝까지 가보았네
산 끝까지도 가보았네
나와 연결되지 않은 것은
하나도 발견할 수 없었네"

사랑하는 부모와 아내 자식들이 눈앞에서 죽어가는 모습을 바라보고 어떻게 하지도 못하는 인디언들의 모습을 상상해 봅니다. 수백 년 동안 그들의 조상들부터 대대로 이어져 살아오던 정신적, 육체적 고향을 아무런 대가도 받지 못한 채 쫓겨나야 했던 그들의 마음과 영혼을 생각해 봅니다.

평생 피땀 흘려 이루어 놓은 것을 하루아침에 얼굴도 모르는 이들에게 다 빼앗긴 후 먹을 것 하나 없이 수백, 수천 킬로미터를 목숨을 구하기 위해 힘없이 걸어가던 그들의 모습을 생각해 봅니다. 어떻게든 그동안 살아왔던 자신들의 기반을 지키기 위해 저항을 하다 하나밖에 없는 소중한 목숨이 어는 한순간 꽃잎처럼 떨어져 나가는 모습을 생각해 봅니다.

모든 것을 다 잃고, 가진 것 하나 없이, 미래에 대한 희망도 없이, 갈 바를 모른 채 멀리멀리 한없이 힘들게 가야 했던 그들의 모습을 생각해 봅니다. 인생의 가장 밑바닥까지, 더 이상 내려갈 곳이 없는 곳으로 한없이 추락해 갔던 그들의 모습을 생각해 봅니다. 어느 누구 하나 도와주는 사람도 없이 홀로 모든 것을 짊어지고 가야 했던 그들의 무거운 어깨를 상상해 봅니다.

끝까지 가보기 전에는 아무런 생각을 할 필요가 없습니다. 어떤 일이 일어날지 아무것도 알 수가 없습니다. 섣부른 판단은 나 자신의 인생에 도움이 되지 않을 수 있습니다. 끝까지 가보기 전에는 내가 아는 세상이 전부가 아닙니다. 살아가야 할 이유를, 삶에 대한 희망을 모두 잃어버리기 전에는 아무런 생각을 할 필요가 없습니다.

나바호 인디언처럼 끝까지 다 가본 후 모든 것이 하나로 보일 때가 되기 전까지 최후의 노래도 부를 필요가 없습니다. 끝까지 가보고 나면 삶은 정말 별것 아니라는 것을 알게 되어 나바호 인디언처럼 삶을 달관하는 노래를 부르게 될지도 모릅니다. 그곳에서는 어떠한 분별도, 판단도, 감정도 남아 있지 않고 오히려 마음의 평안이 있을지도 모릅니다.

78. 더 나은 것이 없습니다

　우리가 살아가면서 가장 많이 겪는 고통 중 하나는 인간관계에서 비롯됩니다. 좋았던 관계가 다툼의 관계로 되면서 사람들은 많은 괴로움을 경험합니다. 다툼이 일어나지 않는다면 사람들로부터 상처는 받지 않습니다.

　다툼이 일어난다면 그 원인이 반드시 존재합니다. 여기서 그 원인을 정확히 이해해야 할 필요가 있습니다. 그 원인을 찾으려 하지 않고 계속 다투기만 한다면 결국 다시 좋은 관계로 회복되기는 힘들 것입니다.

　다툼의 원인이야 여러 가지가 있겠지만 그 원인 중 가장 중요한 것은 그 사람보다 나를 더 사랑하기 때문이 아닐까 싶습니다. 나 자신을 그 사람보다 더 중요하게 생각하기에 그 사람과 다툴 수밖에 없습니다.

　만약 나보다 그 사람을 더 좋아한다면 아마 다투기가 힘들지 않을까요? 그 사람을 생각한다면 어떤 경우라 하더라도 싸우기를 피하려 할 것입니다. 그 사람이 나보다 중요하기에 그를 아프게 하기 싫기 때문입니다.

　우리는 가까워지려고 노력하는 과정에서는 그다지 다투지 않습니다. 왜냐하면 그 사람을 나보다 더 생각하기 때문입니다. 하지만 시간이 지나 가까워지고 안정된 관계가 되면 오히려 더 다투게 됩니다. 왜냐하면 그 사람보다 이제는 나를 더 사랑하기 때문입니다.

제 경험으로는 그 사람과 다투는 또 다른 원인은 내가 그 사람보다 더 나은 사람이라고 생각하기 때문인 것 같습니다. 그 사람이 나보다 더 나은 사람이라 생각한다면 내가 먼저 스스로 싸움을 피하려 노력할 것이기에 다툼이 쉽게 일어나지는 않습니다.

단도직입적으로 말한다면 내가 어떤 누구와 싸우거나 다투고 있다면 나의 결론은 그 사람을 나보다 덜 사랑하기 때문이며, 그 사람은 나한테 그다지 중요하다고 생각하고 있지 않다는 증거입니다.

그런 맥락으로 볼 때 누군가가 나에게 싸움을 걸어 오거나 나와 다투려고 한다면 그 사람은 나를 그다지 소중하게 생각하지도 않을뿐더러 나를 그리 많이 좋아하지 않는다고 보면 틀림이 없습니다.

마찬가지로 내가 어떤 누구와 싸우고 싶은 마음이 든다면 나는 그를 별로 좋아하고 있지 않으며 그 사람보다 나 자신을 더 사랑하고 있다는 증거입니다. 그 사람은 나에게 별 의미가 있는 중요한 사람이 아니라는 생각을 의식적이나 무의식적으로 하고 있기 때문에 그와 싸우려 하는 것입니다.

하지만 여기서 다툼의 원인만 찾고 끝난다면 별 의미가 없습니다. 그 원인을 제거할 수 있는 방법이 필요합니다. 중요한 것은 그 사람이건 나건 서로가 서로에게 더 나은 것이 별로 없다는 것을 인식할 필요가 있습니다. 다른 말로 한다면 내가 다른 사람보다 더 나은 것이 없다는 생각을 한다면 그 사람과 다툼의 관계로 발전하지 않았을 것입니다. 마찬가지로 그 사람도 나보다 더 나은 게 없다고 생각하고 있었다면 그도 나와 다투지 않으려 노력했을 것입니다. 그런 단계에서 우리는 인간관계로부터 오는 아픔과 괴로움으로부터 자유로울 수 있습니다.

사실이 그렇습니다. 객관적으로 보면 내가 그 사람보다 더 나은 것은 없습니다. 내가 옳고 그 사람이 옳지 않다고 판단하는 것 자체가 의미가 없습니다. 왜냐하면 그 기준이 나였기 때문입니다.

이것은 자존감이나 자존심의 문제가 아닌 객관적인 사실이 그렇습니다. 내가 그 사람보다 어떤 것이 더 나은 것이 있을까요? 목숨을 걸고 싸울 만큼 내가 그 사람보다 엄청나게 훌륭한 것일까요?

우리의 삶에서 아픔의 많은 부분이 인간관계 특히 나와 가까운 사람들과의 관계 때문에 그런 것인데 내가 다른 사람보다 더 나은 것이 없다는 것을 확실히 인식하고 있다면 그러한 아픔은 많이 줄어들지 않을까요?

내가 다른 사람보다 그다지 나은 것이 별로 없다는 인식을 계속하고 있다면 나는 아마도 많은 인간관계로부터 오는 아픔과 괴로움을 별로 느끼지 않을 것이라 생각됩니다. 게다가 그 사람을 존중하고 진심으로 좋아하고 있다면 다툼 자체도 생기지 않을 것입니다. 그리함으로써 나는 내 주위에 있는 사람들과의 인간관계에서 비로소 자유로움을 얻을 수 있습니다.

나는 그 어떤 사람보다 더 나은 것이 없습니다. 그리고 그것은 사실입니다. 만약 내가 더 나은 것이 있었다면 그와 다투고 있지

않을 것입니다. 그 사람이나 나나 별 차이가 없기에 마음 아프게
싸우고 있을 뿐입니다.

79. 내가 바뀌지 않으면 아무것도 바뀌지 않는다

우리는 평생 살아가면서 많은 사람과 관계와 인연을 맺고 살아갑니다. 하지만 우리가 느끼는 희로애락은 가까운 사람으로 인할 뿐입니다. 나와 어느 정도 거리가 있는 사람에게서는 그러한 감정이나 마음을 별로 느끼지 못합니다. 사람으로 인해 기쁘고 즐겁고 행복하고 슬프고 아프고 힘든 것은 나와 친밀한 사람으로 인한 것이 거의 대부분입니다. 또한 아주 친밀한 사람일수록 느끼는 감정의 그 폭이 더 크기 마련입니다. 나와 가까운 사람일수록 더 많은 것을 기대하고 더 많은 것을 바라기에 아픔과 실망이 더 클 수밖에 없습니다.

흔히 주위에서 "사람은 변하지 않는다"라거나 "사람은 바뀌지 않는다"라는 말을 자주 듣습니다. 이 말은 무슨 뜻일까요? 정말 그 말이 맞는 것일까요? 이와 같은 말은 나와 가까운 사람에게 그리고 내가 정말 좋아하는 사람에게 내가 생각하고 기대하는 모습으로 변하기를 원하지만, 아무리 이야기하고 사정을 하더라도 그 사람의 모습이 항상 그 자리이기에 속상하고 마음 아파서 하는 이야기일 수 있습니다. 그 사람의 지금의 잘못된 모습이나, 그 사람의 단점, 고쳐야 할 점들이 어서 잘 개선이 되면 좋은데 사실 그것이 그리 쉽지 않기에 하는 말일 것입니다.

하지만 생각해 보아야 할 것은 그 사람이 마음에 들지 않는 것이 있다면 그 사람 또한 나의 모습에서 마음에 들지 않는 것이 당연히 있을 수 있습니다. 그 사람이 나에게 바뀌기를 바라는 것은 하나도 없을까요? 그 사람이 원하는 대로 나 스스로는 내 모습을 바꾸어 왔을까요? 아마 그렇지 않았을 것입니다. 그러기에 타인은 변하지 않는다는 말을 하고 있는 것입니다.

하지만 가만히 생각해 보면 타인은 변하지 않는다는 말은 자신 또한 그에 못지않게 변하지 않고 있음을 의미합니다. 사람은 바뀌지 않는다는 말 또한 자신이 그 정도로 잘 바뀌고 있지 않다는 뜻입니다. 자아가 강할수록 자신은 스스로 변하지 않으려고 하고 오로지 타인이 자기가 원하는 대로 바뀌어지기를 바라고 있는 것인지도 모릅니다.

왜 우리는 타인의 잘못을 지적하고 타인이 자신의 기준에 맞지 않기에 자신의 생각대로 바꾸라고 주장하는 것일까요? 세상이 자기 생각대로 움직여지기를 바라는 것일까요? 그 사람이 그렇게 행동하고 말하고 하는 것이 마음에 들지 않는다면, 왜 그 사람만이 바뀌기를 바라는 것일까요?

그 이유는 자신이 스스로를 바꾸고 싶지 않기 때문입니다. 나는 나 자신을 바꾸고 변화시키는 것이 힘들고 싫고 귀찮으니까 그 사람한테 다 변하라고 하는 것입니다. 만약 나 자신이 스스로 나를 바꾸고 변화한다면, 변하지 않은 타인이 다르게 보일 수밖에 없을 것이 분명합니다. 이는 변하지 않았던 타인이 변한 것과 마찬가지입니다. 타인은 그 스스로 자신을 바꾸지 않고 그대로인데 어떻게 그 사람이 전의 사람과 다르게 보일 수가 있는 것일까요? 내가 바뀌었기 때문에 그렇습니다. 나 자신이 변하면 타인이 변하지 않더라도 다르게 보일 수밖에 없습니다.

나 자신은 스스로 변하려 노력하지도 않고 실제로 변하지도 않으면서 타인이 자신의 생각대로 변하기를 바란다면 이는 실현되지도 않을 헛된 꿈만 꾸는 것과 다를 바 없습니다.

타인이 변하지 않는다는 말, 사람은 바뀌지 않는다는 말은 자신이 너무나 완고하여 나 또한 변하지 않는다는 것을 스스로 증명하는 것밖에는 되지 않습니다. 나 자신을 변화시키면 타인은 내가 생각했던 사람과 전혀 다른 사람으로 나에게 다가올 수 있습니다. 내가 변하는 것이 우선입니다. 나 자신을 버리고 현재 내가 바라는 그 사람을 버리는 것이 먼저입니다. 그러고 나면 타인은 변하지 않는다는 말, 사람은 바뀌지 않는다는 말은 나에게는 아무런 의미가 없는 말에 불과하게 될지도 모릅니다. 내가 변했기에 그는 이미 다른 사람으로 바뀌어 있기 때문입니다.

80. 주지도 말고 받지도 말자

다른 사람에게 아무것도 주지 않는 것이 오히려 현명할지도 모릅니다. 왜냐하면 내가 그 사람으로부터 받을 것이 없기 때문입니다. 요즘엔 왠지 착하게 살 필요가 없다는 생각을 합니다. 그래서 그런지 모르지만 다른 사람에게 무언가를 주던 습관을 조금씩 고쳐가고 있습니다. 왜냐하면 예전에 다른 이들에게 제가 가지고 있던 것을 모두 주었다가 오히려 아픔만 돌려받았기 때문입니다. 이제는 만약 어쩔 수 없이 주어야 한다면 조금만 주고, 그 준 것은 거의 돌려받을 수 없다고 생각하게 됩니다. 그렇게 생각하면 제가 받는 아픔은 사라지게 될 것입니다.

우리는 누군가에게 무엇을 주었기에 나도 모르는 사이, 아니면 무의식적으로, 그것에 어느 정도 해당하는 것을 돌려받고 싶어하는 경향이 있습니다. 그런 생각을 하고 있는 것 같지 않아도, 그 사람이 나에게 조금만 서운하게 하면 그동안 내가 그에게 준 것에 대해 많이 속상한 것이 사실입니다.

내가 그 사람에게 그것을 다 줄 필요가 있었던 것일까요? 굳이 힘들게 주지 않아도 되는 것까지 모두 주어버린 것은 아닌가요? 어떤 것을 주고 어떤 것을 주지 말아야 하는지 깊이 생각해본 적은 있나요? 그 사람을 진정으로 생각해서 그것들을 주었던 것일까요? 아니면 내가 그것을 그 사람에게 주니까 기분이 좋기에 주었던 것은 아닐까요?

물론 내가 그 사람에게 어떤 것을 주었을 당시에는 아무것도 기대하지 않고 주었을 가능성도 많습니다. 그 사람을 진심으로 사랑하고 아끼고 생각했다면 충분히 그럴 수 있습니다.

하지만 그렇다 하더라도 그가 나를 서운하게 하거나 힘들게 하거나 아니면 아프게 하거나 혹은 나에게 커다란 상처를 주게 된다면 내가 준 그 모든 것은 어떻게 되는 것일까요? 아마 그런 상황이 오면 사랑했던 그가 너무나 미워지고 내가 준 것이 아깝고 분해서 그 사람이 어느 순간 원수로 변해 있을지도 모릅니다.

사실 줄 수 있는 것을 모두 주는 것은 정말 좋은 것이라 생각합니다. 하지만 현실은 그것을 그리 쉽게 허락하지 않습니다. 특히 우리 일반인들은 모든 것을 다 주고 아무것도 받지 못하거나 오히려 그들에게서 아픔을 겪게 된다면 커다란 상처로 남을 뿐입니다. 마더 테레사나 슈바이처 박사 같은 경우 정도나 예외가 가능할 것입니다.

저는 그래서 아껴서 조금씩 주려는 생각을 하고 있습니다. 한번에 많은 것을 주지 않고 천천히 주려 합니다. 물론 제가 주는 것을 전혀 받을 것이라 기대하는 것 없이 한 번 주고 나면 그것으로 끝이라 생각하려 합니다. 그리고 제가 준 것을 아예 잊어버리려 합니다. 아무것도 돌아오지 않아도 상관없다는 마음이 들지 않는다면 차라리 주지 않으려 합니다. 그럴 경우에는 아무것도 주지도 말고 받지도 않을 생각입니다. 아무것도 주지 않는다 해서 누가 뭐라고 하겠습니까?

줄 수 있는 것이 행복이라는 사실을 잘 압니다. 아낌없이 모두 주고 싶은 마음도 너무 많습니다. 하지만 현실이, 사람이라는 존재가, 그것을 하지 못하게 한 경험 때문에, 이제는 두려운 것도 사실입니다.

그래서 아무것도 주지도 말고 받지도 말아야겠다는 생각을 하곤 합니다. 정말 주고 싶은 마음이 있다면, 그냥 줄 수 있을 정도로 주고 바로 잊어버리고 기억하지 않으려 노력하려고 합니다. 그렇게 해야 제 마음이 편해질 수 있고 나중에 마음에 짐이 되지 않을 것 같습니다.

81. 이겨낼 수 있는 방법을 찾아야 합니다

우리가 살아가는 세상은 문제의 집합체입니다. 쉬운 문제도 있지만 어려운 문제도 있기 마련입니다. 우리는 죽을 때까지 그 문제들을 풀고 해결해 나가야만 하는 운명인지도 모릅니다. 쉬운 문제는 조금 노력하면 금방 해결되니 걱정할 것은 없습니다. 우리를 힘들게 하는 것은 어려운 문제입니다. 어려운 문제 중에서도 나를 고통 속에 빠뜨리는 난제도 있을 것입니다.

쉬운 문제를 풀고 나서 좋아할 것은 없습니다. 어차피 어렵지 않게 해결되었을 것이기 때문입니다. 하지만 중요한 것은 어려운 문제, 그것도 나의 능력으로 해결될 것으로 보이지 않은 난제가 나를 가로막고 있는 경우입니다.

여기서 이 난제를 해결하는 아주 쉬운 방법은 있습니다. 그냥 포기해 버리는 것입니다. 그 문제를 해결하지 않아도 사는 데 별 지장이 없다면 아무 미련 없이 그냥 무시해 버리면 됩니다. 그것이 성공했다면 정말 운이 좋은 것입니다. 아마 성인의 경지이기에 가능했을 것이라 생각됩니다. 그 어떤 난제도 아무런 문제가 되지 않는 그러한 성인이 우리 역사에서는 존재했었다는 것을 잊어서는 안 될 것입니다.

하지만 일반적으로 이런 경우는 우리에게 해당되는 것은 아니리라 생각됩니다. 우리는 어쨌든 그 난제를 해결해야 내가 살아갈 수 있을 것입니다.

그 난제를 해결할 수 있는 방법은 분명히 존재합니다. 그 방법을 우리가 모르기 때문일 뿐입니다. 만약 아무리 노력해도 그 방법을 알 수가 없다면 저는 그 난제를 해결하기보다 이겨내는 방법을 택하겠습니다. 해결이 되면 너무나 좋겠지만, 나의 능력으로 해결되지 않는 것은 분명히 존재합니다. 따라서 저라면 그 난제를 해결하기 위해 목메지 않고 이겨낼 수 있는 방법을 찾으려합니다.

이겨내는 방법은 많이 있을 것입니다. 왜냐하면 정답이 아니기 때문이고, 그 난제를 해결하지 않아도 되기 때문입니다. 난제가 나의 삶을 붙잡고 늘어진다면, 내가 그것에 붙잡히지 않으면 됩니다. 꼭 그 문제를 해결하지 않는다고 하여 나의 인생이 어떻게 되는 것도 아니며, 나의 삶이 엄청나게 바뀌는 것도 아니기에 이겨내고 나서 마음 편히 행복하여지려 노력하겠습니다.

물론 그 난제를 해결하지 못해 마음 한구석에서는 미련이 남아 있게 될지도 모릅니다. 하지만 결론적으로 말할 수 있는 것은 미련은 미련일 뿐입니다. 그 미련을 버리지 못하는 내가 문제를 더욱 크게 만들어내는 원인을 제공하고 있을 뿐입니다.

저에게도 수많은 난제들이 있었지요. 그 난제를 해결하려 불철주야 아무것도 하지 못하고 마음 아파하며, 힘들게 지냈던 적도 있었습니다. 하지만 그 해결되지 않은 문제들이 저의 삶에 엄청난 영향을 주는 것이 아니라는 것도 알게 되었습니다. 왜냐하면 해결은 하지 못했지만, 이겨낼 수 있다면 아무런 난제로서의 의미가 사라지기 때문입니다.

　문제를 푸느라 많은 것을 잃고 싶지 않아 그냥 이겨내려 했기에 다른 것들이 저에게 주어졌던 것 같습니다. 그 난제에 붙들려 있지 않았기에 또 다른 세상이 있다는 것을 깨닫게 되었습니다.

　이제는 난제를 두려워하지 않습니다. 물론 해결한 경험도 있어 자신감도 있지만, 더욱 중요한 것은 해결되지 않아도 이겨내기만 하면 내가 살아가는 데 있어 엄청나게 큰 영향이 없다는 것을 알기 때문입니다.

82. 꿈은 고통이 될 수도 있다

한때는 푸르른 꿈을 꾸었던 것도 사실입니다. 꿈을 가지고 있기에 현재를 살아갈 수 있다고 믿었습니다. 그것이 힘이 되고 추진력이 되어 언젠가는 그 꿈이 이루어질 수 있다고 확신했습니다. 물론 일부 이룬 것도 있지만, 대부분 이루지 못한 것이 더 많다는 것을 부인할 수 없습니다.

마음이 여리었기 때문에 그러한 꿈을 꾸었던 것 같은 생각이 듭니다. 세상을 너무 몰랐고, 현실을 깨닫지 못했기에 그러한 꿈들에 취해서 살았던 것 같기도 합니다.

꿈을 꾸면 행복하다는 것을 너무나 잘 압니다. 꿈을 가지고 있으면 희망도 생기는 것을 압니다. 하지만 그 꿈에 얽매이게 된다는 것은 몰랐습니다. 그 꿈으로 인해 현재를 잃을 수 있다는 것도 잘 알지 못했습니다.

나는 이제 꿈을 꾸지는 않습니다. 나에게 있어 꿈은 꿈일 뿐입니다. 꿈이 없는 것은 아니지만, 그것에 집착하거나 연연하지 않습니다. 그 꿈이 이루어지거나, 이루어지지 않거나 전혀 상관하지 않고 살아가려 할 뿐입니다. 물론 이루어진다면 기분은 좋겠지만, 그 이상도 그 이하도 아닙니다.

　꿈이 나를 취하게 만들고, 현실에 발을 부치게 하지 못하고, 꿈을 위해 살다 오늘을 힘들고 아프고 어렵게 하기에, 더 이상 꿈에 대해 커다란 마음을 두지는 않습니다. 물론 꿈이 없는 것은 아닙니다. 있으나 있을 뿐인 것입니다.

　꿈을 이룬 순간의 기쁨을 잘 알고 있습니다. 그 환희의 순간을 직접 경험하기도 했으니까요. 하지만 그것뿐이었습니다. 그동안의 힘들었던 순간이 훨씬 더 많았습니다. 물론 누군가는 그 기쁨의 순간이 모든 것을 잊게 한다고 말하기도 합니다. 하지만 잃는 것 또한 많다는 것을 압니다. 심지어 내가 알지 못하는 것을 그로 인해 잃기도 합니다. 환희의 순간은 한 번뿐이지만, 고통의 순간은 무수히 많았습니다.

　어떤 것을 얻기 위해서는 어떤 것을 잃어야 합니다. 어떤 것이 더 소중한 것인지는 모릅니다. 어떤 순간 그것이 더욱 소중하다고 판단한다면, 그것은 그때뿐입니다. 이 세상에 특별히 소중한 것도, 특별히 소중하지 않은 것도 없습니다. 단지 우리가 그 어느 순간에 생각한 찰나적 판단일 뿐입니다. 시간이 지나면 저절로 알 수 있을 것입니다. 현실을 모르고 순수한 마음으로 생각했던 것이 얼마나 보잘것 없는지를.

　이룰 수 있는 꿈을 꾸었으면 좋겠습니다. 소중한 것을 잃어버리지 않은 채, 오늘을 희생하지 않은 채, 나 자신을 외면하지 않은 채, 지금을 살아가면서, 현실을 충분히 알려고 노력하면서, 그렇게 꿈을 꾸었으면 좋겠습니다.

83. 속도를 맞춰서 걸어야 했다

　모든 것은 차이가 있기 마련입니다. 빨리 걷는 사람도 있고, 느리게 걷는 사람도 있습니다. 같은 동년배 사람들 사이에도 걸음에 차이가 존재합니다. 어린아이와 함께 걸을 때는 어린아이의 걸음에 맞추어 걸어야 하고, 늙으신 부모님과 함께 걸을 때는 힘없이 걸어가시는 그 걸음에 맞추어야 합니다.
　내 걸음이 기준인 줄 알았습니다. 물론 다른 사람의 걸음이 나와 다르다는 사실을 몰랐던 것은 아닙니다. 충분히 알았는데도 불구하고 오직 내 걸음 속도만 생각했습니다.
　그것이 가능할 줄 알았기에, 모두에게 내 걸음에 맞추어 걸어오기를 기대했습니다. 왜냐하면 어떤 길이 지름길이고, 어떤 길은 위험하고, 어떤 길은 햇빛이 가려지는 그늘이 있고, 어떤 길은 밤에 가도 환한 가로등이 있다는 것을 안다고 생각했기 때문입니다.
　따라서 나의 걸음에 맞추어 같이 간다면 목표로 했던 그곳에 다 같이 쉽게 도달할 수 있으리라 믿었습니다. 그래서 무리가 되는 줄 알면서도 그렇게 다른 사람들을 보채고 힘들게 했던 것 같습니다.

제 걸음에 맞출 수 있는 사람은 아무도 없었습니다. 제 걸음이 빨라서 그런 것이 아니라 이 세상에서 제 걸음에 맞추어 걸을 수 있는 사람은 저밖에 없었기 때문입니다. 그 누구도 그렇게 먼 길을 제 걸음에 맞춰서 따라올 수가 없었습니다.

따라오지 못하거나 앞서가는 이들에게 왜 그렇게 했는지 저도 이해가 가지 않습니다. 오직 제 걸음에 맞추라고만 했을 뿐 그들의 걸음이 저와 다르다는 가장 기본적인 사실조차 몰랐으니까요. 아니, 몰랐다기보다는 알고 있었지만 무시했던 것 같습니다. 오직 목표로 하는 곳에 빨리 도달하면 된다고 생각했으니까요. 목표를 이루고 나면 할 일도 없을 텐데 왜 그리 그 목표에 집착을 했는지 참으로 어리석었던 것 같습니다.

다른 사람의 걸음에 맞추다 보면 자신의 걸음을 걸을 수가 없고 언젠간 동행하지 못하게 됩니다. 멀리 가기 위해서는 함께 가야 하거늘, 빨리 가기만을 원했기에 그 모든 것이 나의 잘못일 수밖에 없습니다.

나의 속도를 다른 사람의 속도에 맞추어야 했습니다. 힘들면 조금 쉬어가고, 비가 오면 비를 피해 가며, 속도에 연연하지 않은 채 걸어가야 했습니다. 시간이야 얼마가 걸리든 별 차이가 없다는 것을 몰랐습니다. 조금 늦게 가도 그리 큰 문제가 되지 않다는 것을 인식하지 못했습니다. 힘들어 지친 사람을 제가 업고 가야 했습니다. 저에게 그런 능력이 있음에도 불구하고 업고 갈 생각을 하지 못했습니다.

이제는 마음을 다잡아 나의 속도는 신경 쓰지 않고 다른 사람들의 속도에 맞추어 걸어가려 합니다. 지나온 시간들은 돌이킬 수 없으니 어쩔 수 없음에 마음 아플 뿐입니다. 그들의 속도에

맞추어 걸었어야 했는데, 이제야 깨닫고 보니 후회가 될 뿐입니
다.

84. 잠시 미풍이라도 맞으렵니다

예전에는 일탈을 시간 낭비라고 생각했습니다. 의미 있는 순간들이 지속되는 삶이 진정으로 가치 있다고 여겼습니다. 그래서 앞만 보고 뛰었고, 지쳐가는 내 모습을 인식하지도 못했습니다. 그렇게 나의 내면은 여러모로 험하게 일그러져 갔고, 의미 있는 순간이 아닌 허무한 순간의 삶이 보이기 시작했습니다.

사람의 욕심은 끝이 없어 어디에서 중단을 해야 하는지도 모르게 만들고 어디에 서 있는지조차 알 수 없게 했습니다. 가다가 멈추어야 하는 것을 계속 가속기 페달에 발을 올려놓은 채 그 발을 떼면 큰일이라도 날 것 같이 생각되었습니다.

이제는 가끔 고개 들어 하늘을 바라봅니다. 불어오는 바람을 얼굴로 맞으며 흘러가는 구름에 저의 마음을 얹어봅니다. 나도 모르게 구름 따라 떠가는 영혼을 느끼기도 합니다.

일상에서 잠시 벗어나는 것이 왜 그리도 어려웠던 것일까요? 무엇을 위해 그 얼마 되지도 않는 시간을 아까워했던 것일까요? 지쳐가는 나 자신을 왜 깨닫지 못했던 것일까요? 나 자신을 알 수 있는 것은 오로지 나일 뿐인데 왜 다른 사람한테서 그러한 것들을 기대했던 것일까요?

어젯밤에는 비가 많이도 내렸습니다. 창문을 조금 열어놓고 빗소리를 가만히 들었습니다. 그 소리가 왜 그리 아름답게 들리는 것일까요? 예전엔 전혀 몰랐습니다. 빗소리가 이렇게나 좋다는 것을 이제야 알게 되었습니다.

이제는 잠시라도 나 스스로 미풍을 맞으렵니다. 눈을 가만히 감고 불어보는 바람에 나의 마음을 어디로 가는지도 모르는 그 바람에 실어 보내렵니다. 그렇게 나 자신을 바라보고 살아가려고 합니다. 비록 이루는 것이 별로 없고, 원하는 것을 얻지 못하더라도 그것에 집착하지 않으렵니다.

여유를 가지고 나에게 일어나는 일들을 즐기며 살아가려고 합니다. 나의 생각을 비우고, 바람이 흘러가는 대로 내버려 두듯이, 아무 생각 없이 미풍을 맞으렵니다.

삶은 엄청난 것이 없음을 알기에 오늘 주어진 것을 만끽하며 지내려 합니다. 푸른 하늘을 바라보고, 구름의 모습도 구경하며, 불어오는 바람을 가슴 깊이 들이마시며 그렇게 하루를 보내려고 합니다.

삶에 지치지 않고, 인생의 노예가 되지 않도록 나 스스로 주인이 될 수 있기 위해 잠시라도 여유를 찾으려 합니다. 이루어 놓은 것이 없어도 괜찮고, 바라는 것이 얻어지지 않아도 상관이 없습니다. 그 무엇보다 맑은 나의 마음을 위해 그렇게 미풍을 맞으며 살아가려 합니다.

85. 치유될 수 없을 것 같은 상처도 아물기 마련이다

언젠가는 다치기 마련입니다. 다치지 않고 살아갈 수 있는 방법은 없습니다. 그 시기가 언제인지, 그 정도가 얼만큼인지가 다를 뿐입니다.

다치면 아프기 마련입니다. 다쳤는데도 불구하고 아프지 않은 사람은 이 세상에 존재하지 않습니다. 그 상처가 어느 정도냐 따라, 어디를 다쳤느냐에 따라 고통의 차이는 있을지언정 아프지 않은 사람은 없습니다.

다치고 나서 아프기는 하지만 언젠가 낫기 마련입니다. 너무 많이 다쳐 낫지 않을 것 같은 상처도 시간이 흐르면 언젠가는 아물게 되고, 치유될 것 같지 않은 커다란 고통도 시간이 좀 오래 걸리기는 하지만 사라질 때가 옵니다.

처음 다쳤을 때는 그 아픔과 고통이 사라지지 않는 것 같아 현실이 싫기도 합니다. 어디론가 멀리 달아나면 그 상처가 따라오지 않을 것 같기도 해서 나름 혼자 도망가기도 합니다.

두 번째 다쳤을 때는 그나마 경험이 있어 처음과는 다르지만 그래도 아픔에 익숙하지 않아 괴로움을 견디기가 쉽지는 않습니다. 나에게 왜 이런 일이 또 일어나는지 모든 것이 원망스럽고 화가 나기도 합니다.

많이 다쳐볼수록 삶이 무엇인지, 인간이 무엇인지, 운명이 무엇인지 어렴풋하게 알게 되는 것 같습니다. 그리고 무엇보다 중요한 것은 아무리 크게 다치고, 그 아픔과 고통이 너무나 크더라도 시간이 지나면 서서히 치유된다는 것을 알게 되는 사실입니다.

이 세상에 올 때 아무것도 가지고 오지도 않았고, 이 세상을 떠날 때 아무것도 가지고 갈 수 있는 것이 없는데, 다치고 아픈 것은 그다지 엄청난 것이 아니라는 사실을 인식하게 됩니다.

이제는 다치거나 아픈 것에 두렵지 않습니다. 나름대로 치유할 수 있는 방법을 알고, 너무 아프면 그동안 열심히 살아왔으니 이제 좀 쉬라는 의미에서 다친 것이 아닐까 하는 생각을 하게 됩니다. 그렇게 편하게 마음먹고 아무 생각 없이, 아무런 바라는 것 없이, 그저 혼자 방에 틀어박히거나, 마음이 통하는 사람을 만나거나, 어딘가 훌쩍 떠나거나 하다 보면, 나도 모르는 사이에 다친 상처가 어느 정도 아물어 있곤 합니다.

상처가 많이 있지만, 그 상처를 가끔 돌아보며 나에게도 이렇게 아팠던 적도 있고, 참아내기 힘들었던 시간도 있었구나 하며 스스로 위로를 하게 됩니다. 그렇게 상처는 나에게 삶에 대한 무감각을 일깨워주는 것인지도 모릅니다. 만약 그러한 상처가

없었다면, 삶이 무엇인지, 사람이 무엇인지, 나는 누구인지에 대해 한 번도 생각하지 않았을지도 모릅니다.

이제 그 모든 상처를 끌어안고 또 살아가려고 합니다. 그 상처는 온전히 나의 것이기에 내가 끝까지 끌어안고 가야 하겠지요. 나의 지금과 미래는 아마 그 상처와 함께일 수밖에 없음을 마음속에 새기며 그렇게 살아가야 하겠지요.

86. 내가 그에게 헌신했다고 그는 나에게 보답하지 않는다

지금 가만히 생각해 보면 그때 나는 철이 없었던 것 같습니다. 세상을 그만큼 몰랐던 것이고, 사람이란 무엇인지 잘 알지 못했던 것입니다.

내가 다른 이에게 잘해주는 것이 당연한 일이라고 생각했었습니다. 나름대로 그렇게 살려고 노력했습니다. 내가 조금 손해를 보더라고, 나에게 이익이 되지 않더라도, 다른 이를 위해 희생하는 것이 보다 나은 삶이라고 생각했었습니다. 물론 그것이 틀리지 않는 것이라 지금도 판단하고 있습니다.

하지만 문제는 내가 다른 이에게 헌신을 했으니 나의 무의식에는 그도 나에게 어느 정도 양보도 하고 좋은 일도 하고 내가 한 것만큼은 아니더라도 어느 정도 나에게 무언가를 해줄 것이라 기대했었던 것 같습니다.

그런 기대를 왜 했는지 지금 생각해 보면 너무나 어리석었던 저의 미련함이 부끄러울 따름입니다. 게다가 그러한 기대가 이루어지지 않자, 그것이 그대로 나의 상처가 되었습니다.

지금 생각해 보면 내가 다른 이에게 좋은 일을 했다고 해서 그가 니에게도 좋은 일을 할 필요는 없습니다. 내가 그에게 커다란 헌신을 했다고 하더라도 그가 나에게 보답할 필요는 없습니다. 내가 누군가를 사랑한다고 해서 그가 나를 사랑할 이유가 없는 것과 마찬가지인 것입니다.

그런데 문제는 내가 그러한 것들을 나도 모르게 기대했다는 것입니다. 그것도 내가 한 것만큼 그 정도로 많이 기대를 했습니다. 그러고는 당황을 하는 것이었습니다. "어, 왜 돌아오는 것이 없지? 나는 너에게 이만큼이나 했는데 너는 그 정도는 아니어도 요 정도는 해야 하는 것 아닌가?" 하는 식으로 말입니다.

그것이 나에게는 내면의 상처가 되었고, 가끔은 화가 났고, 어떤 때는 약이 오르기도 했습니다. 그러다 결국 그와 더 이상 인연이 계속되기를 거부했었던 것입니다.

그러한 일들이 반복되고 나서야 나중에 깨달았습니다. 내가 누군가를 위해 무엇인가를 하고 나서는 그 모든 일을 바로 잊어버려야 한다는 것을. 내가 다른 이를 위해 하는 조그마한 도움을 주었더라도 그 순간 전부 잊어버려야 한다는 것을. 내가 한 일은 아무것도 없고, 그가 나에게 어떠한 도움을 받았는지 생각도 하지 말아야 한다는 것을. 나에게서 무언가가 나갔다면 그 순간 바로 그것으로 아무 생각도 하지 말아야 한다는 것을.

처음에는 조금 힘들었던 것은 사실이었습니다. 익숙하지도 않아 조금씩 미련과 아쉬움도 있었습니다. 기대 심리가 완전히 사라지지는 않더라구요.

하지만 이제는 오히려 마음이 편해지는 듯한 생각입니다. 내가 한 일을 기억하지 않게 된다는 것이 사람의 마음을 이렇게나 편안하게 해준다는 것을 이제야 알게 되었습니다. 바람이 불어 내 얼굴을 지나가면 그 시원함을 느끼지만, 바람이 지나가고 나면 그 바람이 언제 불었는지 기억도 나지 않는 것처럼 말이지요.

이제 다른 이에게 기대를 하거나 바라지 않습니다. 내가 그에게 어떠한 일을 한 것은 그저 내가 좋아서 한 것 그 자체지, 그 이상도 그 이하도 아니니, 그것으로 끝이 난다는 것을 이제야 알게 되었습니다. 따지고 보면 그것은 내가 그에게 헌신을 한 것도 아니고, 희생을 한 것도 아닙니다. 그저 내가 해야 할 일을 한 것에 불과하니 그 이상을 바란다는 것이 이상한 것이었습니다.

하지만 아직 하나 남아있는 것은 있습니다. 누군가가 나를 사랑하지 않았으면 좋겠습니다. 누군가가 나를 위해 헌신하지 않았으면 좋겠습니다. 왜냐하면 아직 나는 누군가가 나를 좋아하면 나도 그를 좋아해야 할 것 같고, 누군가가 나에게 무언가를 해주면 나도 그를 위해 무언가를 해줘야 한다고 생각하기 때문입니다. 그것에서 나는 아직 자유롭지 못하니 이로부터 마음이 편해지기 위해서는 보다 시간이 더 필요한 듯합니다.

87. 성 프란치스코

  예전엔 무엇이든 노력만 한다면 웬만한 것들은 다 할 수 있을 것이라 생각했던 적이 있었습니다. 내가 할 수 있는 것이 무엇인지, 할 수 없는 것이 무엇인지도 모른 채 오직 꿈과 노력만 믿었던 순진했던 때였으니까요.

  세월이 흘러가면서, 많은 일을 겪으면서, 이제는 내가 할 수 있는 일이 그리 많이 남아있지 않다는 것을 너무나 절실히 느낍니다. 그 느낌은 나의 마음을 아프게 하는 것도 사실이고, 속상하게 만들기도 한다는 것을 부인할 수 없습니다.

  언제 이렇게 시간이 지나가 버렸는지 알 수가 없습니다. 나름대로는 열심히 살았다고 생각했는데 이루어 놓은 것도 없고 내세울 것도 없으니 그동안의 세월이 한스러울 따름입니다.

  이제는 그 무엇을 시도하기 전에 그 시도하려는 것이 내가 할 수 있는 것인지, 어느 정도 노력해서 이루어 낼 수 있는 것인지, 그것부터 생각하는 습관이 생겼습니다.

  어느 정도 노력해서 이루어 낼 수 있는 것이 아니라면 이제 아예 시도하지 않으려 합니다. 왜냐하면 제게 남아있는 시간 동안 더 의미 있는 일이 있을지도 모르기 때문이고, 그 의미 있는 일부터, 이루어 낼 수 있는 일부터 하려고 하기 때문입니다.

내가 노력해도 할 수 없는 일은 일단 시작하지 않으려 합니다. 물론 그러한 일들이 예전처럼 무리하게 노력해서 얻을 가능성이 없지는 않겠지만, 그 많은 시간을 희생해 가면서 이루고 싶다는 생각은 들지 않습니다.

예전에 읽었던 소설 중에 니코스 카잔차키스의 <성 프란시스코>라는 책이 있었습니다. 카잔차키스의 책은 항상 읽고 나면 마음속에 와닿았던 것을 잊을 수가 없습니다. <성 프란시스코>도 마찬가지였습니다. 원래부터 성 프란시스코를 좋아했지만, 그 책을 읽은 이후로 그를 아예 존경하게 되었습니다. 성 프란시스코는 이런 말을 했습니다.

"주여, 내가 할 수 있는 일은 최선을 다해 하게 해주시고, 내가 할 수 없는 일은 체념할 줄 아는 용기를 주시며 이 둘을 구분할 수 있는 지혜를 주소서"

성 프란시스코의 이 기도가 이제는 진정으로 제 마음에 와닿는다는 것을 부인할 수 없습니다. 그가 왜 이런 기도를 했는지 절실히 깨닫게 되었습니다. 그래서 저도 그와 같은 기도를 하고 싶습니다. 그리고 그 기도를 따라 살아가려고 합니다.

이제는 제가 할 수 있는 일과 할 수 없는 일을 구분할 수 있는 지혜가 저에게 주어지기를 깊은 마음으로 희망합니다. 또한 할 수 있는 것에 최선을 다하고, 그 결과에는 초월하며, 내가 할 수 없는 일에는 연연하지 않고 과감하게 체념할 수 있는 용기를 가질 수 있기를 진심으로 바랄 뿐입니다.

나의 나 됨은 내가 할 수 있는 것으로 인함이고, 내가 할 수 없는 것을 하지 않음으로 인함이라 생각합니다. 나의 행위와 그

행위로 인한 나의 일들이 나 자신을 만들어 갈 수밖에 없기에 그런 지혜와 용기를 가질 수 있도록 매일 나 자신을 돌아보며 살아가고자 합니다.

　이제는 아무리 애를 쓰고 노력을 해도 되지 않는 일들에 마음을 주지 않으려 합니다. 그것을 하지 못하더라도 저의 삶이 크게 달라지지도 않으며, 마음 아프지도 않기 때문입니다.

88. 올바른 선택이었을까요?

　어떤 목적지를 가려다 보면 수많은 길들이 놓여 있습니다. 많은 사람들은 최선의 길이 있을 것이라 믿습니다. 시간을 최소화하고 거리가 가장 짧으며 막히지 않는 길로 선택을 합니다. 놀라운 것은 대부분의 경우 그 길이 가장 좋은 길이라 믿는다는 것입니다. 정말 그 길이 가장 좋은 길일까요?
　그렇게 믿었던 길을 가다가 어떤 일이 일어날지는 그 누구도 모릅니다. 상상하지도 않았던 교통사고가 날 수도 있고, 전혀 예상하지 않은 일이 일어날 수도 있습니다. 실제 그러한 경우는 빈번히 일어납니다. 가장 최선의 길이라 생각하여 선택했지만, 그 길이 가장 좋은 길이 아닐 수도 있습니다.
　우리는 살아가면서 많은 선택을 합니다. 우리가 하는 선택들이 정말 올바른 선택일까요? 나름대로는 가장 좋은 것이라 믿고 했지만, 그 이후에 어떠한 일들이 일어날지 모든 것을 예상할 수가 있을까요?
　당신이 했던 선택들은 정말로 올바른 것들이었나요? 만약 그렇게 믿는다면 아직 그 길을 다 가지 않았기 때문일 것입니다.
　올바른 선택이라는 것이 있을 수 있을까요? 당신은 정말로 그러한 선택이 가능하다고 믿고 있나요? 선택을 한 후 걸어가야 하는 길이 얼마 남지 않았다면 그러한 가능성이 존재할 수도 있을 것입니다. 하지만 선택 후에 가야 하는 길이 아직도 많이 남아있다면 당신이 한 선택이 생각하지도 않았던 길들로 가득 차 있을지도 모릅니다. 그 길을 가다가 자신이 선택하기 전에 몰랐던 일들도 알게 되고, 잘못된 생각으로 판단했던 것도 깨닫게 될지 모릅니다.

올바른 선택이라고 확신하면 할수록 당신의 선택은 당신이 가야 할 길을 구속하고 말 것입니다. 당신이 믿었던 그 길을 오로지 당신이 책임지고 가야 하기 때문입니다. 물론 충분히 그런 능력이 있다고 생각했기에 그러한 선택을 했겠지만, 길을 가다 보면 그 많은 길에서 최선의 길이 있다고 믿었던 것 자체가 그다지 의미가 없다는 것을 느낄지도 모를 일입니다.

당신은 올바른 선택을 하였나요? 아직도 그렇게 생각하고 있나요? 나의 선택이 항상 옳지 않을 수도 있다는 열린 마음이 오히려 당신에게 자유를 줄지도 모릅니다.

89. 그들은 왜 바빌론 강가에서 울었나?

보니엠(Boney M)의 노래 <바빌론 강가에서>는 다음과 같습니다.

<By the Rivers Of Babylon>

By the rivers of Babylon there we sat down
Yeah we wept, when we remembered Zion
By the rivers of Babylon there we sat down
Yeah we wept, when we remembered Zion

바빌론의 강가에서 우린 앉아있었죠
우리들은 시온을 생각하며 눈물을 흘렸답니다
바빌론의 강가에서 우린 앉아있었죠
우리들은 시온을 생각하며 눈물을 흘렸답니다

When the wicked carried us away in captivity
required of us a song

Now, how shall we sing the Lord's song
in a strange land?
When the wicked carried us away in captivity
requiring of us a song
Now, how shall we sing the Lord's song
in a strange land?

침략자들이 우리를 끌고 와서 노래를 하래요
하지만 우리가 어떻게 이방의 땅에서
주님의 노래를 부를 수 있겠어요
우리를 포로로 잡아간 침략자들이 노래를 하랍니다.
하지만 우리가 어떻게 주님의 노래를
이방인의 땅에서 부를 수 있겠냐구요

Let the words of our mouths and
the meditations of our hearts
Be acceptable in thy sight here tonight.
Let the words of our mouths and
the meditations of our hearts
Be acceptable in thy sight here tonight.

우리가 하는 말과 마음의 소원하는 것들을
오늘 밤도 들어 주옵소서
우리가 하는 말과 마음에 소원하는 것들을
오늘 밤도 들어 주옵소서

다윗의 뒤를 이어 왕위에 오른 솔로몬, 지혜의 왕이었던 솔로
몬이 죽은 후 이스라엘은 두 개의 나라로 나뉘게 됩니다. 그리고
200여 년이 지난 후 이스라엘은 대제국 바빌론에게 정복당했습
니다. 그들의 왕은 눈이 뽑혔고, 여자들은 적국의 성노리개 감으
로 팔려나갔습니다. 남자들은 사슬에 묶여 짐승 같은 대우를 받
으며 포로 생활을 하였습니다. 타국의 땅에서 흐르는 바빌론 강
을 보며 그들은 어떤 생각이 들었을까요?

시편 137편은 다음과 같습니다.

1. 우리가 바빌론의 여러 강변 거기에 앉아서, 시온을 기억하
면서 울었도다

2. 그 중의 버드나무에 우리가 우리의 수금을 걸었나니

3. 이는 우리를 사로잡은 자가 거기서 우리에게 노래를 청하
며, 우리를 황폐하게 한 자가 기쁨을 청하고 자기들을 위하여 노
래하라 함이로라

4. 우리가 이방 땅에서 어찌 여호와의 노래를 부를까

5. 예루살렘아 내가 너를 잊을진대 내 오른손이 그 재주를 잊
을지어다

6. 내가 예루살렘을 기억하지 아니하거나 내가 가장 즐거워하
는 것보다 더 즐거워하지 아니할진대 내 혀가 내 입천장에 붙을
지로다

7. 여호와여 예루살렘이 멸망하던 날을 기억하시고 에돔 자손
을 치소서 그들의 말이 헐어 버리라 헐어 버리라 그 기초까지
헐어 버리라 하였나이다

8. 멸망할 땅 바빌론아 네가 우리에게 행한 대로 네게 갚는 자가 복이 있으리로다

9. 네 어린 것들을 바위에 메어치는 자는 복이 있으리로다

이스라엘 백성들은 노예로 잡혀 온 바빌론 강에서 그들의 고향을 생각하지 않을 수 없었을 것입니다. 강물이 흐르는 것처럼 그들의 눈에서 눈물이 한없이 흘러내렸을 것입니다. 그들에게는 더 이상 수금이 필요 없었습니다. 더 이상 수금을 타며 노래를 하지 않으려 했습니다. 노래를 부를 마음도 노래를 부를 이유도 그들에게는 없었습니다. 그들의 한이 얼마나 깊었으면 바빌론 아이들을 바위에 메어쳐서 죽기를 바랐을까요?

현재 나에게 바빌론은 어떤 것일까요? 나를 억압하고 힘들게 하며 고통 속으로 몰아대는 것은 무엇일까요? 그 어떤 바빌론이 나를 커다란 괴로움 속으로 몰아간다면, 나는 그것을 이겨낼 힘이 있는 것일까요? 나는 그러한 상황에서 울고만 있어야 할까요? 다른 사람이 바빌론을 망하게 하기를 기다리고만 있어야 하는 것일까요? 나 자신 스스로의 힘은 약하면서 조그만 어려움에도 굴복하며 다른 이의 도움만을 기대하고 있는 것은 아닐까요?

울고만 있지 말아야 합니다. 울음을 그치고 자기 잘못은 없었는지 돌아보고 스스로 그 울음을 대신할 것을 찾아야 할 것입니다. 그 누구를 의지하기 전에 내가 할 수 있는 것은 다 해야 할 것입니다. 울고 있을 그 시간에도 또 다른 할 수 있는 것이 있기 때문입니다. 나의 할 일을 다 하고 나서 그 모든 것은 그분에게 맡기면 될 것입니다.

90. 그렇게 행복해지고 싶었거늘

그동안 열심히 살아온 것은 행복해지고 싶었기 때문입니다. 어떻게 해야 행복할 수 있을지 고민하고 그렇게 될 수 있도록 노력하고 기도했습니다. 하지만 그러한 과정에서 행복을 느꼈던 적이 그리 많았던 것 같지는 않았습니다. 내가 너무 많이 바랐기 때문일까요? 너무 욕심을 부렸던 것일까요?

어떠한 것을 이루고 나면 행복하게 되는 줄 알았습니다. 그것이 이루어지도록 나름대로 최선을 다하고 무리하기도 했었음을 인정합니다. 하지만 바라는 것이 클수록 나로부터 그것들이 멀어져 가는 것을 알게 되었습니다.

나 자신이 행복하기를 너무 원했기에 행복할 수 없었다는 것을 이제야 조금씩 알 듯합니다. 행복은 주어지는 것도 아니고 노력해서 얻어지는 것도 아니라는 것을 느끼게 됩니다. 순간적인 기분 좋음, 순간적인 만족함은 더 많은 행복을 추구하게 될 뿐, 오히려 지금 누려야 할 행복을 인식하지 못하게 만드는 것이 아닌가 싶습니다.

이제는 애써서 행복을 찾지도 않고, 행복하기 위한 조건에 대해 고민하지도 않습니다. 행복을 위해 무언가를 이루기 위한 목표도 세우지 않습니다.

이제 그냥 지금 행복하렵니다. 행복을 바라고 기도하기보다는 지금 있는 그대로의 것으로도 충분히 행복할 수 있다는 인식을 가지려고 합니다. 더 많은 것을 바라고 노력하다가 지금 행복할 수 있는 순간마저 잃어버릴지 모르기 때문입니다.

그렇게 많은 것을 잃어버렸던 것 같습니다. 충분히 행복할 수 있었는데도 불구하고, 더 커다란 행복을 추구하고 기원하는 바람에 행복할 수 없었던 것 같습니다.

행복에 대한 바람을 버리니 오히려 마음이 편안해짐을 느낍니다. 그동안 그렇게 바랐던 행복이 나에게 오지 않더라도 아무런 문제가 없을 것 같습니다.

이제는 예전처럼 행복하기를 바라지는 않습니다. 그것이 엄청난 것이 아님을 잘 알기 때문입니다. 내가 바라는 것이 이루어진 순간은 지나가 버릴 뿐 영원하지도 않고 반복되지도 않다는 것을 이제야 알게 되었습니다. 행복이라는 느낌 없이도 살아가는 데 아무런 문제가 없다는 것을 압니다.

요즘엔 사소한 것에도 만족을 하곤 합니다. 예전에는 이루어지기 힘든 것만 꿈꾸느라 조그만 것에는 아무런 감흥이 없었습니다. 행복할 수 있기를 바라는 마음을 버리니 이제 조금씩 행복이라는 것이 찾아오는가 봅니다.

그렇게 행복하기를 원했던 저 자신이 부끄러울 따름입니다. 그 시간을 돌이킬 수는 없지만, 아직은 시간이 많이 남아있기를 바랄 뿐입니다.

91. 신만은 내 마음을 알겠지

　내 주위에 나의 마음을 알아주는 사람은 과연 얼마나 될까요? 진심으로 최선을 다해 그들을 위해 노력하고 애쓰지만 막상 그러한 것을 알아주지는 않는 것 같습니다. 알아주기를 바라기에 모든 일을 하는 것은 아닙니다. 만약 그랬다면 처음부터 아무것도 하지 않았을 테니까요.

　나의 말과 행동이 가끔 오해를 받을 때가 있기도 합니다. 물론 내가 잘못을 하는 것도 있겠지만, 그들도 그들의 관점에서만 나를 보기에 그럴 수도 있을 것입니다. 카메라에 노란색 필터를 끼우고 사진을 찍으면 노란색 사진이, 파란색 필터를 끼우고 사진을 찍으면 파란색 사진이 나오니까요. 그들의 관점에 대해 안타까울 때가 많이 있습니다. 하지만 내가 그들의 관점을 바꾸어 주기에는 역부족이라는 생각이 듭니다.

　그들이 모르는 진실이 있는데도 불구하고 오로지 자신들이 아는 것으로만 생각하고 판단하기도 합니다. 그로 인해 사실이 사실이 아닌 것으로, 사실 아닌 것이 사실인 것으로 돌변을 하기도 합니다.

　문제는 여기에 있습니다. 그러한 진정한 사실을 모르는 상태에서 모든 선택과 결정이 이루어진다는 것입니다. 그들은 그 사실이 진실인지 파악하려 노력조차 하지 않으며, 자신의 생각이 옳지 않을 리 없다는 생각조차 하지 않습니다. 열린 가능성이 전혀 없는 채 중요한 것들이 선택당하고 결정되어 버리고 맙니다.

그러한 결정이 아무런 문제를 일으키지 않느냐 하면 전혀 그렇지 않습니다. 오히려 현재보다 더욱 심각한 문제를 야기하며 더 이상 회복될 수 없는 상태로 굳어지기도 합니다. 돌이킬래야 돌이킬 수 없는 종착역에 도착하고 나서 잘못된 곳에 왔다고 생각할 뿐입니다. 이제 돌아갈 기차도 없고 그럴 시간도 없으며 아무런 기회조차 남아있지 않을 뿐입니다.

내가 아무리 설명을 하고 이해를 시키려 해도 귀를 막은 채 눈을 가린 채 그러한 노력을 외면하고 오직 자신이 서 있는 그 자리를 고집할 뿐입니다. 내게는 그 어떤 기회도 더 이상 주어지지 않기에 어떤 노력도 허사가 될 뿐입니다. 그것이 아쉽고 안타깝지만, 제가 할 수 있는 것은 하나도 없습니다. 그저 멀리서 바라보고 애만 태울 뿐이지요.

하지만 신은 나의 마음을 알고 있을 것입니다. 그 진실의 모습도, 모든 형편도, 어쩔 수 없음도, 내가 하지 못하는 그 한계도 신만은 알고 있을 것입니다.

아쉽지만 그것으로 위로를 삼으려 합니다. 그 누군가 한 명이라도 나의 진실된 마음을 알고 있는 것으로 만족하려고 합니다. 예전엔 희망을 어느 정도 가지고 있었으나, 이제는 더 이상 바라지 않으며 그저 그렇게 마음을 접으려 합니다. 진실은 변하지 않고 영원하다는 것만 믿으렵니다. 그래도 나를 알아주는 존재가 한 명은 있었다는 것만으로도 감사해야 하겠지요.

92. 내게 이르지 않은 슬픔

아직은 나에게 다가오지는 않았지만, 언젠간 느끼게 될 슬픔이 있습니다. 그것을 거부하고 싶지만 거부할 수도 없고, 피하고 싶지만 피할 수도 없음을 너무나 잘 압니다. 어떻게 감당해야 할지 알 수도 없고, 과연 내가 이겨낼 수 있을지 두렵기도 합니다.

솔직한 심정은 그 슬픔이 나에게 오지 않기를 바랄 뿐입니다. 그 슬픔을 피할 수 있는 방법은 있습니다. 나의 존재가 사라진다면 가능하겠지요. 그렇기에 운명은 아주 얄궂은 보기 싫은 존재라는 것을 느낄 뿐입니다.

돌이켜 보면 슬펐던 순간이 적지 않았던 것 같습니다. 그러한 시간들을 어떻게 견디어내고 버티어 냈는지 지금 생각해 봐도 스스로 이해하기 힘들기도 합니다. 그만큼 슬픔의 깊이가 컸던 것 때문일까요?

젊어서 고생은 사서도 한다는 말을 제일 싫어합니다. 그 말은 고생을 하지 않은 사람이 하는 말이란 것을 아는지 모르겠습니다. 진정으로 고생을 한 사람은 그 말이 얼마나 허무맹랑한 것인지 몸으로 느낄 수 있을 것입니다.

슬퍼도 슬퍼하지 않으려 했습니다. 어차피 세상에 아무것도 가지고 오지 않았으니 내 것이 없고, 이 세상을 떠날 때도 아무것도 가지고 가지 못할 것이니 아쉬울 것도 없으니까요. 하지만 그러한 생각을 따라가지 못하는 것이 있으니 그것이 바로 나의 영혼인가 봅니다.

그러한 슬픔을 신의 뜻이라고 생각해야 할까요? 아니면 모든 것의 원인은 나로부터 말미암은 것이니 어쩔 수 없는 것이라 생각해야 하는 것일까요? 그렇다면 나로부터 말미암지 않는 것도 있으니 그것은 어떻게 해석해야만 하는 것일까요?

감당할 수 있는 슬픔만 신이 허락했으며 좋겠습니다. 따라서 이제부터라도 신은 자비로운 존재라고 믿으려 합니다. 나를 불쌍히 여겨줄 수 있는 그러한 존재로 의지하려 합니다.

많이 슬펐던 사람들이 생각납니다. 나보다 훨씬 커다란 슬픔을 겪었던 사람들을 잘 알고 있습니다. 그 사람들이 어떻게 살아갔는지도, 어떻게 세월을 견디고 살아냈는지도 기억하고 있습니다. 그들도 감당했기에 나도 감당을 할 것 같다는 생각이 들기는 합니다. 하지만 그 감당해야 하는 시간이 싫은 것은 솔직한 마음입니다. 먼저 그러한 시간을 감당했던 사람들을 생각하면 나도 버티어 내야 하는 것인지 잘 모르겠습니다.

물론 아직 이르지 않은 슬픔을 가지고 왜 벌써부터 그러냐고 물을지도 모릅니다. 저도 그것은 잘 모르겠습니다. 왜 진작에 그런 생각을 하는지 저 스스로도 이해가 되지 않습니다. 현재를 살아가지 못하는 제 자신이 무지한 것인지도 모릅니다. 지금부터 마음의 준비를 하면 그 슬픔이 다가왔을 때 조금은 덜 힘들 것이라 생각해서 그러는 것인지도 모릅니다.

내게 이르지 않은 슬픔이 존재하는 것은 삶은 한 번뿐이니 그

모든 것을 경험해 보라고 주어지는 것일까요? 아니면 자연의 순
리이니 예외가 없기 때문인 것일까요?

　이제는 마음의 문을 열고 조금씩 더 많은 것을 받아들이려 합
니다. 그 어떤 것도 거부하지 않은 채, 두려워하지 않고, 고개를
꼿꼿이 들고, 어깨를 펴고, 눈에 힘을 주어가며, 다 받아들이는
준비를 하려고 합니다. 하지만 제 눈에서 눈물이 흐르는 것을 막
을 방법은 없을 것 같습니다. 그것은 저의 약하디 약한 영혼에서
부터 나오는 눈물일 수밖에 없으니까요. 아직은 내게 이르지 않
은 슬픔을 그렇게 준비할 수밖에는 없을 것 같습니다.

93. 나비가 애벌레였던 이유

꽃 위에 살며시 앉았다가 다시 폴짝 뛰어올라 팔랑팔랑 날아다니는 나비를 보면 나도 모르게 미소가 피어납니다. 예쁜 무늬와 색깔을 가진 저 나비도 한때는 보기 흉한 애벌레였던 시절이 있었겠지요.

애벌레 시절의 나비는 당시의 모습에 불만이 많았을지도 모릅니다. 왠지 모르게 흉측해 보이고, 날고 싶어도 날 수도 없고, 날기는커녕 꼬물꼬물 기어다니는 자신의 느림에 속상하기도 했을 것입니다. 하늘은 저렇게 높고 푸른데 자신의 세상은 그저 나뭇잎 위, 그것이 전부라고 생각했을지도 모릅니다.

언제 새나 다른 곤충들에게 잡아먹힐지도 모르는 공포에 떨기도 했고, 비가 오면 그 빗물에 쓸려 떠내려갈지도 모르는 두려움도 있었을 것입니다. 매일 똑같은 맛도 없는 나뭇잎만 갉아먹어야 하는 것이 지겨웠을지도 모릅니다.

모든 살아있는 것은 시작과 끝이 있는 법, 처음부터 완성된 형태로 태어나는 존재는 없습니다. 저 우주 공간의 찬란히 빛나는 별들도 시작은 아주 조그마한 티끌부터 시작이 됩니다. 그 티끌 주위에 있는 것들이 모이고 모여 많은 시간이 지나고 별이 되기 위한 모든 과정을 거친 후에야 비로소 밤하늘의 빛나는 존재가 될 수밖에 없습니다.

모든 존재의 형태가 다르듯, 애벌레 또한 나비가 되기 위한 하나의 단계의 모습일 뿐이겠지요. 자신이 날아갈 하늘을 쳐다보며 나뭇잎을 꾸준히 갉아먹고, 비가 오면 재주껏 나무 이파리 사이로 비를 피해야 하고, 바람이 불면 혹시나 날아갈까 봐 나뭇잎을 꽉 붙잡고 있어야 할 것입니다. 뜨겁게 내리쬐는 태양빛을 피하기 위해 애써 그늘을 찾아다녀야 하고, 천적들의 먹이가 되기 위해 온몸이 온통 연두색의 모습으로만 살아가야 할 것입니다. 다른 존재들이 자신을 볼 때 보기 흉하고 끔찍해야 손을 대거나 건들지도 않을 것입니다. 만약 애벌레가 너무 예쁘고, 만지기에도 좋은 촉감이라면 지나가는 모든 존재들이 그 애벌레를 가만히 두지 않겠지요.

그렇게 애벌레는 겪어야 할 것을 다 경험해야만 할 것입니다. 피하고 싶지만 피할 수도 없고, 원하지 않는 일들도 부딪히게 되겠지요. 하지만 그러한 것들을 나름대로 통과해야 나비가 되기 위한 단계에 이를 수 있을 것입니다.

그 순간이 언젠가는 찾아올 것입니다. 멋진 날개를 펼치고 화려한 모습으로 푸른 하늘을 훨훨 날아다닐 수 있는 그런 아름다운 순간이 애벌레에게도 찾아올 것입니다. 지금의 순간은, 비록 어렵고, 힘들고, 만족스럽지도 못하고, 다른 세상만 바라보고 있을지 모르지만, 어느 순간 그 모든 것이 추억으로 남겨진 채 훨훨 날아오를 순간이 올 것입니다.

우주 공간의 조그만 티끌이었기에 별이 될 수 있듯이, 보기 흉하고 기어다니기만 하는 애벌레였기에 언젠가는 아름다운 날개를 가진 나비가 될 수 있을 것입니다.

나의 지금의 모습이 비록 애벌레 같다는 생각이 들어도 속상해하거나 아쉬워할 필요가 없습니다. 비가 오면 피하고, 바람이 불면 나뭇잎을 꽉 붙잡고, 햇빛이 따가우면 그늘을 찾고, 매일 똑같지만 나뭇잎을 부지런히 먹고, 나를 괴롭히는 존재들을 살살 피해 다니다 보면, 애벌레의 시절이 끝나고 예쁜 나비가 되는 때가 올 테니까요.

오늘 아침 우리 아파트에도 나비가 날아다니고 있었습니다. 이른 아침부터 세상이 좋아서 일찍 나왔나 봅니다. 그 모습을 보며 저 나비도 애벌레였던 시절이 있었겠구나 하는 생각이 들었습니다. 누구나 애벌레였던 시절은 있는 법, 나비가 되는 순간이 언젠가는 올 것입니다.

94. 타인이 내 뜻대로 되기를 바라지 않아야 했다

나름대로 확신이 있었습니다. 나의 경험으로 증명되었기에 옳다고 생각했습니다. 많이 그리고 깊게 생각한 것으로 착각하였습니다. 먼저 걸었던 길이라 맞는 것으로 느꼈습니다. 그래서 다른 사람에게 그렇게 기대했었나 봅니다.

타인이 내 뜻대로 되지 않는다는 것을 잘 알면서도 왜 기대를 했던 것일까요? 그것이 저의 한계였는지도 모릅니다. 알면서도 바라는 것, 이해하면서도 희망을 버리지 못하는 것, 지금 돌이켜 보면 너무나도 어리석은 생각이었음을 부인할 수 없습니다.

다른 사람이 내 뜻대로 되지 않기를 바랐다면 얼마나 좋았을까요? 그저 그 사람이 하는 대로 내버려두는 것이 더 좋았을 것 같습니다. 내가 아무리 옳다고 믿고 확신하더라도 그것은 나만의 세상이라는 것을 알면서도 받아들이지는 못했다는 생각이 듭니다.

이제는 다른 사람에게 기대를 하지는 않습니다. 나의 뜻과 같을 것이라는 생각도 하지 않습니다. 그들이 나의 뜻대로 될 것이라고 희망하지도 않습니다. 내가 할 수 있는 것은 그냥 멀리서 그들을 바라볼 뿐입니다. 물론 그것 또한 최선의 방법이 아니라는 것을 압니다. 하지만 그 길이 오히려 낫다는 생각이 듭니다. 나중에 어떻게 바뀔지는 모르지만 지금 나의 생각은 그것이 나를 위해서나 타인을 위해서 더 자유로움을 보장하는 것 같다는 생각이 듭니다.

타인을 인정하지 못했음을 고백합니다. 그 존재의 소중함을 외면했는지도 모릅니다. 하지만 더 나은 길이 있을 것 같아 그렇게 타인에게 기대를 했었다는 것 또한 나의 솔직한 마음이었음을 말하고는 싶습니다. 그것이 나의 욕심이었다는 것을 알기는 했지만, 그 욕심을 내려놓기는 쉽지 않았습니다. 아니 그 욕심을 사랑이라고 생각했던 것 같습니다. 사랑은 결코 마음만으로 되지는 않는다는 것을 깨달았습니다.

이제는 있는 그대로 세상을 보고, 나의 생각이나 판단을 최대한 개입하지 않으려 합니다. 있는 그대로 받아들이고 존중하기로 마음먹고 있으나 쉽지 않다는 것도 압니다. 하지만 시간이 흐르다 보면 조금씩 좋아질 것이라는 생각을 합니다.

그런데 솔직히 타인에게 기대를 하지 않음으로 인해 마음은 편하나 걱정되는 것 또한 사실입니다. 아직도 나의 욕심인 것일까요? 아니면 그만큼 애착이 있기 때문일까요? 하지만 이제는 눈 감고 과감하게 내려놓으려 합니다. 기대를 하지 않아도 별 차이가 없을 것이라는 생각이 들기 때문입니다.

분명한 것은 다른 사람이 내 뜻대로 되기를 기대하지 않았어야 했다는 것은 아무리 생각해도 맞는 것 같습니다. 그렇게 하지 못했음을 후회할 뿐입니다. 가까운 사람일수록, 사랑하는 사람일수록, 소중한 사람일수록 그렇게 해야 했음을 이제야 알게 되니 조금은 허무하나 이제라도 그렇게 살아가야 하겠다는 생각입니다.

무더운 여름이 다가옵니다. 여름이 덥지 않기를 기대하지 않습니다. 당연히 더울 수밖에 없을 것입니다. 이제는 타인이 내 뜻대로 되기를 기대하지 않습니다. 당연히 내 뜻대로 되지 않을 테니까요.

95. 나의 삶에 필요한 것은 무엇일까?

머나먼 여행을 떠날 때 필요한 것들이 있듯 나의 삶을 살아갈 때 필요한 것들이 있습니다. 물론 여행을 갈 때 아무런 준비도 없이 무작정 길을 나설 수도 있겠지만, 그래도 물이나 먹을 것, 추울 때를 대비해서 입을 옷이라도 챙겨서 간다면 더 나은 여행이 될 수 있지 않을까 합니다.

나의 삶의 길을 걸어갈 때 무엇보다 필요한 것은 내가 살아있음을 느낄 수 있는 것입니다. 살아있음을 느낄 수 있다는 것은 내가 나의 삶의 온전한 주인이기에 가능한 것이 아닐까 싶습니다. 타인에 의한 세상이 아닌 나의 의지로 만들어가는 삶을 경험할 수 있는 그러한 살아있음을 느끼고 싶습니다.

살아있음을 느낄 수 있다면 내가 가지고 있는 모든 것을 다해 있는 힘껏 나의 삶을 불태울 수 있을 것 같습니다. 나의 존재를 증명할 수 있기에, 내가 가장 좋아하는 일이기에, 그 일을 하면서 내가 행복할 수 있기에, 나의 소중한 시간을 그것에 집중해서 사용해도 하나도 아깝지 않기에 나의 하루가 온전히 충실하게 채워질 것만 같습니다.

무언가 중요한 것을 하고 있다는 느낌을 가질 수 있을 것 같고, 나만이 할 수 있는 일인 듯하고, 이 세상에 살면서 그래도 후회가 없을 것 같은 그러한 일들이 바로 살아있음을 느낄 수 있는 것들이 아닌가 싶습니다.

나의 능력을 최대한 발휘할 수 있고, 내가 가지고 있는 재능을 마음껏 펼칠 수 있으며, 소원하고 바라던 것을 할 수 있는 그러한 일에서 내가 살아있음을 느낄 수 있을 것입니다. 그러한 느낌으로 살아간다면 비록 짧은 인생일지는 모르나 후회할 것 같지는 않습니다.

내가 살아가면서 필요한 또 다른 것은 나를 필요로 하는 사람, 나의 사랑이 필요한 사람입니다. 나를 필요로 하는 사람이 하나도 없다면 그것만큼 나의 마음이 아픈 것도 없을 것입니다. 나의 사랑이 필요한 사람이 하나도 없다면 그 또한 슬픈 일이 아닐 수 없습니다. 나의 몸이 힘들고 정신적으로 어려워도 나를 찾아주는 사람이 나의 존재를 의미 있게 만드는 것 같습니다. 그 사람을 위해 내가 무언가를 할 수 있다면 나는 여한이 없을 것 같습니다.

내가 존재한다는 것은 무언가를 하기 위함이고 그 무엇 중의 하나가 바로 나를 아껴주고 생각해 주는 사람을 위해 나의 모든 것을 아낌없이 주는 것입니다. 어떤 것을 주어도 하나도 아깝지 않은 사람, 내가 할 수 있는 것을 다 해주고 싶은 사람, 그런 사람이 있기에 내가 살아갈 수 있는 것이 아닐까 합니다.

누군가는 나에게 그런 질문을 합니다. 물질적인 것은 필요 없냐구요. 물론 물질적인 것도 필요는 합니다. 하지만 저는 그런 것에 그리 욕심나지 않습니다. 서울의 아파트도 저는 필요 없고, 고급 승용차도 필요하지 않습니다. 예전에 그런 것에 관심이 없었던 것은 아닙니다. 하지만 저의 욕심이 끝도 없다는 것을 알게 된 이후 그러한 물질적인 필요에 대한 것은 이미 마음을 접었습니다.

그것을 얻으려 노력하다가 소중한 저의 인생이, 한 번뿐인 저의 삶이 모두 흘러가 버릴 것 같은 무서운 생각이 들었기 때문입니다. 아무리 돈이 많아도, 아무리 좋은 집에 살아도, 누구나 부러워하는 자동차를 운전하고 다녀도, 저는 하나도 부럽지 않습니다. 그러한 것들이 저의 삶에 있어서 필요한 것이라는 생각이 들지 않습니다. 물론 그러한 것이 필요한 분들도 있겠지요. 하지만 이제 남아있는 시간들을 위해 그러한 것들을 얻으려 노력하려고는 하지는 않으렵니다.

저에게는 살아있음을 느낄 수 있는 것과 저를 필요로 하고 생각해 주는 사람보다 더 소중한 것은 이제 없습니다. 저에게는 그것들이 한 번뿐인 제 삶에 있어 전부라는 생각입니다.

96. 삶은 그렇게 스쳐 지나간다

소중했던 친구와의 우정은 잊을 수가 없습니다. 순수했던 마음으로, 어떤 것도 바라지 않은 채, 그렇게 시간을 공유하며 친해져 갔습니다. 상대의 형편을 헤아리며, 서로를 배려하며, 나의 것보다는 친구의 것을 더 소중히 생각했는지도 모릅니다.

욕심이라는 것도 없이, 그저 함께하는 시간으로도 충분했습니다. 누가 옳은지 따지지도 않은 채, 적당히 타협하면서, 친구의 의지를 인정하며 그렇게 시간이 쌓여갔습니다.

신뢰는 시간의 누적만으로는 충분하지 않다는 것을 압니다. 아무리 많은 시간을 함께했음에도 어느 순간 가는 길을 달리할 수도 있으니까요. 누군가는 많은 시간이 정을 쌓이게 한다고 하나 나는 그것을 믿지 않습니다. 단순한 시간의 합은 그저 시간의 흐름밖에 되지 않음을 너무나 잘 압니다. 그 친구와의 신뢰는 시간과는 그다지 상관이 없는 우리만의 함수였다는 것을 그때 이미 알 수 있었습니다.

함께 했던 시간이 너무나 좋았기에 그러한 순간들이 아주 오래도록 계속될 줄만 알았습니다. 하지만 그러한 나의 생각은 오로지 희망 사항이었나 봅니다.

삶은 나의 믿음을 무참히 깨버리고 전혀 예상치 못했던 방향으로 흘러가 버렸습니다. 다른 사람은 몰라도 가장 신뢰했던 그 친구와 아주 오래도록 얼굴을 보며 살아가는 이야기를 나누고, 힘들 때나 어려울 때나 기쁠 때나 행복할 때나 그 언제든지 우리들의 삶을 공유하게 될 줄로만 기대했건만, 그것은 단지 이루어질 수 없는 꿈이었습니다.

나에게 주어진 길을 따라 나는 나의 길을 가야 했고, 그 친구 또한 그 친구에게 주어진 길을 가야만 했습니다. 비록 어긋난 길은 아니지만 다른 갈래의 길이었기에, 살아가야 하는 공간 자체가 다를 수밖에 없었습니다.

우리에게 주어진 길을 나름대로 최선을 다해 가다 보니 마음속에서 항상 그 친구가 있었으나 만나지도 못하고 이야기도 하지 못하며 우리가 살아가는 삶에 대해 공유하지도 못했습니다.

시간의 절벽에 서 있었던 것인지, 공간의 끄트머리에 있었던 것인지 모르지만, 가장 소중했던 그 친구가 이제는 어디에 살고 있는지, 무엇을 하는지, 살아는 있는지조차 모르게 되었습니다. 아무리 찾으려 해도 찾을 수 없고, 보고 싶어도 볼 수가 없는 이 상황을 예상조차 하지 못했건만, 삶은 이렇게 냉정한가 봅니다.

그동안 살아오면서, 그리고 앞으로 살아가면서 그 친구 같은 사람을 만날 수가 있을지 생각해 봅니다. 단언컨대 나의 평생에 그런 사람을 다시는 만나지 못할 것 같다는 생각이 듭니다. 만약 그렇다면 그 친구와 함께 했던 그러한 시간과 추억이 다시는 나의 평생에 없을 것이란 말이 되겠지요. 그 생각을 하니 왠지 서글퍼지고 가슴이 먹먹합니다. 그렇게 소중했던 순간들을 다시 경험할 수 없다는 것에 마음이 아플 뿐입니다.

삶은 그렇게 스쳐 지나가 버리는 것일까요? 스쳐 지나고 나면 영영 끝인 걸까요? 마음에서 아무리 원한다고 해도 그 시간들이 다시는 가능하지 않은 것인가요? 아무리 만나고 싶다고 해도, 기쁜 얼굴로 예전의 그 추억을 이야기하고 싶다고 해도, 이제는 그러한 기회가 나에게는 없는 것일까요?

스쳐 지나가 버리는 그러한 삶들이, 다시는 돌아오지 않는 그러한 인연들이, 오늘따라 나의 마음을 무겁게 만들고 있습니다. 그때는 정말 몰랐고, 아마 지금도 그 스쳐 지나가는 것을 인식도 하지 못한 채 어쩌면 그냥 흘려버리고 있는지도 모릅니다.

영원할 줄 알았던 그 순간들, 아니 영원하지는 않아도 어느 정도는 계속될 줄 알았던 그런 소중한 순간들이 그저 지나가 버리고 나면 영영 그렇게 끝이 나는가 봅니다. 아무리 원한다고 해도 그 소원이 이루어지지 않는다는 것을 모르는 바는 아니지만, 마음 깊은 곳에서는 아직도 희망을 버리지 못하고 있는 것 또한 사실입니다.

이제는 마음을 접으려 합니다. 삶은 워낙 그렇다는 것을 받아들일 수밖에 없다는 것을 압니다. 아무리 소원을 한다고 해도 스쳐 지나가 버린 그 삶이 돌아오지는 않으니까요.

하지만 너무나 아름다웠습니다. 스쳐 지나가 버린 나의 그 삶의 순간들이.

97. 나는 누구의 이름을 부르고 있는가?

아무도 없는 곳에서, 그 누구의 도움도 구할 수 없는 곳에서 모든 것을 홀로 헤쳐 나가야 한다는 것은 그리 힘든 일은 아니었습니다. 혼자서 해결해 나가는 것이 습관이 되어서 그런 것인지는 모르나, 곁에 아무도 없을지라도 그것이 당연하다는 생각이 들었던 것이 사실입니다.

누구를 의지하고픈 마음이 없었던 것은 아닙니다. 누군가와 함께하고 싶은 마음이 있었던 것이 솔직한 마음입니다. 그 누군가가 나를 도와준다면 많은 힘이 될 거라는 생각은 했으나 기대하지는 않았습니다.

하지만 나의 한계에 이르렀을 때는 나도 모르게 그 누군가의 이름을 부르곤 했습니다. 무의식에서라도 나에게 힘이 되어 줄 수 있을 것 같다는 생각이 들었기 때문입니다.

내 목소리로 누군가의 이름을 부르고 그 사람을 찾는다는 것은 그를 진정으로 사랑하기 때문이겠지요. 또한 그 사람이 나에게 중요하기 때문이기도 할 것입니다. 하지만 그 이름을 부른다고 해서 그 사람에게 많은 것을 기대하지는 않았습니다. 오래전부터 혼자 지내던 습관이 그렇게 무서운 것인 줄 그때야 알았습니다.

겉으로는 누군가의 이름을 부르고 찾을지언정 나의 내면은 그저 지나가는 바람에게 기대를 하는 것과 다름 아니었습니다. 물론 실질적인 도움을 받기도 하고, 커다란 응원이 되어 주기도 했지만, 그것이 그리 오래가지는 않았습니다.

하지만 솔직한 심정은 나도 누군가의 이름을 마음 편히 부르고 싶었다는 것입니다. 삶에 대해 투정도 하고 싶었고, 나의 어깨에 있는 짐도 내려놓고 싶다는 말도 하고 싶었습니다. 그러한 짐을 받아 줄 수 있는 사람이 없다는 것을 잘 알면서도 그런 생각이 드는 이유를 알 수가 없었습니다.

인연이라는 것이 무거우면서도 가볍다는 사실을 깨달았을 때, 그 인연의 무게만큼이나 그 사람에 대한 이름의 무게를 알게 되었습니다. 이상하게도 무거운 이름일수록 나의 입술에서 그 이름을 부르고 싶었습니다.

아무도 없는 광야에 나 혼자 서 있을 때 나는 누구의 이름을 부르고 있을까요? 추운 한 겨울 함박눈이 펑펑 쏟아지는 하얀 들판에서 나는 그 누구의 이름을 부르고 있을까요? 커다란 슬픔으로 나의 눈에서 나도 모르는 눈물이 뚝뚝 떨어지고 있을 때 나는 누구의 이름을 부르고 있을까요? 너무나 기쁜 나머지 하늘을 날아갈 것 같은 기분일 때 나는 누구의 이름을 부르고 있을까요?

코흘리개 시절 내가 불렀던 이름들, 중고등학교 시절 집과 학교만 오고 가며 불렀던 이름들, 대학에 들어가 무엇이든지 해보려고 돌아다니며 불렀던 이름들, 대학을 졸업하고 낯선 이국땅에서 내가 불렀던 이름들, 다시 한국에 돌아와 이제까지 내가 불렀던 이름들, 그동안 돌이켜 보니 참으로 많은 이름을 불렀던 것 같습니다.

그 모든 사람이 이제는 어디에 가 있는지, 무엇을 하고 있는지, 살아 있는지, 다시 만날 수는 있는지 알 수가 없습니다. 내가 그동안 불렀던 그 많은 이름 중에서 앞으로 또 부를 수 있는 이름은 얼마나 될까요? 인연이 질긴 것이었다면 아직도 그 많은 이름 중에서 지금도 부르고 있을 터인데, 요즘 내가 부르는 이름은 그리 많지 않은 것 같습니다.

세월이 흘러가듯, 내가 알고 있었던 그 이름들도 세월의 강에 묻혀 그렇게 흘러가는 것 같습니다. 다시 부르고 싶은 이름도 있는데, 다시 만나고 싶은 이름도 있는데, 나의 잘못을 이야기하고 싶은 이름도 있고, 고마웠다고 말하고 싶은 이름도 있고, 너무나 보고 싶었다고 이야기해 주고 싶은 이름도 있지만, 아마 나의 이러한 소원은 이루어질 것 같지는 않습니다.

그래도 나의 마음속으로 나를 스쳐 지나갔지만, 마음속에 남아 있는 이름을 부르고 싶습니다. 나의 내면 깊은 곳에 아직도 존재하고 있는 그 이름들을 부르고 싶습니다. 다시 만나지는 못할지라도 그 이름이라도 불러야 할 것 같습니다. 다시 손을 붙잡고 이야기를 하면서 그 이름을 부르고 싶습니다.

나는 오늘 나의 내면에서 누구의 이름을 부르고 있는 걸까요? 아마 그 사람이 나의 마음 가장 깊은 곳에 자리 잡고 있는 사람이 아닐까 싶습니다.

98. 나이가 들어서 좋은 것들

살아가면서 많은 것을 겪게 됩니다. 원하지 않았던 일들도, 피하고 싶었던 일들도, 어쩔 수 없었던 것들도, 세월이 흐르며 그렇게 나에게 다가와 나를 흔들어 놓고 지나가 버렸습니다.

물론 좋았던 일들도, 기쁨의 순간도, 성취를 느꼈던 시간도, 행복했던 일들도 있었습니다. 하지만 삶에 대해 더 깊게 생각했던 것은 힘들고 아팠던 때가 아니었나 싶습니다. 그렇게 시간이 흐르며 나이가 들어버렸습니다. 누구는 나이가 들어 서운하다고 하지만, 좋은 것들도 많다는 것을 알게 되는 요즘입니다.

나이가 들어 좋은 것 중의 하나는 다른 무엇보다도 나에게 일어나는 많은 일들을 그러려니 하고 마음에 담아두지 않는 것입니다. 그동안 접해왔던 수많은 사람을 겪으면서 이제는 사람에 대해 그다지 기대를 하지는 않습니다. 어쩌면 이것은 슬픈 것일지는 모르나, 인정해야만 하는 사실이며, 이로 인해 더 많은 사람을 포용할 수 있게 되는 것 같습니다. 나와 생각이 다른 사람이라고 할지라도 그럴 수 있다는 가능성을 열어놓으니 그 사람을 이해할 수 있게 되는 것 같습니다. 한때는 나와 다른 생각을 하는 사람을 이해하지도 못했고, 이해하려고 노력하지도 않았습니다. 하지만 나이가 들어보니 그 사람이 그렇게 생각할 수도 있겠구나 하는 마음이 생기는 것 같습니다. 이제는 그 누구도 미워하거나 싫어하고 싶지 않습니다. 나에게 주어진 남은 시간 동안이나마 더 많은 사람을 있는 그대로 받아들이려 노력하려 합니다. 예전에 그러지 못했던 제가 다만 부끄러울 따름입니다.

나이가 들어서 좋은 것 중의 하나는 아무리 힘들고 어려운 일이 나에게 다가와도 언젠가는 다 지나간다는 것을 알기에 커다란 고통이라고 할지라도 버티고 이겨낼 수 있다는 것입니다. 예전에는 나에게 벅찬 일이 일어나면 그 일을 어떻게 해결해야 할지 조급하고 초조해서 먹을 것도 먹지 못하고 밤에 잠도 이루지 못했던 적이 많았습니다. 그 일을 해결하지 못하면 어떻게 해야 할지, 내가 생각하고 목표로 했던 것을 이루지 못할 것 같아 안타까운 마음에 그 소중했던 시간을 걱정하느라 그냥 흘려보냈던 적이 많았습니다. 이제는 그런 걱정이나 염려를 하지는 않습니다. 아무리 괴롭고 고통스러운 일이라고 할지라도 언젠가는 끝이 있다는 사실을 이제는 압니다. 기다리다 보면 최선의 방법으로 해결되지 않더라도 그 고비가 어떻게든 지나가게 되기에 걱정도 염려도 예전처럼 하지는 않습니다. 비록 아픈 시간이라 할지라도 그 시간조차 잃어버리지 않으려 노력할 뿐입니다.

나이가 들어 좋은 것은 영원한 것은 없다는 사실을 알았다는 것입니다. 이 세상에 변하지 않는 것이 없고 항상 그 자리에 있는 것도 없다는 사실을 이제는 잘 압니다. 사랑도 변하고, 인간관계도 변하며, 내 주위에 있는 사람도 변하고, 옳다고 믿었던 것도 변하며, 나 자신도 변한다는 사실입니다. 예전에는 그러한 변화를 받아들일 수 없었으나 이제는 그러한 모든 변화를 순수히 그리고 기꺼이 받아들일 수 있습니다. 그것이 세상의 이치이고 자연의 순리라는 것도 알게 되었습니다. 이제는 그렇게 변하는 것에 저항하지도 않고 몸부림치지도 않습니다. 물이 흘러가다 보면 물의 모습도 상황에 따라 변하는 것이 자연스럽듯, 내 주위의 모든 것은 그렇게 변하게 될 수밖에 없을 것입니다.

나이가 들어서 좋은 것 중의 하나는 저 자신이 점점 더 무디어지는 것입니다. 예전엔 참으로 예민해서 아주 작은 것에도 반응을 하고, 사소한 것이 나의 삶을 어떻게 하지나 않을지 염려하고 불안했던 것이 사실입니다. 사람들과의 관계에서도 조그만 것으로 인해 따지고 신경 쓰며 살았던 것도 부인할 수는 없습니다. 그러한 조그마한 것들이 나의 삶을 어떻게 하는 것도 아닌데 왜 그리 사소한 것에 예민해하며 살아왔는지 지금 돌아보면 안타까울 따름입니다. 이제는 제가 그런 모든 일상에 대해 너무 무디어진 것이 아닌지, 이렇게 살아가도 되는 것인지 스스로 놀라기도 합니다. 하지만 이런 무딘 저로 인해 제 자신의 마음이 편해지는 것은 사실입니다. 웬만한 일이 일어나도 그리 예민하게 반응하지 않으며, 주위에 일어나는 일들로 별로 신경을 쓰며 살아가지 않으니, 보다 자유로운 일상으로 지낼 수 있게 된 것은 좋은 것 같습니다.

나이가 들어서 좋은 것 중의 또 하나는 나에게 주어진 오늘이라는 시간을 진정으로 소중하게 생각하게 된 것입니다. 예전에도 그런 생각을 하지 않은 것은 아니지만, 그것은 오로지 이성적 생각일 뿐이었던 것 같습니다. 이제는 마음으로 오늘 지금 이 시간의 소중함을 깊이 이해하고 있습니다.

이제는 살아온 시간보다는 살아갈 시간이 훨씬 적기에 내가 할 수 있는 것이 그리 많지는 않을 것이란 생각을 하게 됩니다. 나에게 주어진 시간에 어떤 일들을 더 할 수 있게 될지 알 수는 없지만, 내가 좋아하는 일들과 정말 좀 더 의미 있는 일들로 오늘을 채워가기를 원할 뿐입니다. 누구를 미워할 시간도, 헛된 것에 낭비할 시간도 저에게는 없다는 것을 압니다. 우선 제 자신을 위해 현재라는 소중한 시간을 아껴서 사용하고, 저를 아껴주고 믿어주었던 사람들에게 보다 더 많은 시간을 나누려고 합니다. 아무런 의미 없는 시간으로 현재를 채우고 싶지 않기에 항상 깨어서 어떤 일들을 해야 할지 생각하곤 합니다.

나이가 들어 좋은 것 중의 하나는 제 자신을 조금씩 알게 되어 가는 것 같습니다. 예전에는 정신없이 사느라 저 자신에 대해 생각해 볼 여유가 전혀 없었습니다. 젊어서 꿈꾸었던 일들, 목표로 했던 것들을 이루기 위해 치열하게 살다 보니 나에 대해서 곰곰이 생각하며 살지 못했던 것 같습니다. 그로 인해 잘못된 길을 가기도 하고, 실수도 하며, 소중한 것들도 잃어버렸던 것 같습니다. 이제는 나 자신을 돌아보며 살아가다 보니 나의 잘못들이 생각나고 눈에 보이며, 나의 생각이 옳지 않을 수도 있다는 것도 알게 되고, 예전에 보지 못했던 세상도 보이는 것 같습니다. 나 자신을 사랑한다는 것은 바로 나 자신을 제대로 아는 것부터 시작해야 한다는 것, 지금의 내가 아닌 보다 나은 내가 되기 위해 노력해야 한다는 것을 이제는 압니다.

이제는 저 자신을 정말 사랑하려고 합니다. 더 나이가 들기 전에, 더 후회하기 전에, 나를 아껴주고 마음 써주려 합니다. 아마 나이가 들어서 가장 좋은 것은 나에 대해 알고 나 자신을 소중하게 생각하게 되는 것이 아닐까 합니다.

99. 감정으로부터의 자유

　이성은 감정을 이기기에 힘에 부칩니다. 감정은 이성보다 본질적으로 인간의 본성에 더 가까운 것인지 모릅니다. 오래도록 노력을 했거나, 깨달은 사람을 제외하고는 자신의 감정을 이성으로 누르는 사람을 찾아보기는 극히 드뭅니다. 문제는 이러한 감정으로 인해 우리의 삶이 균형을 잃기가 쉽다는 데 있습니다.

　특히 격렬한 감정은 우리의 일상에 커다란 아픔과 상처를 주기에 충분합니다. 물론 그러한 격렬한 감정이 사랑이나 애정 같은 것이라면 우리의 삶에 기쁨과 행복을 주기는 하지만, 그 또한 언젠가는 지나가게 마련이고, 이로 인한 상처나 아픔 그리고 허무함은 그 격렬했던 감정에 비례하는 것만큼 클 수 있습니다.

　격렬한 감정이 분노나 증오라면 이는 우리의 삶 자체에 치명적일 수 있습니다. 그러한 감정을 가지고 있는 경우 그는 그 누군가를 극도로 싫어하게 되어 인생에 있어 사랑뿐만 아니라 사람을 영원히 잃어버릴 수도 있습니다.

　감정의 노예가 될 때 우리의 삶은 순탄할 수가 없습니다. 그러한 감정의 결과로 인해 다른 사람에게도 상처를 주게 되고, 자신 또한 스스로 상처를 받게 됩니다. 감정적인 상대를 만나도 또한 그렇습니다. 감정은 우리에게 좋은 것이기도 하지만, 이로 인해 우리의 삶에 아픔으로 남기도 합니다.

감정으로부터 우리가 자유롭다면 좋은 감정을 느낄 수 있으면서도, 우리에게 아픔과 상처를 주는 것에서 벗어날 수도 있습니다. 분노와 증오라는 감정으로부터도 탈피할 수 있을 것입니다.

나의 감정의 흐름을 제3자의 입장에서 알아차릴 수 있다면, 객관적인 입장에서 바라볼 수 있다면, 나의 감정으로부터 어느 정도는 자유로울 수 있습니다. 또한 나의 바라는 것이나 원하는 것, 즉 나의 욕심으로부터 자유롭다면 감정에 따라 나의 삶이 그리 많이 좌우되지는 않을 수 있습니다.

감정으로부터 자유로운 삶이 그리 쉽지는 않지만, 그렇게 일상을 이어갈 수 있다는 신념으로 노력한다면 이 또한 불가능한 것은 아닐지도 모릅니다. 감정에서 자유로운 삶이 나의 마음과 영혼에 커다란 위로를 줄지도 모르기에 이는 충분히 노력할 만한 가치가 있는 것이 아닐까요?

100. 더 높은 곳으로

더 높은 곳으로 나아가려고 합니다. 진정한 자유를 위해 지금 있는 곳에서 머물지 않으려고 합니다. 나 자신을 극복하려고 합니다. 어떠한 내면의 저항이 있어도 싸워나가려고 합니다. 나를 넘어서야 진정한 자유를 누릴 수 있기 때문입니다.

나의 능력이 부족하다면 자유로운 삶이란 공허한 메아리로만 남을 수밖에 없을 것입니다. 나의 능력의 한계가 어디인지는 모릅니다. 단지 스스로 그 한계를 경계 지우고 선을 그어서는 안 될 것입니다.

타인으로부터 자유로워야 할 것입니다. 결코 누구의 노예가 되고 싶지 않습니다. 누구를 위한 희생도, 착한 사람 콤플렉스도 진정한 나 자신을 위한 길이 아닙니다. 타인은 그저 존재함으로 충분합니다. 나의 삶이 그로 인해 좌우된다는 것은 나의 무능력을 입증하는 것밖에 되지 않습니다. 누구에게 의지하지 않고, 누구를 바라보지 않고, 홀로 우뚝 설 수 있는 것, 그것 또한 나의 능력입니다. 나의 삶은 오로지 나만의 책임으로 돌릴 수 있기 위하여서라도 그 길을 가야만 합니다.

　많은 것으로부터 자유로워야 나의 삶을 사랑할 수 있을 것입니다. 어떤 것으로부터, 그 누구로부터 구속되고 억압되는 이상 나의 삶을 사랑할 수 있는 기회조차 잃을 수 있습니다. 진정 나의 삶을 사랑하고 싶은지 묻고 싶다면 나의 자유를 향한 능력이 그 답을 대신할 수 있을 것입니다.

　나의 자유에 대한 능력이 줄어들수록 나의 삶은 노예의 그것과 다름없습니다. 살아도 산 것이 아니고, 숨을 쉬어도 쉬고 있는 것이 아닐 것입니다. 자유로운 호흡을 원한다면, 그 모든 것에서 자유를 누릴 수 있는 능력이 필요합니다.

　내가 가고자 하는 길을 가기 위해서, 의미 있는 삶을 만들어가기 위해서, 잃어버린 시간을 위해서, 남아있는 시간을 위해서, 나의 삶을 사랑하기 위해서, 진정으로 나를 위해서, 진정한 자유로운 삶을 위해서, 그 모든 것을 위해서, 오늘 내가 해야 할 일이 무엇인지 이제는 잘 알고 있습니다. 그리고 내 생애 남아있는 그 모든 것은 오직 나의 간절함과 그분에게 달려있을 것입니다.

지은이 정태성

미국 캘리포니아대학 물리학 박사
스위스 제네바대학 박사후연구원
한신대학교 교수

저서: Quantum Mechanics, Classical Mechanics, Whatever happens, 우주의 기원과 진화, 과학의 위대한 순간들, 뉴턴과 근대과학 탄생의 비밀, 대학물리학, 삶에는 답이 없다, 행복은 여기에, 시는 내게로 다가와, 도덕경의 이해, 노벨 문학상을 읽으며, 보다 나은 자아를 위하여, 과학 그 너머, 과학으로의 산책, 길을 찾아서, 한국교회 박해의 역사, 과학의 선구자들, 길은 어디에, 부모님 전상서, 물리로 보는 세계, 절망의 자아를 딛고 서서, 짐노페디를 듣는 이유, 삶이 말해주는 것들, 오늘 행복하자, 영화가 말해주는 것들, 너에게 보내는 편지, 그대는 얼마나 오랫동안 불행 속에 있었나, 친구에게, 너는 아프지 않았으면 좋겠다, 별을 가슴에 묻고, 내가 옳지 않을 수 있으니, 물리학으로의 초대, 위대한 과학자의 발자취를 따라서, 삶에 대한 단상, 나에게 이르는 길, 행복에 대한 소망, 혼자도 두렵지 않다, 위대한 물리학자들, 이네아스자, 마음을 돌아보며, 같은 것도 아니고 다른 것도 아니다, 영시 산책, 천문학 이야기, 보이지 않았던 것들, 머무는 것과 떠나는 것, 존재는 흔적을 남긴다, 세월을 이겨냈기에, 블랙홀 이야기, 초기 우주 이야기, 됨, 있음, 없음, 버림, 앎, 받아들임, 맡김, 떠남, 잃음, 별이 되어 만날까, 슬퍼도 슬퍼하지 않는다, 무명, 무한의 끝에서, 파랑, 지금 이대로 살아갈 뿐이다

지혜로운 자는 따지지 않는다

정태성 수필집

초판 발행 2026년 3월 3일

지은이   정태성
펴낸이   도서출판 코스모스
펴낸곳   도서출판 코스모스
주소 충북 청주시 서원구 신율로 13
전화 043-234-7027
팩스 043-237-5501

ISBN   979-11-93778-69-2

값 15,000원